서경식 다시 읽기

서경식 다시 읽기

1판 1쇄 발행 2022년 2월 19일

지은이 서경식 외

기획 최재혁 김희진
편집 정진라 신지영 박현정
번역 최재혁
디자인 박대성
제작 세걸음

펴낸이 박현정
펴낸곳 연립서가
출판등록 2021년 7월 21일 제2021-000012호
주소 서울시 강동구 상암로225, 3동903호
이메일 yeonrip@naver.com
페이스북 @yeonripseoga
인스타그램 @yeonrip_seoga

ISBN 979-11-977586-0-7 03810

서경식 다시 읽기

연립서가

일러두기

1. 미술·영화·미디어 작품명은〈 〉, 전시명은《 》, 단행본·정기간행물은『 』, 논문·기사·시·단편소설 등 개별 문헌은「 」로 표기했습니다.
2. 리행리, 서경식, 유유자, 후나하시 유코의 글은 일본어로 집필된 원고를 번역했습니다.
3. 글에서 인용된 서경식의 저서는 다음과 같습니다. 각주에는 부제를 생략한 제목과 페이지만 표기했습니다.

『나의 서양미술 순례』, 박이엽 옮김, 창비, 1992(개정판 2002).
『청춘의 사신—20세기의 악몽과 온몸으로 싸운 화가들』, 김석희 옮김, 창비, 2000.
『소년의 눈물—서경식의 독서 편력과 영혼의 성장기』, 이목 옮김, 돌베개, 2004.
『디아스포라 기행—추방당한 자의 시선』, 김혜신 옮김, 돌베개, 2006.
『시대의 증언자 쁘리모 레비를 찾아서』, 박광현 옮김, 창비, 2006.
『난민과 국민 사이—재일조선인 서경식의 사유와 성찰』, 이규수·임성모 옮김, 돌베개, 2006.
『사라지지 않는 사람들—20세기를 온몸으로 살아간 49인의 초상』, 이목 옮김, 돌베개, 2007.
『만남—서경식 김상봉 대담』(공저), 돌베개, 2007.
『고통과 기억의 연대는 가능한가?—국민, 국가, 고향, 죽음, 희망, 예술에 대한 서경식의 이야기』, 철수와영희, 2009.
『고뇌의 원근법—서경식의 서양근대미술 기행』, 박소현 옮김, 돌베개, 2009.
『경계에서 춤추다—서울-베를린, 언어의 집을 부수고 떠난 유랑자들』(공저), 서은혜 옮김, 창비, 2010.
『나의 서양음악 순례』, 한승동 옮김, 창비, 2011.
『언어의 감옥에서—어느 재일조선인의 초상』, 권혁태 옮김, 돌베개, 2011.
『디아스포라의 눈—서경식 에세이』, 한승동 옮김, 한겨레출판, 2012.
『후쿠시마 이후의 삶—역사, 철학, 예술로 3.11 이후를 성찰하다』(공저), 이령경 옮김, 반비, 2013.
『경계에서 만나다—디아스포라와의 대화』(공저), 현암사, 2013.
『나의 조선미술 순례』, 최재혁 옮김, 반비, 2014.
『시의 힘—절망의 시대, 시는 어떻게 인간을 구원하는가』, 서은혜 옮김, 현암사, 2015.
『내 서재 속 고전—나를 견디게 해준 책들』, 한승동 옮김, 나무연필, 2015.
『나의 이탈리아 인문 기행』, 최재혁 옮김, 반비, 2018.
『책임에 대하여—현대 일본의 본성을 묻는 20년의 대화』(공저), 한승동 옮김, 돌베개, 2019.

작가가 고독하듯 출판인도 고독하다.
그러나 작가와 출판인은 협동해서
미래를 위한 '투병 통신'을 계속 흘려보내야 한다.

—『디아스포라의 눈』, 222~223쪽.

20여 년이 넘도록 미술사와 관련된 글을 쓰거나 옮기는 일을 하다가 출판이라는 새로운 영역으로 발을 들이면서 가장 먼저 마음에 새겨 둔 말입니다. 서경식 선생은 파울 첼란의 말을 빌려 글을 쓰는 일을 외딴섬에 표류하는 사람이 유리병에 편지를 넣어 바다에 흘려보내는 통신과 같다고 하셨지요. "이 부서지기 쉬운 작은 병이 없다면 작가나 시인이 외부나 미래를 향해 통신을 할 수도 없다."라고도 덧붙였습니다. 말하자면 출판은 유리병인 셈입니다.

서경식 선생이 2021년 3월, 도쿄경제대학에서 정년을 맞이한다는 소식을 듣고 작은 유리병을 바다에 띄울 용기를 낼 수 있었던 것은 바로 이 '투병 통신' 이야기가 적지 않은 힘이 되었기 때문입니다.

1992년 『나의 서양미술 순례』의 번역 출간 이래, 선생은 디아스포라의 관점에서 국경과 국민주의 너머를 상상하며 "고통과 기억의 연대는 가능한가?" 라는 묵직한 질문을 던져 왔습니다. 이 책은 섬세한 감성을 지닌 에세이스트로서, 때로는 전투적 논객으로서 문학과 예술, 정치와 사회를 넘나들었던 그의 사유를 다시 읽고 음미하고자 준비한 글 모음집입니다.

문집을 기획하면서 '서경식'을 키워드 삼아 인터넷의 바다를 떠돌다가 그가 던진 유리병 속 편지를 읽고 답신을 보낸 수많은 독자를 만났습니다. 그들 한 분 한 분을 모시지 못해 안타깝지만, 그동안 서경식 선생과 여러 가지 기획을 통해 만나 왔고, 직·간접적으로 영향을 주고 받은 분들의 글을 모았습니다.

서경식 선생은 "글을 쓴다는 것은 어둠을 향해 돌을 던지는 것 같은 행위"라고도 말한 적이 있습니다. 권성우, 권영민, 김연수, 김희진, 리행리, 박태근, 박혜진, 서동진, 양창섭, 유유자, 윤석남, 이종찬, 정연두, 조해진, 최재혁, 하마무, 한승동, 후나하시 유코. 열여덟 편의 원고가 하나씩 도착할 때마다 선생의 글이 마냥 어둠 속을 헤매지만은 않았음을 확인할 수 있었습니다.[i]

선생이 걸어갈 순례의 자취를 옮기고 미래를 위한 '투병 통신'을 띄울 협동자로서 앞으로도 그와 동행하고자 합니다. 이 책이 이제 더 자유로운 지평에서 글로써 싸워갈 서경식 선생에게 전하는 연대와 우정의 기록이 되기를 바랍니다.

2022년 1월

연립서가 드림

i 1998년 첫 만남 이후 서경식 선생과 오랜 우정을 이어온 윤석남 작가가 『서경식 다시 읽기』를 위해 특별한 선물을 전해 오셨습니다. '벗들의 초상'과 '한국 여성 독립운동가'를 그려온 윤석남 작가가 처음 선보이는 남성 초상이기도 합니다. 서경식 선생의 글에 파트너, 혹은 F로 등장하는 후나하시 유코 님이 처음으로 한국 독자를 위해 원고를 보내 주셨습니다. 『소년의 눈물』 이후, 선생의 책 14종의 편집·기획을 맡았던 김희진 님이 기획을 다듬고 필자를 섭외하는 일에 힘을 보태 주셨습니다. 『언어의 감옥에서』, 『만남』, 『나의 조선미술 순례』 등 선생의 책을 아름답게 꾸며 줬던 박대성 님이 이번에도 디자인을 맡아 주셨습니다.

re–ading

1

2

3

4

5

차례

1

'저항'은 자주 패배로 끝난다. 하지만 패배로 끝난 저항이 시가 되었을 때, 그것은 또 다른 시대, 또 다른 장소의 '저항'을 격려한다. 시에는 힘이 있을까? 나의 대답은 이렇다. 이 질문은 시인이 아니라 우리 한 사람 한 사람에게 던져져 있다. 시에 힘을 부여할지 말지는 그것을 받아들이는 우리에게 달린 것이다.

— 『시의 힘—절망의 시대, 시는 어떻게 인간을 구원하는가』(2015), 5쪽

윤석남

시간을 거슬러 올라가는 순간이 있다

미술가. '여성주의 미술의 대모', '페미니스트 화가 1세대'라고 불리는 윤석남의 첫 화두는 어머니였다. 어머니를 통해 이 시대 여성상을 대변하는 작업으로 마흔이 넘은 나이에 첫 개인전을 열어 많은 이의 공감을 얻었고, 차분하면서도 서늘한 시선으로 가부장적 권위에 대응하는 작품활동을 이어 갔다. 허난설헌, 이매창 등 과거의 여성뿐만 아니라 현실의 여성을 화폭 혹은 설치, 조각으로 건져냈고, 1,025마리 유기견 조각을 통해 여성뿐만 아니라 동물을 포함한 모든 생명에 대한 배려로 작품 세계를 확장해 나가고 있다. 최근에는 한국화 기법과 재료에 도전하여 《벗들의 초상을 그리다》전을 열었고 《싸우는 여자들 역사가 되다》전에서 시작된 여성 독립운동가 초상화 연작을 진행 중이다.

옛일을 되살려 생각하는 시간은 저녁이나 늦은 밤이 제격이다.
창밖에 어둠이 내리고 별빛도 사라진 밤이면 30년도 더 지난 일들을 차근차근 끄집어내는 데 별로 큰 어려움이 없다는 생각이 든다.

하지만 요즈음은 옛 기억들이 장막 속으로 하나둘씩 사라져 가는 중이다.
서경식 선생님을 뵙게 된 때가 어느 해였더라?

2021. 3. 23.

아마도 1998년도이지 싶다. 그해 일본의 가마쿠라 갤러리에서 개인전을 열었을 때 도쿄에서 처음 뵈었던 듯하다(앗, 아닐 수도 있다).

선생님과 함께 경기도에 위치한 '나눔의 집'을 방문한 것이 그해였던가. 어쨌든 그때를 전후로 선생님의 글을 읽으면 가슴이 저리기도 했고, 한편으로는 편안한 문체가 나를 한숨 놓이게도 했다. 특히 미술관에서 시작해서 미술관으로 끝나는 젊은 시절 유럽 기행문이 너무 인상 깊었다.

2021. 5.

그림을 시작하고 나서 열었던 첫 개인전 후 남편의 도움에 힘입어 1년간 뉴욕에서 미술을 공부했다. 사실 미술 공부를 했다기보다 미술관과 갤러리를 보러 다녔다고 말하는 편이 정직한 답이 될 것 같다. 그것이 오늘의 나를 만들었다고 얘기해도 과언이 아니지 싶다.

서경식 선생 초상
2021. 3. 31.

그리고 한국으로 돌아오기 전, 약 한 달 동안 유럽을 돌며 미술관 기행을 했다. 그때 겪었던 놀라움과 기쁨이 선생님의 글들에서도 느껴져서 정말 반가웠다. 물론 그때 나의 기행은 수박 겉핥기식이었지만.

그러나 그 여행이 비록 어설픈 첫 경험이었다 할지라도 그때의 강렬한 감정은 아직도 생생하다. 나는 그 강렬한 감정을 지금 선생님의 초상화를 그리면서도 느끼고 있다.

비록 선생님을 직접 대면해서 그리는 작업이 아니고 보내 주신 사진을 통한 초상화지만, 그래도 선생님의 모습을 그리면서 마치 역사의 한 획을 긋고 있는 듯한 자부심을 느낀다.

2021. 5. 5

글과 그림은 마치 겉모습만 다른 쌍둥이 같다고 늘 생각해 왔다. 그런데 내가 그린 이 초상화가 그럴 만한 가치가 있는지는 의문이다. 더구나 이 초상화 작업은 남성을 대상으로 그린 나의 첫 번째 시도이다. 또한 그림의 매체가 한국화 — 나는 약 10여 년 전부터 그림 그리기를 서양화 기법에서 한국화 기법으로 완전히 바꾸었다 — 이기 때문에 더욱 조심스럽기도 하다.

'하지만 최선을 다했지? 그랬지?'

2021.5.4

붓을 들어 그림을 그리면서 오늘도 나는 나에게 큰 칭찬을 하고 있다. "그래 윤석남, 너는 그림을 그리기 참 잘했어. 네가 그림을 시작하지 않았더라면 이런 초상화를 그릴 수 있는 기회가 있었겠니?"

참 감사한 일이다.

2021. 4. 29

김연수

믿는 자여, 그대 더욱 방황하리라

1

『나의 서양미술 순례』의 ‘개정판 후기’에는 이 책의 원서가 1991년에 일본에서 출간돼 이듬해 한국에 번역됐다고 나와 있다. 처음에 나는 약간 의아한 기분이 들었다. 지금껏 나는 이 책을 고교 시절에 읽었다고 생각했던 것이다. 나의 고교 시절과 1992년 사이에는 적잖은 시간적 거리뿐만 아니라 시대적 거리도 있었다. 1989년에 고등학교를 졸업한 내게 1980년대와 1990년대 사이에는 넘어가지 못할 단절이 존재했다.

그러고 보면 내가 처음 읽은 책은 하드커버가 아니었다. 그건 작은 문고본이었다. 그 책이 보이지 않아 며칠 동안 서가를 뒤졌다. 머릿속에 떠오른 책을 읽지 못하면 더 이상 글이 진척되지 않는 묘한 습관이 내게는 있기 때문이었다. 더구나 개정판이 나온 지금, 그 책은 서점에서 살 수도 없었다. 낭패라고 생각하는 순간, 낯익은 책등이 눈에 들어왔다. 그렇게 찾았다고 생각하고 꺼내 보니 그건 『나의 서양미술 순례』가 아니라 정약용의 『유배지에서 보낸 편지』였다.

두 책은 창비교양문고 중 하나였고, 책등의 디자인은 진청 바탕에 하얀색 고딕체로 고정돼 있었다. 찾던 책은 잊어버리고 나는 그 책을 들춰 봤다. 예전에 줄을 그은 곳이 보였다.

이제 너희들은 망한 집안의 자손이다. 그러므로 더욱 잘 처신하여 본래보다 훌륭하게 된다면 이것이야말로 기특하고 좋은 일이 아니겠느냐? 폐족으로서 잘 처신하는 방법은 오직 독서하는 것 한 가지밖에 없다.[i]

신유박해로 집안이 풍비박산 난 뒤, 정약용이 의지한 것은 글이었다. 그가 강진에 도착하자마자 아들들에게 보낸 편지에는 글에 대한 집착이 가득하다. 어떻게 생각하면 형제가 서학서를 읽은 것 때문에, 또 큰형의 사위 황사영이 쓴 백서 때문에 집안이 몰락했다고 볼 수도 있을 텐데도 이렇게 다시 독서와 글쓰기에 매달리는 모습을 바로 이해하긴 어렵다. 하지만 그것을 조선 시대 선비의 한계라고 볼 수는 없다. 뒤에서 보겠지만, 차라리 그것은 끊임없이 의심하면서도 끝끝내 역사의 진보를 믿을 수밖에 없는 처지에 놓인 지식인의 한계라고 할 수 있으리라.

이 책의 뒷날개에는 창비교양문고의 출간 목록이 소개돼 있다.

i 정약용, 『유배지에서 보낸 편지』, 박석무 편역(창작과비평사, 1991), 27쪽.

『나의 서양미술 순례』뿐만 아니라 『만세전』, 『문장강화』, 『더블린 사람들』, 『역사로서의 사회주의』 등이 창비교양문고였다. 그중 반 정도는 사서 읽었다는 사실을 확인하고 나는 좀 놀랐다. 왜 그렇게 읽어야만 했을까? 그것은 아마도 『유배지에서 보낸 편지』에서 그 문장들에 밑줄을 그은 이유나 『나의 서양미술 순례』를 고교 시절에 읽었다고 생각하는 이유와 관련이 있을 듯하다.

마침내 내가 『나의 서양미술 순례』를 찾아낸 건 며칠 뒤의 일이었다. 그동안 나는 서가의 반 정도를 정리했다. 그 책은 서가가 아니라 한쪽에 쌓아 놓은 책더미의 아랫부분에 있었다. 개정판에서 밝힌 것처럼 초판은 1992년 4월 30일에 나왔고, 내가 산 책은 6쇄로 1994년 12월 20일 발행됐다. 그러니까 내가 이 책을 읽은 건 군대마저도 다녀온 뒤의 일이었던 셈이다. 그런데도 나는 소년 시절에 읽었다고 생각했다니…….

여러 감회가 교차하는 가운데 책을 펼쳤다가 나는 오랫동안 잊고 지냈던 기억을 떠올리게 됐다.

2

『나의 서양미술 순례』를 감명 깊게 읽은 이후에 『청춘의 사신』, 『소년의 눈물』, 『시대의 증언자 쁘리모 레비를 찾아서』, 『사라지지 않는 사람들』 등 선생의 책이 번역될 때마다 따라 읽었다. 그중에서도 오랫동안 기억에 남는 책은 『소년의 눈물』이었다.

그 책에서 아직도 기억하고 있는 장면은 두 가지다. 하나는 에리히 케스트너의 『하늘을 나는 교실』에 대한 이야기를 할 때다. 『소년의 눈물』에서는 그 부분이 이렇게 설명돼 있다.

'절대로 울지 말자!'고 다짐한 마르틴은 기숙사에서 크리스마스를 보내기로 결심한다. 부모에게 버림받아 돌아갈 곳마저 없는 요나단 트로츠를 제외하면, 모두들 고향을 향해 떠나 버리고 기숙사엔 아무도 남아 있지 않았다. 나는 될 수 있으면 이 대목에 시선을 주지 않으려 애썼다. 구태여 읽지 않더라도 그 내용을 모두 암기하고 있기도 하거니와, 이를 읽게 되면 어느새 마음이 지난 어린 시절의 나로 되돌아가 당장 코끝이 찡해 오기 때문이다.[ii]

"구태여 읽지 않더라도 그 내용을 모두 암기하고 있기도 하거니와"에서 나는 '이건 흡사 내 이야기가 아닌가' 하는 생각마저 들었다. 왜냐하면 어렸을 때, 나 역시 이 책을 수년에 걸쳐 반복해서 읽었고, 덕분에 "구태여 읽지 않더라도"라는 문장이 뜻하는 바를 너무나 잘 알고 있었기 때문이다. 『소년의 눈물』을 읽다가 나는 이런 식으로 내 이야기라고 해도 좋을 만한 문장들을 많이 만났다. 그건 세계문학에 관한 한, 어린 시절 그의 도서 목록이 나와 크게 다르지 않았기 때문이기도 했고, 집이나 동네, 또는 학교 등에서 나타나는 생활상이 어쩐지 내게는 기시감이 들었기 때문이기도

ii 『소년의 눈물』, 70쪽.

했다. 서경식 선생은 1951년생이니 나보다는 19년 먼저 태어난 분으로, 우리 때 한국과 일본의 경제적 격차가 아마 그 정도였지 않았나 싶다.

그러나 그 기시감이 단순히 경제적 측면에서만 나온 것만은 아니리라는 확신이 든 것은 다자이 오사무가 소년 시절을 회상하며 쓴 「추억」에 대해 언급하는 글을 읽었을 때였다. 다자이 오사무의 글에는 어느 봄날 아침, 등교하다가 다리 난간에 기대 느릿느릿 유유히 흘러가는 강물을 내려다보는 장면이 나온다. 이 장면에서 다자이는 "넋 나간 사람처럼 나는 완전히 무아지경에 빠져 버렸다. 이때까지 나에게는 한 번도 그런 경험이 없었던 것이다. 뒤에서 누군가 나를 보고 있는 듯한 느낌이 들 때면 나는 언제나 어떤 포즈를 취하곤 했다."라고 쓰고 있다.

이 대목에 대한 설명이 『소년의 눈물』에는 다음과 같이 나와 있다.

> 마음이 왜 그렇게 혼란스레 요동쳤던 것일까? 그 안에 바로 그 시절 내 모습이 그대로 들어 있었기 때문이다. "내가 이렇구나……."iii

서경식 선생이 어린 다자이 오사무에게서 자신의 모습을 발견한 까닭은 그 역시 중학 시절, 통학 길에 기타오지바시라는

iii 『소년의 눈물』, 118쪽.

다리 위에서 흘러가는 가모가와 강물을 바라본 적이 있었기 때문이다. 이 부분을 읽을 때, 내 심장 역시 쿵 하는 소리를 냈다. 왜냐하면 내가 다니던 중학교 근처에도 감천이라는 제법 폭이 너른 하천이 있어 여름이면 소백산맥에서 흘러 내려온 물이 가득했기 때문이었다. 나의 통학 방향은 남쪽이었다. 자전거를 타고 학교에 가노라면, 멀리 금오산이 보였다. 김천에서 바라보는 금오산의 모습은 어떤 사람의 옆얼굴처럼 보였고, 그것은 학교에서 배운 너새니얼 호손의 '큰 바위 얼굴'을 떠올리게 했다.

내가 자란 고장에서는 다들 박정희가 금오산이 낳은 위인이라고 생각했지만, 진짜 위인은 아직 나오지 않았을 수도 있었다. 그러니 어쩌면 여름방학이 다가올 무렵, 감천으로 흘러 내려가는 강물을 바라보며 나 역시 '훌륭한 사람이 될 수 있을까?' 하는, 남들에게 들키고 싶지 않은 생각을 품었을지도 모른다. 그렇기에 "요컨대 이 얄미운 녀석은 다름 아닌 나 자신이었다."라는 문장은 온전하게 내게 전달됐다. 그래서였을까? 나 역시 다자이 오사무를 그리 좋아하지는 않았다. 그 이유를 묻는다면, 이 글을 읽어 보라고 말하고 싶다.

2005년 봄, 나는 일본국제교류기금의 초청으로 '가이코 다케시 기념 아시아작가 강연회'에 참가하게 됐다. 그 강연회의 코디네이터는 지금은 히로시마대학에 있는 최진석 씨였다. 강연회는 후쿠오카, 오사카, 도쿄, 센다이, 삿포로 등 다섯 도시를 순회하며 열렸다. 후쿠오카에서 시작해 간사이 지방을 거쳐 간토 쪽으로 접근하게 되자 최진석 씨가 내게 "서경식 선생을 만나보지 않겠느냐?"고 제의했다. 같은 자이니치在日인 데다가 마이너리티 정체성에 관심이 많았기 때문에 평소 친분이 있었던 것으로 기억하고 있다. 하지만 그때는 서경식 선생을 만나지 못했다. 내 쪽에서 거절할 이유는 없었으니까 아마도 시간이 서로 안 맞았거나 다른 사정이 있던 것 같다. 그렇게 도쿄를 지나 센다이로 향할 때, 나는 어쩌면 안 만난 게 다행일 수도 있겠다고 생각했다. 다자이 오사무에 대한 그 글을 생각하면, 서경식 선생만은 이 기묘한 마음을 이해하지 않을까 하는 생각마저 들었다. 『나의 서양미술 순례』의, 초판본과 개정판본의 가장 큰 차이는 앞에서도 말했다시피 소프트커버와 하드커버라는 점이다. 그리고 개인적으로는 저자의 서명이 있느냐 없느냐도 빼놓을 수 없다. 마침내 내가 서경식 선생을 만난 것은 2008년 2월 12일(이라고 내 이름 밑에 적혀 있다), 서울에서였다. 그즈음, 선생은 서울에 와 계셨는데, 덕분에 선생과 대담을 할 기회가 생겼다. 그때 나는 1994년에 산 책을 들고 가 사인을 받았다. 대학 시절에 읽던 책에 사인을 받으니 감개무량했다. 하지만 그런 티를 잘 내지 않았다. 낼 수 없었던 것일지도 모른다. 선생의 책을 쭉 따라 읽은 사람이라면, 그 이유를 짐작할지도 모르겠다.

세상에 서경식 문장술이라는 게 있다면, 그 요체는 '짐짓'이라고 말할 수 있지 않을까? '딴청'이라고 해도 좋고, 요즘 유행어로 말하면, '할많하않'이라고 해도 괜찮겠다. 『나의 서양미술 순례』에서 내가 배운 게 있다면 바로 그 문장술이었다. 그러나 그것은 단순한 문장술의 문제가 아니었다. 어떤 거대한 결론에

도달하는 과정에서 개개인의 자세한 사연을 생략하는, 어떻게 보면 군더더기를 과감하게 쳐내는 냉혹한 편집술에 가깝다. 왜 그런가? 그것이야말로 지식인의 세계관에 부합하기 때문이다. 예컨대 글로써 고난을 당한 정약용이 다시 글에 기댈 때, 그는 마치 논리를 뛰어넘은 것 같지만 그것은 다만 개개인의 자세한 사연을 생략했기에 그렇게 보이는 것뿐일지도 모른다.

3

『나의 서양미술 순례』의, 초판본과 개정판본에는 중요한 차이가 하나 더 있다. 그건 앞쪽에 배치한 네 개의 컬러 도판을 제외하면, 초판본의 본문 도판은 흑백이라는 점이다. 두 책을 비교해서 읽은 뒤에야 나는 내가 왜 고야의 〈모래에 묻히는 개〉를 그토록 좋아했는지 알게 됐다. 만약 이 그림이 본문에 흑백 도판으로 들어가 있었다면, 나는 이 그림을 그리 눈여겨보지 않았을 것이다. 파묻힌 개의 머리에 비해 압도적인 노란 빛을 상상해야만 이 그림을 제대로 이해할 수 있으니까.

그리하여 스페인의 프라도미술관에서 내가 이 그림을 직접 본 것은 서경식 선생을 만난 그해 12월의 일이다. 프라도미술관에는 엄청난 그림들이 많다. 글에도 등장하는 벨라스케스의 〈궁정의 시녀들〉이나 고야의 〈아들을 잡아먹는 사투르누스〉는 대면하는 것만으로도 압도당하기에 충분했다. 그럼에도 내가 가장 먼저 보고 싶었던 그림이 바로 〈모래에 묻히는 개〉였다. 그 이유는 서경식 선생이 쓴 글 때문이었다. 내게 〈모래에 묻히는 개〉는 고야의 그림이기도 하지만, 그의 글이기도 했다.

'검은 그림' 시리즈 속에 한 점의 이색적인 개 그림이 있다. 〈물살을 거스르는 개〉 또는 〈모래에 묻히는 개〉라고 불린다. 보기에 따라서 급류를 허겁지겁 헤엄쳐 건너고 있는 것 같기도 하고 유사流砂의 개미지옥에 삼켜져 구제 불능의 상태에 있는 것처럼 보이기도 한다.
물론 이 개는 고야 자신이다.
하지만 그 당시 나는, 이 개는 나라고 생각했다.iv

무심히 글을 따라 읽던 나는 "하지만 그 당시 나는, 이 개는 나라고 생각했다."라는 구절에 마치 망치로 머리를 얻어맞은 듯한 충격을 받았다. 이런 결론에 이르기까지 앞에서 무슨 암시라도 있었는가 싶어 나는 페이지를 앞으로 넘겨 가며 다시 글을 읽었다. 그러자 다음과 같은 문장이 있었다.

진보는 반동을 부른다. 아니, 진보와 반동은 손을 잡고 온다. 역사의 흐름은 때로 분류奔流가 되지만, 대개는 맥빠지게 완만하다. 그리하여, 갔다가 되돌아섰다가 하는 그 과정의 하나하나의 장면에서, 희생은 차곡차곡 쌓이게 마련이다. (……)

iv 『나의 서양미술 순례』(1992), 92쪽.

고야, 〈모래에 묻히는 개〉, 1820~1823, 131×79cm, 캔버스에 옮긴 벽화, 프라도미술관.

하지만, 헛수고처럼 보이기도 하는 그런 희생 없이는, 애당초 어떤 열매도 맺지 않는 것이다. 그것이 역사라고 하는 것이다. 단순하지도 직선적이지도 않다.

이 사실을 정말로 이해하는 일은 간단치 않다.v

이 구절을 읽고 나면 그가 왜 당시 이 개는 자신이라고 생각했는지 조금은 힌트를 얻을 수 있다. 역사가 진보한다는 믿음에는 아무런 문제가 없다. 지금까지의 역사는 그것을 증명하니까. 그렇지만 왜 이처럼 매우 복잡하고도 많은 희생을 치르는 방식으로만 진보해야만 하는지에 대해서는 의문이 생기지 않을 수 없다. 세상에는 왜 이런 방식의 진보뿐일까? 다른 방식으로 진보할 수는 없을까? 이 의심이 바로 진보를 믿는 자들에게 끊임없이 흘러내리는 모래다. 온몸으로 이 모래를 뒤집어쓰면서도 앞으로 나아가야만 한다고 생각하는 사람이 있다면, 혹은 앞으로 나아가면서도 어떤 의심을 떨칠 수 없는 사람이 있다면, 그는 '모래에 묻히는 개'가 아닐 수 없다.

나는 프라도미술관에서 이 그림의 복제품을 사 왔다. 서경식 선생이 1983년 프라도미술관을 방문한 길에는 이 그림의 복제품을 사 왔는지는 불분명하지만, 고야의 다른 그림인 〈1808년 5월 3일, 프린시페 피오 언덕의 총살〉의 복제품은 사 온 게 분명하다. 그 사실은 「모래에 묻히는 개: 스페인 마드리드」의 첫머리에 나온다.

v 『나의 서양미술 순례』(1992), 91쪽.

1990년 한국에 입국하던 길에 공항에서 이 그림을 둘러싸고 곤욕을 치르는 과정에서 여러 명의 세관원들이 검사대 위에 그 그림을 펼쳐 놓고는 "누구 그림이야?", "얼마에 샀소?"라거나 심지어 "이거 소련 그림 아니야?"라고 말하며 좀체 통과시키려 하지 않았다는 것이다.

지금 서울 예술의전당에서는 한국전쟁 당시 미군의 학살에 분노한 피카소가 이 그림의 구도를 그대로 빌려와 그린 〈한국에서의 학살〉이 전시되고 있다. 코로나19로 사회적 거리두기가 시행되고 있는 상황에서도 그 그림을 보려는 사람들이 미술관 로비에 길게 줄지어 서 있다. 이들에게 고야의 그림을 둘러싼 해프닝이 벌어졌던 1990년의 입국장 풍경을 보여 준다면, 어떤 생각을 할까? 어쩌면 그들의 눈에는 모래가 모두 흘러내리고 난 뒤의 역사가 보일지도 모르겠다. 그런 풍경에서 역사는 분명히 진보하며 제일 좋은 것이 제일 나중에 온다는 믿음을 나는 재확인한다. 그럼에도 왜 이런 방식의 진보뿐인가, 하는 의심은 여전히 남아 있다.

그러고 보면 내가 『나의 서양미술 순례』를 소년 시절에 읽었다고 착각했던 데에도 나름의 이유는 있었다. 책의 시간적 배경이 되는 1980년대 초, 나는 광주항쟁 이후 제5공화국의 사회에서 10대로 자라고 있었다. 학교에서는 체벌이 일상적이었고, 어른들은 공권력 앞에 무기력했다. 사회 전체가 짓눌려 있었다. 그리고 사춘기가 되자 내 마음 깊은 곳에서 의심이 솟구치기 시작했다. 나는 모범생이었고, 교과서에서 말하는 아름다운 말들과 정의로운 교훈들을 철저하게 외우고 있었다. 그럼에도 한번 일어난 의심이 사라지지는 않았다. 서점에서 책을 찾아 읽기 시작한 것은 그 무렵이었다. 그러다가 『나의 서양미술 순례』를 읽었다. 그 책을 통해 의심은 믿는 자의 숙명이고, 믿는 자는 방황하게 돼 있다는 것을 깨달으면서 나의 소년기가 마침내 막을 내렸다.

4

2021년 5월 현재, 전 세계적으로 전염병이 창궐한 가운데, 팔레스타인 가자 지구와 미얀마에서는 끔찍한 반인류적 범죄가 벌어지고 있다. 시인이 산 채로 불태워지고 아이들이 공습에 희생된다. 해마다 다시 찾아오는 태풍처럼 수많은 이들의 희생에도 불구하고 역사의 모래바람은 어김없이 불어닥친다. 이 모래바람 앞에서도 정약용은 "오직 독서하는 것 한 가지밖에 없다."고 편지에 썼다. 그리고 점점 파묻혀 가는 고야의 개는 높은 곳을 올려다보고 있다. 그것밖에 할 수 없어서가 아니라 바로 그것을 해야만 하는 숙명이기 때문에. 책을 읽는 일, 글을 쓰는 일, 고개를 쳐드는 일.

오랜만에 『나의 서양미술 순례』의 개정판을 펼치고 끝까지 읽다가 나는 마지막에 등장하는 한 장의 그림을 보고 충격을 받았다. 그것은 외젠 뷔르낭의 〈부활 아침 무덤으로 달려가는 베드로와 요한〉이었다. 나는 이 책에 이 그림이 실렸다는 사실을 전혀 기억하지 못하고 있었다. 예수가 십자가에서 죽고 매장된 지 사흘째 되는 일요일 아침, 막달라 마리아가 예수의 무덤에 가 보니

외젠 뷔르낭, 〈부활 아침 무덤으로 달려가는 베드로와 요한〉, 1898년, 82×134cm, 오르세미술관.

돌문이 치워져 있고 시신은 없어 이 사실을 제자들에게 알렸더니 베드로와 요한이 놀라서 무덤으로 달려갔다는 『성서』 속 이야기를 그린 것이다. 그림 속의 제자들은 아직 예수의 부활을 믿지 못한 채, 스승의 시신을 빼앗겼을 수도 있다고 생각해 뛰어가고 있다. 슬픔과 분노에 휩싸여 우왕좌왕하는 이 모습을 일러 믿는 자의 방황이라고 말할 수 있을까?

나도 또한 정체를 알 수 없는 불안과 초조에 들볶이듯 미술관에서 미술관으로, 수도원에서 성당으로, 유럽의 낯선 거리거리를 내달리고 있었다. 그 의미도 알지 못하고 내일을 예측할 수도 없었다.[vi]

내가 이 그림을 (다시) 본 것은 소설 『원더보이』를 쓸 때였다. 소설의 배경은 민주화 열기가 뜨겁던 1987년이었다. 소설을 쓰다 보면 내 의도와 무관하게 등장인물이 스스로의 길을 나아가려고 고집해 난감할 때가 있다. 그 소설의 마지막 부분이 그랬다. 애인을 고문으로 잃은 등장인물이 있었는데, 그녀는 불의에 침묵하는 사람들에게 경종을 일깨워야만 한다고 주장하고 있었다. 이야기의 마지막 공간은 명동성당이 될 것 같았다. 나는 의도하지 않았지만, 소설 속 그녀는 그 수단으로 분신자살을 주장하고 있었다. 누군가 분신하면서 끝나는 소설을 쓰고 싶지는 않았다. 하지만 그간

vi 『나의 서양미술 순례』(1992), 172쪽.

쌓아온 캐릭터가 있으니 쉽게 포기할 수도 없었다. 그 진퇴양난의 시간을 보내다가 나는 결국 명동성당에 가 보자고 마음먹었다.

거기서 나는 뷔르낭의 그 그림을 보게 됐다. 비록 복제품이지만, 가까이에서 본 그 그림은 내게 묘한 감동을 줬다. 근심 어린 표정을 짓고 있는 두 사람은 지금 예수의 무덤이 있던 곳을 향해 달려가고 있다. 제자들의 거처에서 예수의 무덤은 동쪽에 있었던 것일까? 그들의 이마 위로는 노랗게 아침 햇살이 비치고 있다. 오랫동안 그 그림을 쳐다본 뒤에야 나는 예수의 무덤은 동서남북 어디에 있었어도 상관없다는 사실을 알게 됐다. 제자들은 지금 빛을 향해 달려가고 있는 것이니까. 그리하여 마침내 그들이 빛을 대면하게 될 때, 베드로가 걸친, 불신의 검정 숄은 완전히 벗겨지게 될 것이다.

그 그림을 보고서야 나는 믿는 자의 방황에는 방향이 있다는 사실을 알게 됐다. 물질의 세계에서는 시신경이 그 방향을 알려 준다면, 정신의 세계에서는 고귀한 생각들과 한없이 고요하고 부드러운 감정들과 드높고 조화로운 아름다움이, 그러니까 진선미가 그 방향을 가리키고 있다. 그리고 지금까지 모든 위대한 예술은 단 한 번도 그 방향을 가리키는 데 실패한 적이 없었다. 이 사실을 스스로 납득한 뒤에야 나는 『원더보이』의 마지막 장면을 두 사람의 포옹으로, 빛과 빛의 만남으로 묘사할 수 있었다.

이제 와 돌이켜 생각하면 명동성당에서 그 복제품을 마주하던 그 순간, 나는 그 책을 처음 읽던 1994년부터, 어쩌면 그 이전, 광주항쟁이 벌어지고 수많은 사람들이 죽임을 당하고 고통을 겪던 시절부터, 아니, 그보다 더 오래전 야만의 권력에 꺾이는 바로 그 순간에 고개를 치켜들거나 뭔가를 끄적이거나 스케치를 하는 사람들이 살아 있던 시절부터 읽어 온 듯한 『나의 서양미술 순례』를 마침내 다 읽어 낸 것인지도 모르겠다. 그럼에도 믿는 자는 다시 방황하고, 더욱 방황하리라. 그렇다면 써야 할 자는 더 쓰고, 그려야 할 자는 더 그리고, 노래해야 할 자는 더 노래해야만 하리라. 믿는 자의 운명이란 그런 것일 테니까.

김연수

소설가. 1993년 『작가세계』 여름호에 시를 발표하면서 작품 활동을 시작했다. 장편소설로 『가면을 가리키며 걷기』, 『7번국도 Revisited』, 『꾿빠이, 이상』, 『사랑이라니, 선영아』, 『네가 누구든 얼마나 외롭든』, 『밤은 노래한다』, 『원더보이』, 『파도가 바다의 일이라면』, 『일곱 해의 마지막』이 있으며, 소설집으로 『스무 살』, 『내가 아직 아이였을 때』, 『나는 유령작가입니다』, 『세계의 끝 여자친구』, 『사월의 미, 칠월의 솔』을 발표했다. 산문집 『청춘의 문장들』, 『여행할 권리』, 『우리가 보낸 순간』, 『지지 않는다는 말』, 『언젠가, 아마도』, 『소설가의 일』, 『시절일기』, 『대책 없이 해피엔딩』(공저) 등이 있다. 작가세계문학상, 동서문학상, 동인문학상, 대산문학상, 황순원문학상, 이상문학상 등을 수상했다.

조해진

그의 궤적 안과 바깥에서

여권

어떤 책은 마치 세트장 너머의 세계로 이어지는 계단 위 '문'처럼(〈트루먼 쇼〉), 혹은 세상의 진실에 직면하게 하는 '빨간 약'처럼(〈매트릭스〉) 우리를 익숙했던 삶으로부터 한 발 벗어나게 한다. 멀리 보게 하고 새로운 마음을 주조하게 하며, 때로는 이야기를 만들도록 이끌기도 한다. 책의 마지막 페이지를 덮는 순간, 몰랐다는 것도 몰랐던 새로운 지평이 펼쳐지는 셈이다. "문학은 더 큰 삶, 다시 말해 자유의 영역에 들어가게 해 주는 여권이었습니다."라고 썼던 수전 손택(『문학은 자유다』)의 문장은 그런 의미에서 절묘하다. 허공의 출입국 심사대를 자유자재로 드나들 수 있게 해 주는 여권 같은 책……. 그 여정journey의 목적지는 늘 바뀌겠지만, 분명한 건 그곳이 익숙했고 전부라 믿었던 내 삶의 테두리 바깥에 있다는 것이리라.

디아스포라

내게 여권 같은 의미를 갖는 책들로 책장을 채운다면, 그 한 칸은 서경식의 저서로 가득 찰 것이다. 그의 책을 처음 접한 건 십여 년 전이었는데, 그 첫 책에서부터 나는 내가 그의 문장을 통해 더 먼 곳으로 가리란 걸 예감했다.

그 책은 『디아스포라 기행』이었다.

『디아스포라 기행』은 일본에서 태어나 평생을 살아왔으며 일본어로 교육받았고 글을 쓰고 있지만 국적이 한국이기에 일본 내에서는 참정권을 갖지 못할 뿐 아니라 해외로 나갈 때는 한국 여권과 더불어 일본 정부의 '재입국허가서'를 소지해야 하는, 재일조선인[i] '서경식'이라는 디아스포라의 '눈'으로 세상의 여러 도시를 여행하고 기록한 기행 산문이다. 당연히 이 산문은 단순한 여행담이 아니다. 여행지의 관광 정보나 특별한 에피소드가 빠진 대신 모어와 모국어, 민족과 국적이 동일하지 않은 불안한 디아스포라가 국경을 넘어 세상의 또 다른 디아스포라들을 찾아가는 아주 특별한 여정이 기록되어 있다.

그러므로 이 책에는 마르크스, 프리모 레비, 한나 아렌트

i 서경식은 '재일한국인'이 아닌 '재일조선인'이라는 용어를 쓰는데, 이는 재일조선인이 처음 형성될 때 한국과 북한이 분단되지 않았기 때문이다. 이 책의 프롤로그에서 서경식은 재일조선인과 재일한국인이라는 용어를 혼용하고 그 혼용에 별다른 의식을 하지 않는 것은 재일조선인이 형성된 역사에 대한 **무지의 소산**인 동시에 '민족'과 '국민'을 동일시한다는 점에서 **단일민족국가 환상**이 깔려 있다고 밝혔다(『디아스포라 기행』, 16쪽, 문장 수정과 진한 글씨체 표시는 인용자).

등 서경식이 젊은 시절부터 '양분을 흡수했던' 사상가 및 증언 문학가의 문장과 삶이 녹아 있고, 그의 형들과 윤이상처럼 정치적으로 이용되거나 희생됐던 슬픈 역사의 페이지들이 얼핏 내비쳐지기도 한다. 니키 리, 시린 네샤트, 다카야마 노보루, 조양규, 펠릭스 누스바움 같은 예술가들의 작품이 소개되기도 하는데, 이들은 모두 소속된 공동체에서 경계에 있거나 추방당한 이력을 갖고 있다. 슈테판 츠바이크, 장 아메리, 파울 첼란 등 나치 시대를 겪은 뒤 희망을 잃고 스스로 목숨을 거두거나 여러 번 자살을 시도하다가 불운하게 생을 마감한 유대인 작가들도 디아스포라의 눈은 고통과 공감의 힘으로 담아낸다.

나는 이 책에 나오는 여러 인물들의 생애와 그들 뒤편의 역사적·사회적 폭력을 공부해 갔고 또 다른 책들을 찾아 읽으며 보이지 않는 국경들을 계속 넘어갔다. 한나 아렌트의 책들을 읽었고 유학생 간첩 조작 사건에 연루된 바 있던 그의 형들이 쓴 『옥중 19년』(서승)과 『옥중서한』(서준식)을 읽었다. '동백림 사건'을 공부했고 윤이상의 아내인 이수자가 쓴 『내 남편 윤이상』을 읽었으며 파울 첼란의 시를 좋아하게 되었다.

그리고, 나는 썼다.

동백림사건을 배경으로 한 「동쪽 伯의 숲」, 재일조선인으로 한국에 유학을 왔다가 무고하게 정치적 탄압을 받게 된 서 군(君)과 그런 서 군을 사랑했던 고모의 이야기인 「사물과의 작별」,

'니키 리'를 모델로 한 화가 제인이 등장하는 「시간의 거절」[ii], 홀로코스트를 피해 미국으로 이민 간 유대인 알마 마이어와 분쟁 지역의 사진작가 권은의 이야기가 교차하는 「빛의 호위」는 모두 『디아스포라 기행』에 빚을 졌다. 「빛의 호위」의 경우 디아스포라와 디아스포라의 정신적인 만남이라는 커다란 줄거리뿐 아니라 세부적인 설정—가상의 인물 '알마 마이어'의 이름은 『디아스포라 기행』에 등장하는 장 아메리의 본명 '한스 마이어'에서 따왔고 알마 마이어를 브뤼셀 필하모닉 오케스트라에서 활동한 바이올리니스트로 설정한 것 역시 장 아메리가 벨기에 출신인 것에서 영향을 받았다—도 『디아스포라 기행』을 읽지 않았다면 구상조차 하지 못했을 것이다. 이 단편소설들은 소설집 『빛의 호위』(창비, 2017)에 수록되어 있다. 한마디로, 『빛의 호위』는 『디아스포라 기행』에서 양분을 받아 완성된 소설집이다. 서경식의 궤적 안과 밖을 오가며 공부하고 고민하고 알아 가는 과정이 내게는 소설 쓰기로 이어진 셈이다.

『빛의 호위』가 출간되고 1년여 뒤, 『나의 이탈리아 인문 기행』 출간 기념 강연회에 간 적이 있다. 강연이 끝난 뒤엔 사인을 받으려는 사람들과 함께 줄을 섰고 내내 떨리는 마음으로 내

ii 「시간의 거절」에서 제인은 "성조기를 티셔츠나 스커트처럼 두른 채 미국의 일상적인 풍경을 떠도는 자신의 모습", "공허한 표정으로 캔버스 밖을 응시하는 성조기 속 제인들"을 그렸는데, "내면의 불안과 동화에의 욕망을 연기하는" 그 이미지는 니키 리의 작품을 보며 내가 개인적으로 재창조한 것이다.

차례를 기다리기도 했다. 드디어 그의 앞에 섰을 때, 나는 책에 사인을 받은 뒤 가슴에 품고 있던 『빛의 호위』 한 권을 드렸다. 책 면지에는 "文章의 인연에 감사하여, 마음을 담아"라고 썼다. 그가 반가워하며 "조해진 군?" 하고 확인하듯 물었던 순간을 기억한다. 나는 웃으며 고개를 끄덕였고, 소설집 목차 페이지를 열어 보인 뒤 이 중에서 「사물과의 작별」은 특히 작가님의 형들 덕분에 구상할 수 있었다고 고백했다. 긴 이야기를 나눌 수 있는 상황은 아니었다. 내 뒤에도 사인을 받으려는 독자들이 꽤 있었고 행사장은 이미 정리 중이었다. 그러나 그날 밤은 이미 내게 특별했다. 빛을 찾아 헤맸던 내 긴 여정에서 어떤 때는 출발역이, 또 어떤 때는 환승역이 되어 준 실체를 만난 밤이었으니까. 그가 비록 한국어로 된 내 소설을 읽지 못한다 해도 상관없었다. 그를 읽으며 소설을 쓰고 세상을 알아 가는 한국 소설가가 있다는 것을 알아준다면, 그것만으로도 나는 충분했다.

프리모 레비

서경식을 통해 더 많이, 그리고 더 깊이 알아 간 영토는 프리모 레비이다.

프리모 레비는 유대계 이탈리아인으로 1943년 12월부터 1945년 1월까지 아우슈비츠에 수용되었다. 현대사에서 가장 비극적인 공간 중 하나인 아우슈비츠, 프리모 레비는 이곳에서 자신이 겪은 고난과, 같은 수인으로 만난 한 사람 한 사람의 이야기를 개인의 상처로 남겨 두지 않고 단단하고도 정확한 언어로 증언했다. 아니, 이 표현은 부족하다. 그 단단함과 정확함 아래에는 감히 손도 댈 수 없을 것 같은 뜨거운 분노와 울분, 그리고 슬픔이 도저하게 흐르고 있으며 너무도 많은 죽음을 지켜본 뒤 살아남았다는 죄책감, 다시는 인류사에서 아우슈비츠 같은 공간이 반복되어서는 안 된다는 준엄한 경고도 우리는 읽을 수 있는 것이다.

내가 프리모 레비를 읽기 시작한 건 2010년 무렵부터였다. 나는 그해 폴란드에서 한국어 강사로 지내다가 1년여 만에 귀국했는데, 폴란드를 떠나기 직전 마지막으로 방문한 곳이 오시비엥침 Oświęcim — '아우슈비츠'는 '오시비엥침'의 독일어 표현이다 — 이었다.

오시비엥침을 다녀온 밤, 나는 인간이 다른 인간에게 그토록 잔인할 수 있는 근거는 무엇인가에 대한 실존적 고민에 빠져 잠을 이룰 수 없었고 귀국 뒤엔 프리모 레비를 열독하기 시작했다. 그의 대표작인 『이것이 인간인가』부터 가장 최근에 번역된 『고통에 반대하며』까지, 장르를 가리지 않고 모두 읽었다.

서경식은 1980년 봄, 두 형에게 큰 버팀목이 되었던 어머니가 투병 생활을 할 때 『이것이 인간인가』를 읽었다고 밝힌 바 있다. 아시다시피 1980년 봄은 희망과 절망이 교차하던 시절이었다. '박정희'라는 오래된 독재가 끝났다는 희망도 잠시, 곧바로 신군부가 들어섰고 광주에는 무장한 군인들과 장갑차가 들어갔다. 당시 시대의 변화는 서경식이라는 개인의 삶에도 절대적인 변수로 작용했는데, 그의 형들이 한국에서 간첩으로 몰려 9년째 수감 중이었기 때문이다. 그의 형들, 그러니까 재일조선인으로 일본에 살 때는 차별을 받았고 한국에 유학을 온 뒤엔 '간첩'이 되었던 서승과 서준식……. 한국 정치는 오랫동안, 그리고 어쩌면 지금까지, 북한에 대한 증오로 지탱되었으니 한국에서 유학 중 북한을 방문한 적 있는 그들이 당시 정권을 정당화하는 간첩으로 이용된 건 어쩌면 예정된 시나리오였는지도 모르겠다.

형제들의 어머니는 어떤 마음이었을까.

전도유망한 유학생에서 정치범이 된 두 아들을 살피러 수시로 한국에 왔던 어머니, 면회신청서를 쓰기 위해 나이 오십에 글을 배우기 시작했던 그녀, 고문 중 어떤 고백이 '학생운동에 타격을 입힐까 봐' 스스로 몸에 기름을 끼얹고 분신을 시도했던 둘째 아들과 사상 전향을 거부하여 옥중에서 고문과 괴롭힘을 당한 것도 모자라 징역을 마친 뒤에도 감옥에 남게 된 셋째 아들에게 살아야 한다는 의지를 증여해 주었던 오기순 님…….

그 어머니는 곧 세상을 떠났다. 어머니의 죽음은 두 형뿐 아니라 서경식에게도 슬픔 이상의 회한이 되었을 것이다. 면회실 창살 너머 아들들을 보며 "마음을 강하게 먹어라. 의롭지 못한 인간들에게 결코 굴복하지 마라."라고 말하지만 면회실을 나간 뒤엔 땅바닥을 치면서 울었던, 상상할 수 없을 만큼 강인하면서도 특별하게 애틋했던 어머니였으니까. 형들의 석방이 요원한 상황에서 어머니마저 잃은 서경식에게 살아남아 '증언'을 하자고 결심하게 만든 책이 바로 『이것이 인간인가』이었던 것이다.

서경식은 1996년에 이탈리아에 갔다. 그야 물론 프리모 레비의 무덤 앞에 서기 위해서였다. 그리고 또 하나, 프리모 레비가 자살이라는 방식으로 삶을 마감한 이유를 추적하고 싶어서이기도 했을 것이다. 이 기행은 『시대의 증언자 쁘리모 레비를 찾아서』에 기록되는데, 한국어판은 2006년에 출판되었다. 나는 이 책을 여러 번 읽었다. 이렇게 말할 수도 있을까, 서경식과 프리모 레비, 그리고 내 문장이 삼각형으로 이어져 있다고……. 물론 나는 두 작가의 문장을 수신만 할 뿐이지만 이 삼각형의 세계 안에서 내가 얼마나 많은 이야기를 상상할 수 있었는지, 또 얼마나 자주 내 삶의 국경 밖으로 여정을 떠나게 되었는지, 아무리 길게 설명한대도 부족할 것이다. 어떤 시간이 아프게 남아 있기도 하다. 이 책과 프리모 레비의 『가라앉은 자와 구조된 자』를 읽으며 나는 살아남은 자의 '죄책감'이라는 것이 가시가 가득 박힌 터널 같다는 생각을 하게 됐고, 지금도 종종 그 시간 속에서 가만히 웅크려 있곤 한다.

『시대의 증언자 쁘리모 레비를 찾아서』는 내게 꿈을 꾸게 한 책이기도 하다. 언젠가 나도 이탈리아 토리노로 가서 프리모 레비의 생가, 그가 다녔던 학교와 일했던 공간, 그리고 그의 수인번호가 새겨진 묘지를 순례하고 싶다는, 그리고 그 순례에서 사유하고 느끼고 감각한 것을 문장으로 남기고 싶다는 꿈…….

도끼

또 어떤 책은 우리 내면의 얼어붙은 바다를 깨뜨리는 도끼(프란츠 카프카)가 되기도 한다. 서경식이 프리모 레비를 읽으며 '증언'으로서의 글쓰기를 다짐했듯, 나 역시 서경식과 프리모 레비에게서 '증언'의 의미를 배워 갔다.

얼어붙은 바다가 깨지듯…….

문학과 소설에 대한 '닫힌' 생각이 깨지자 더 넓은 세계가 보였고, 그 세계 한가운데서 나는 뜻밖에도 부끄러웠다. 재일조선인에 대해, 홀로코스트와 아우슈비츠에 대해, 역사 속에서 '타자'를 향한 반복된 적대와 혐오에 대해, 그리고 문학이 그것을 증언할 수 있다는 것에 대해 알지 못했다는 것이 부끄럽고 또 부끄러웠다. 서경식과 프리모 레비, 그들의 책은 내게 세상을 바라보는 하나의 렌즈, 아니 겹겹의 렌즈가 됐다. 이제 나는 너무도 분명하게 알고 있다. 그들을 읽기 전과 읽은 뒤의 세상을 바라보는 내 시선과 내가 써 내려갈 문장은 결코 같을 수 없다는 것을…….

서경식 선생님에게 퇴임은 또 하나의 시작이 되리라 나는 믿는다. 선생님은 또다시 보통의 사람들은 생각하지 못했고 경험하지 못했던 어떤 세계를 열어 줄 것이고 나는 매번 부끄러움을 느끼며 새로운 마음으로 그의 궤적 안과 밖을 오가는 여정을 시작하게 되리라.

이 시대, 서경식 선생님과 함께 어딘가로 갈 수 있다고 생각하면

행복하다.

이미, 충분히, 행복하다.

조해진

소설가. 2004년 『문예중앙』을 통해 작품 활동을 시작했다. 소설집 『천사들의 도시』, 『목요일에 만나요』, 『빛의 호위』, 『환한 숨』, 『우리에게 허락된 미래』, 장편소설 『로기완을 만났다』, 『아무도 보지 못한 숲』, 『단순한 진심』, 『여름을 지나가다』, 『완벽한 생애』 등이 있다. 신동엽문학상, 젊은작가상, 이효석문학상, 김만중문학상, 대산문학상 등을 수상했다.

서경식 선생님에게 나는
맏아들이라는 칭호를 부여받았다
그것도 아주 **완고한**[i]

정연두

1

서경식 선생님이 내 사당동 작업실을 방문하실 때 기억은 아직도 선명하다. 동일본 대지진이 일어난 지 어느덧 1년이 되어 가던 2012년 2월경이었다. 출판사 관계자분들과 번역가, 그리고 연락을 주셨던 큐레이터 선생님까지 많은 분이 까치고개 언덕 꼭대기에 있는 작업실, 그것도 엘리베이터가 없는 건물 4층을 땀 흘리며 올라오셨다. 등산을 즐기는 나는 교통은 좀 불편하더라도 관악산의 한 줄기인 뒷산이 보이는 것이 좋아서 이 위치의 작업실을 선택했다. 그동안 이곳을 찾아오시는 분들에게는 "사당역 6번 출구로 나오셔서 쭉 길을 따라오다 보면, 숨넘어갈 때 즈음 작업실이 나온다."라고 설명을 했지만, 초행인 분이 찾아오기엔 여간 불편한 위치가 아닐 수 없다. 사당역에서 일행을 만나 8차선

i 「완고한 맏아들 : 정연두」, 『나의 조선미술 순례』, 73~123쪽

남부순환도로변 시끄러운 찻길을 피해 골목 언덕길을 걸어 오르며 손수건으로 흘러내리는 땀을 연신 닦으시던 선생님의 모습이 안쓰럽게 느껴졌다.

작업실에 도착해서 서경식 선생님께 여러 해 동안 진행해 온 내 작품들을 하나씩 보여 드리며 소개했다. 작품 이미지는 때론 말과 설명보다 더 많은 공감을 이끌어 낼 수 있다는 것을 나는 경험상 알고 있다. 그중 옛 국군기무사(현 국립현대미술관 서울관) 건물 옥상에서 경복궁을 내려다보며 찍은 〈공중정원〉(2009)이라는 영상 작품에 선생님은 특히 관심을 보이셨다. 경복궁이 보이는 배경 가운데에서, TV 아나운서가 커튼을 열면서 명백히 가짜인 역사를 소개하는 작품이다. 나는 옛 왕궁이 내려다보이는 건물 옥상에서 과거 권력의 시선을 드러내고 싶었다. 서경식 선생님은 이 작품을 보시고 당신의 형님들 이야기를 하셨다. 과거 아마도 두 분이 잡혀 와 이 건물에서 고초를 겪으셨을 거라 하셨다. 영상이 다루는 표면적 내용이 아니라 작품의 맥락에 깊은 관심을 가지고 봐 주시는 선생님의 반응에 고마움을 느꼈다. '지음知音'의 설화처럼 작가는 자신의 작품을 이해해 주는 사람에게 무한한 애착을 느낄 수밖에 없다.

나는 대학가 시위와 최루탄 냄새 끝물에 대학을 다녔고, 여행 자유화와 함께 영국 유학을 갔고, 유학 후 아무런 미련 없이 한국으로 돌아와 작품 활동을 시작했다. 나는 선생님께 이런 자신이 "이전 세대에 비해 복 받은 것 같다."라고 말씀드렸다. 예전 작가들은 유학 가서 성공하지 않으면 뼈를 묻겠다는 비장한 각오로

나라를 떠나 미국이나 유럽에 정착한 예가 많았던 것에 비해 보다 자유로웠다는 점을 말씀드린 셈이다. 이는 내가 서경식 선생님의 글을 읽기 전이었고, 디아스포라와 재일조선인에 대해 깊게 생각해 보지 못했을 때였다.

언제인가 신슈에 있는 서경식 선생님의 산장에 놀러 간 적이 있다. 그곳에 머물며 좋은 인상을 많이 받았는데, 그중에서도 화장실에 보기 좋게 가지런히 놓여 있는 다양한 책과 집 부근에서 바라다보이는 남알프스 산자락의 장엄한 풍경이 기억에 남는다. 담소를 나누며 선생님께 등산을 좋아하는지 여쭤보았다. 이런 멋진 산이 보이는 곳에 자주 와 계시는 분이라면 분명 산에도 종종 가시리라 지레짐작했었다.

그런데 선생님 대답이 의외였다.

"등산? 좋아하지. 저기 있는 저 소파 보여?"

"네."

"저기 있는 저 소파에서 다 가 봤어. 세계 여러 나라 산들은 다 가 봤지. 히말라야도 가 봤어. 라인홀트 메스너의 책을 통해."

책을 좋아하시는 선생님다운 대답이었다. 나중에 보내주신 선생님의 저서 『내 서재 속 고전』을 읽으며 선생님이 문학과 사색을 통해 세상을 경험하고 삶의 깊이를 이해한다는 것을 알게 되었다. 부제였던 '나를 견디게 해 준 책들'을 통해 편견을 논파하고 세상을 탐구하며 산에 오르는 선생님을 상상할 수 있었다.

2

그동안 나는 항상 직접 부딪히고 겪어 보고 올라가 봐야 무언가를 찾을 수 있으리라는 생각에 사로잡혀 작품 활동을 해 왔다. 생각은 어딘가 가 봐야 떠오르고 누군가를 만나고 겪어 봐야 느낄 수 있다는, 경험에 토대를 둔 나의 작품관이 '공감'이라는 시험대에 놓인 것은 일본 이바라키현 아트타워 미토미술관에서 전시 제안을 받은 이후였다. 후쿠시마 원전에서 100킬로미터 떨어진 미술관에서 일하는 다카하시 미즈키 씨로부터 '희망'을 주제로 한 전시 제안을 받은 것도 그때 즈음이었다. 미즈키 씨는 사람들의 꿈을 사진으로 실현한 내 작품 〈내 사랑 지니〉 연작을 보며 미토 사람에게 희망을 주는 전시를 하고 싶다는 연락을 해 왔다. 나는 2002년 일본국제교류기금이 초대한 전시에서 〈내 사랑 지니〉 연작을 만든 적이 있었는데, 당시 미토 지역 한 고등학생의 꿈을 사진으로 실현하는 작업을 했다. 막막한 미래에 대한 불안한 마음이 풀릴 듯해서 산꼭대기에 올라 떠오르는 아침 해를 보고 싶다는 것이 그 학생의 꿈이었다. 그래서 우리는 20킬로그램이 넘는 카메라와 조명 장비를 나눠 지고 신슈에서 보이던 남알프스의 3,193미터 높이의 기타다케라는 산을 올랐고, 새벽녘 동틀 무렵 정상에 서서 사진을 찍었다. 이 고등학생은 10년이 지나 미토 국제영화제 감독이 되어 활동하고 있었고, 미즈키 씨는 이 청년이 담긴 작품 사진을 보며 희망을 생각했다고 했다.

두 달 동안 미토시에 머물며 작품을 구상했지만, 나의 상상력은

'공감'이란 문제에 부딪혀 전혀 진척이 없었다. 미즈키 씨는 미토시에 도착한 첫날 나를 이와키의 한 고등학교 운동장에서 학생들이 진행하는 연극제에 데리고 갔다. 이와키는 후쿠시마 원전에서 약 40킬로미터 떨어진 곳이고, 이 학교 학생의 대부분은 부모가 후쿠시마 원전에서 근무하는 친구들이었다. 당시 나는 서경식 선생님이 출연한 NHK 다큐멘터리 〈후쿠시마를 걸으며〉 인터뷰 영상에 흠뻑 빠져 있었고, 선생님이 말씀하시던 '동심원의 이론'을 줄곧 생각하곤 했다. 나는 연극을 보는 내내 아이들의 천진난만하던 표정과 대사에서 지난 1년간의 아픔을 느낄 수 있었고, 점점 더 풀어나가기 힘든 주제에 빠져들어 갔다. 두 달간 나는 부지런히 움직였고, 많은 사람을 만났다. 신슈 산장에서 멋들어진 남알프스 겨울 풍경을 본 것도 당시 나의 절실함의 대답을 찾아보고자 선생님을 뵈러 갔을 때였다.

전시를 준비하던 나에게 두 가지의 인연이 있었는데, 하나는 미토시에 살며 사진을 찍는 시각장애인 안마사 시라토리 켄지 씨와의 만남이었고, 다른 하나는 서경식 선생님의 저서 『시의 힘』을 공부한 것이다. 시라토리 씨는 앞이 보이지 않지만 특이하게도 사진을 즐겨 찍는다고 했다. 나는 그를 만나 찍은 사진들을 보여 달라고 했는데, 사진들이 영 신통치 않았다. 시각장애인이 쓰기에 낡고 불편한 카메라를 보고 나서, 나는 작은 카메라를 선물했다. '시라토리白鳥'라는 이름에서 아이디어를 얻어 다이얼이 없는 흰색 카메라를 골랐다. 그리고 그에게 찍은 사진을 보내 주면 고맙겠다고 말했다. 그는 내게 매달 8,000장씩, 1년 동안 약 8만여 장의 사진을 보내왔고, 나는 앞이 보이지 않는 사람이 찍은 사진을 보며 보이지 않는 방사능에 대한 두려움과 그곳에서 일상을 살아가는 사람들에 대한 작품을 구상하게 되었다. 또 다른 인연은 서경식 선생님의 『시의 힘』이라는 책이었는데, 이 책은 당시 아직 한글 번역본이 나오지 않아 일본어본을 사서 읽었다. 시라토리 씨의 사진에서 영감을 받은 〈블라인드 퍼스펙티브Blind Perspective〉라는 작품 촬영을 위해 미즈키 씨와 함께 아키타의 산들을 헤매고 있을 때, 나는 매일 밤 캠핑장에서 미즈키 씨의 도움을 받아 『시의 힘』을 더듬더듬 읽었다. 나의 일본어 실력은 신통치 않아 일본어 책을 읽는다는 것이 여간 쉽지 않은 일인데, 게다가 시를 이해한다는 것은 미즈키 씨의 도움 없이는 정말 어려운 일이었다. 그중 서경식 선생님이 희망을 언급하신 부분에서 선생님이 학창 시절부터 즐겨 읽었던 루쉰의 「고향」을 인용한 구절이 마음에 와닿았다.

"희망이란 본시 있다고도 없다고도 할 수 없는 거였다. 이는 마치 땅 위의 길과 같은 것이다. 본시 땅 위엔 길이 없다. 걷는 이가 많아지면 거기가 곧 길이 되는 것이다."

본래 지구 위에는 풀이 무성하다. 사람들이 매일 다녀야 비로소 길이 생기는 것이다. 그곳에서 살며 매일 일상을 반복하며 출퇴근길을 기록하는 시라토리 씨의 사진을 통해 비로소 희망에 다가갈 수 있었다. 미토미술관의 전시 제목《지상의 길처럼地上の道のように》은 서경식 선생님의 책에서 영감을 받아 지었다.

나는 작품을 대할 때, 특히 과거의 역사와 그것을 경험한 한 개인을 대할 때 되도록 선입견을 품지 않으려 한다. 직접 겪었던 사람이 아닌 이상 관찰자로서 조용히 듣는 것이 예술가의 태도라 생각한다. 적어도 나의 작품에서는 그러하다. 서경식 선생님을 만나고 나서 내 작품에는 여러 가지 변화가 있었다. 그 영향을 받은 작품은 미토미술관 전시에서 발표한 신작 3점 〈와일드 구스 체이스〉(2014), 〈블라인드 퍼스펙티브〉(2014), 〈마술사와의 산책〉(2014) 이후에도, 〈여기와 저기 사이〉 연작(2015), 〈키갈리, 밤 속으로〉(2016), 〈높은 굽을 신은 소녀〉(2018), 〈고전과 신작〉(2018), 〈소음 사중주〉(2019), 그리고 올해 발표를 준비하고 있는 〈DMZ 극장〉(2021)이 있다.

3

맥발미술관은 파리 남부 변두리 비트리쉬르센에 있다. 나는 아티스트 레지던시에 초대되어 2016년 여름을 이곳에서 보내게 되었다. 비트리쉬르센은 내가 아는 파리와는 대단히 다른 모습이었다. 길거리는 아랍과 아프리카 지역 사람으로 가득 차 있고, 가장 가까운 편의점은 인도 사람이 운영하며, 바게트를 파는 빵집은 중국 사람이 아침 일찍 문을 연다. 1970년대 배를 타고 베트남을 떠나온 난민들은 인근 토르시 지역에서 자리 잡아 베트남 마을을 이루었고, 미술관 직원 대부분도 아프리카계 흑인이다.

그들은 1990년대 초 미술관을 준비하던 시기부터 지역 미술관을 위해 동네 이민자를 고용하고 지역 주민들과 함께 현대미술 공부를 했다고 한다. 나는 이곳에 머물며 〈여기와 저기 사이d'Ici et d'Ailleurs〉 연작을 만들기 시작했다. 이민자들이 이곳에 오기 전 '고향에서 상상한 미래'에 관해 인터뷰하면서 시작된 사진 연작 작품이다. 이즈음 서경식 선생님이 인천 디아스포라 영화제에서 대담을 하신다는 소식을 접했다.

민족 대학살이 있었던 르완다를 여행하며 선생님의 책 『시대의 증언자 쁘리모 레비를 찾아서』를 가지고 다녔다. 르완다는 1994년 벌어진 민족 대학살의 아픔이 있는 곳이고, 나는 방문자 입장에서 다른 나라의 어두운 역사를 작품화하는 데 머뭇거리고 있었다. 하지만 결국 토탈미술관의 작가들과 며칠 머물며 준비해 간 장비로 르완다의 수도 키갈리를 돌아다니며 영상을 찍었고, 그래서 나온 작품이 〈키갈리, 밤 속으로〉이다. 이 작품은 선생님이 프리모 레비에 관해 쓴 책에 기대어 용기를 낸 작품이었다.

4

2017년 홍콩에 머물며 1년여 기간 동안 만든 작품 〈높은 굽을 신은 소녀〉는 아시아의 근현대를 다루는 영상 시리즈를 만들려는 시도에서 나온 첫 작품이다. 1958년 23살의 나이로 홍콩으로 밀입국한 문씨 할머니의 이야기를 기계자수로 수놓는 이 영상 작품은, 홍콩의 근대화 속에 방직공장 직공이자 이민자로 살아온 할머니의 이야기를 통해 지금의 23살 여성들과 공감을 끌어내려 했다. 이러한 아시아의 근현대사를 바라본 영상 작품 시리즈는 2018년 도쿄도현대미술관에서 선보인 〈고전과 신작〉으로, 다시 2021년 광주비엔날레에서 선보인 〈소음 사중주〉로 이어진다.
이 작품들은 2015년 파리에서 시작되어 르완다, 홍콩과 대만, 오키나와와 광주, 도쿄로 확장되는, '이야기를 듣는 자'와 '관찰자'로서의 나의 태도를 보여 주고자 했던 시리즈이다. 나는 이 작품을 만들 때마다 서경식 선생님께 매번 영상 링크를 보내 드렸다. 멀리 떨어진 곳이라 선생님을 초대하지 못하는 전시들은 특히 그러했다. 그중 〈고전과 신작〉은 도쿄 대공습에서 살아남았던 여덟 살 소년의 이야기를 현재의 초등학교 학생들과 병치하여 보여 주는 작품이었는데, 이 작품만은 서경식 선생님이 감상을 피하셨던 기억이 있다. 비록 아이의 눈으로 바라본 아픈 과거와 현재의 동심 이야기를 다루고 있지만, 도쿄 공습을 다루고 있고, 전쟁 가해자 일본이 피해자의 입장으로 보일 수도 있다는 점이 싫으셨겠다 하는 짐작을 조심스레 했다. 재일조선인으로 일본에서 겪으셨던 그동안의 입장을 생각해 보면 그러시는 것이 당연하겠다 싶었다. 그것은 직접 경험하지 않고서는 모르는 부분일지도 모른다. 마치 내가 등산을 하는 이유와도 같다고 생각했다. '복 받은 세대'인 나는 이 작품을 만드는 내내 자신의 입장에 대해 생각했고, 선입견을 품지 않고 아시아에 사는 사람들의 과거와 현재를 보려는 예술가의 입장을 견지했다. 어쩌면 이것은 나의 완고한 고집 때문일까…….

이 글을 쓰고 있는 지금 한창 준비 중인 〈DMZ 극장〉은 2021년 8월 중순 국립현대미술관에서 열세 차례 공연과 함께 열릴 예정이다. 이 작품은 2017년부터 약 3년간 돌아다닌 DMZ의 열세 군데 전망대에 관한 작품이다. 선입견을 넘어서 예술가가 그곳에서 발견한 아름다움과 애틋함에 관한 전시이다. 코로나 상황이 좋아져서 서경식 선생님이 보러 오실 수 있으면 하는 간절한 바람이다.

정연두

서울에서 활동하며 퍼포먼스 기반의 사진, 영상, 설치 작업에 주력해 왔다. 주로 현대인의 일상에서 소재를 발견하고, 그로부터 파생되는 수많은 가능성을 탐구하는 작업은 기억과 재현, 실제와 허구를 교차시키며 타자의 현실을 매번 다르게 반복함으로써 시대의 틈을 드러낸다. 때로 낭만적 감상으로, 때로 현실 비판적 시선으로 현실과 허구의 경계를 넘나들며, 자본주의 사회의 판타지를 현실과의 미묘한 차이 속에 연출함으로써 환영으로서 예술과 삶의 본질을 강화한다.

2012년 서경식 선생님과의 첫 만남 이후 이 글에서 언급된 작품들의 전시 목록

2021 《DMZ 극장》, 국립현대미술관 서울관, 서울
《Double Echoing/The Pavilion Project》, 광주비엔날레, 광주
2020 《여기와 저기 사이》, 스페이스 윌링 앤 딜링, 서울
2019 《지금, 여기》, 페리지 갤러리, 서울 | 《강박²》, 서울시립미술관, 서울
《City Flip－Flop》, 대만현대문화실험장(C-LAB), 타이베이, 대만
《Show Me Your Selfie》, 고양아람누리 아람미술관, 고양
《디엠지》, 문화역서울 284, 서울 | 《Unfolding: Fabric of Our Life》, Mill 6 Chat, 홍콩
2018 《夕立－Between Day & Night》, 고마고메 소코, 도쿄, 일본
《MOT Satellite－To become a narrative》, 도쿄도현대미술관, 도쿄, 일본
《Real DMZ Project》, New Art Exchange, 노팅엄, 영국
2017 《투어리즘》, 제주비엔날레 2017, 제주현대미술관, 제주
2016 《여기와 저기 사이》, 인천 아트 플랫폼, 인천
2015 《d'Ici et d'Ailleurs》, 맥발(MAC/VAL)미술관, 파리, 프랑스
2014 《지상의 길처럼》, 아트 타워 미토, 미토, 일본
2012 《하우 피지컬－에비스 국제 페스티벌》, 도쿄, 일본

2

지나간 20년의 세월에 배운 것이 있다고 한다면 희망이라는 것의 공허함일지도 모르겠는데, 뒤집어 생각하면 그것은 도리어 쉽게 절망하는 것의 어리석음이라 할 수도 있다. 그 희망과 절망의 틈바구니에서 역사 앞에서 자신에게 부과된 책무를 이행할 뿐이다.

— 『나의 서양미술 순례』(1992), 179쪽

서동진

서경식 선생과 로얄 밀크티

1

블로그에 쓴 빙충맞은 어떤 작은 일기가 화근이었다. 지레짐작으로 감히 누군가를 탓하고 원망하는 일이 얼마나 어리석은 짓인가를 다시 한 번 터득하게 된 계기이기도 했다. 아마 잠시 방문 교수가 되어 미국의 어느 대학에서 학생들을 가르칠 때였을 것이다. 수업을 마치면 나는 도서관에서 책을 빌리거나 근처 슈퍼에 들러 장을 볼 일이 없으면 곧장 집으로 돌아와 책을 읽거나 글을 쓰곤 했다. 떠나올 때부터 수선한 마음은 그 수선한 마음이 비롯된 곳에서 벗어났는데도 여전했다. 아니 더 증폭되는 것 같았다. 그러던 중 인터넷 서점에서 주문한 책들 속에 끼어 있던 『디아스포라 기행』을 읽었다. 그리고 마침 신변잡기를 비롯해 읽은 책에 대한 소감 따위를 매일 적어 두곤 하던 블로그에 독후감을 겸한 간단한 글을 썼다. 그 글은 이런 것이었다.

2

소수자의 마음, 그것.

— 아마, 어젯밤 단숨에 『디아스포라 기행』을 읽었기 때문이었을지도 모른다. 나는 서경식이란 필자에 대하여 항상 적잖은 위화감을 느끼는 편이었다. 나는 그가 디아스포라란 개념을 사용할 때에도 역시 지레짐작으로 그의 어떤 호사벽의 표현일 것이라고 생각했다(그것은 나의 새롭고 좋은 것을 향한 집착에 대한 증오가 투사된 것일지도 모른다). 물론 디아스포라란 용어는 자신을 주변화함으로써만 서구 좌파 아카데미 안에서 자신을 내세울 수 있는, 식민지 지식인들의 주술적 개념이 더 이상 아니게 되었다. 아마 어쩌면 디아스포라란 이름의 록밴드가 나올지도 모르고 그런 이름의 관광 패키지가 등장할지도 모른다. 아무튼 디아스포라란 개념에서 그것이 감상적인 것이라 할지라도 어떤 저항할 수 없는 아픔을 느끼는 것이 아니라 외려 도착적인 쿨하고 세련된 느낌을 감지한다면 그 용어는 전적으로 실패한 것이 아닐 수 없다. 이를테면 "신새벽 뒷골목에 남몰래 쓰는 민주주의". 그 시구에 등장하는 민주주의란 단순히 정치학 교과서에 나오는 정치 체제의 용어가 아니라 강렬한 정서적 진동을 갖고 동시에 시구를 읽는 개인들 각자를 어떤 보편적인 운명의 지평 속으로 운반하는 효과를 가지고 있었을 것이다. 물론 여기에서의 운명이란 피할 수 없는 섭리란 뜻에서의 운명이라기보다는 결국은 선택해야 할, 그리고 선택하지 않으면 아무것도 달라질 것이 없는 결정의 계기를

가리키는 것일지 모른다. 그것은 거대 서사의 소멸을 주장하는 세태에 비추어 보자면 광적인 비합리성에 음울하게 물든 어떤 메타적인 신앙의 외침일지 모른다. 그럼에도 불구하고 그것 없이 말은 존재하지 않는다. 말로써 희망을 전하려는 자에게 그 느낌을 전달하는 능력이 없다면 그것은 죽은 말이다.

서경식의 『디아스포라 기행』을 읽고 나는 이 '연약한' 저자에게 깊이 감동받았다. 아마 그것은 그 책에서 언급하는 디아스포라란 존재의 삶에 관한 서술보다는 그가 그것을 경험하는 방식, 순전한 그의 실존적인 이야기 때문이었을 것이다. 내가 그에게 품고 있던 근거 없는 반감을 완전히 해제하게 된 것은 그의 책 곳곳에 등장하는 죽음, 특히 자살에 대한 언급 때문이었다. 나는 타인의 죽음에 관하여 특히 같은 재일조선인의 죽음에 관하여 서술하는 부분에서 잠시 호흡을 멈추지 않을 수 없었다. 그것은 또한 나의 기분이기도 했기 때문이다. 그 혹은 그녀가 죽었을 때, 부고가 도착했을 때, 걷잡을 수 없는 슬픔과 분노가 몰려오기보다는, 조금은 어떤 다행스럽고 또 조금은 홀가분한 기분으로 그 죽음과 직면하는 것. 나는 그것이 바로 디아스포라로서의 자신의 기분이라고 이야기할 때의 서경식에게 깊이 감동했다. 이를테면 자신의 사회적 지위에 대한 추상적인 지식을 제시하기란 쉬운 일이다. 그렇지만 그를 서술할 때마다 등장하는 개념이나 용어들—차별, 착취, 억압, 배제, 불관용 등의 말은 부족한 것이 아닐 수 없다. 몇 해 전 어느 젊은 게이 친구가 자살했을 때, 나는 그의 죽음을 애도하는 자리에서 견딜 수 없는 애매한 기분에 사로잡힌 적이 있었다. 그것은 그보다 몇 해 전 에이즈로 죽은 어느 선배의 영결식에서 절감했던 어색하고 견딜 수 없는 기분과 다르지 않은 것이었다. 명랑하게 잘 지내던 그가 또는 그 누구보다 낙천주의자이던 그가 갑자기 목숨을 내려놓았을 때, 그가 자신을 지탱하기 위해 무엇을 견디며 숨기고 있었는지 뼈저리게 느끼고 그의 죽음에서 어떤 해방감까지 느끼는 것.

서경식은 그런 느낌을 한나 아렌트의 글에서 찾는다. "망명자는 싸우는 대신에, 또는 어떻게 하면 저항할 수 있는지를 생각하는 대신에 친구와 친척의 죽음을 바라는 데에 익숙해져 버렸다. 누군가 죽으면 그 사람은 이제 어깨의 짐을 전부 내려놓았구나 하고 쾌활하게 생각해 보곤 한다."[i] 서경식은 이런 심정을 자신에게 빗대어 이렇게 말한다. "아는 재일조선인 중에 자살한 이들을 한 사람 한 사람 떠올려 봐도, 화를 내야 할 때 서글프게 웃고 하고 싶은 말도 못하다가 스위치를 뚝 끄듯이 사라져 버렸다는 인상이 강하다. 그런 죽음과 만났을 때 나의 마음에 일어나는 감개는 잘 표현할 수 없지만, '아, 역시나' 하는 심정에 가깝다. '그 사람은 이제 어깨의 짐을 전부 내려놓았구나' 생각하고픈 마음을 알 것 같다."[ii] 그는 이것을 '소수자의 마음'이라고 부른다. 맞는 말이다.

i 한나 아렌트, 「우리 망명자들」, 『디아스포라 기행』, 50쪽에서 재인용

ii 『디아스포라 기행』, 51쪽

나 역시 이와 비슷한 이야기를 어느 글에서 썼던 듯하다. 열아홉 살의 어린 동성애자 청년이 자살을 택했을 때, 나는 게이로 산다는 것은 부고를 접하는 것이며 죽음을 통해 어깨의 짐을 내려놓은 자에 대한 기분을 느끼는 것이라고 끼적였던 적이 있다. 그렇지만 나는 그것에 대하여 서경식처럼 통렬한 성찰을 하지는 않았다.

"이제, 됐어, 그만 끝을 낼까 생각하면서 '죽음'을 향해 한 발자국, 몸을 내밀려 할 때 확 뒷머리를 잡아채 이편으로 끌어당기는 힘 중 하나는, 의심할 바 없이 '국민'이라는 관념이다. 그 어떤 것도 대신할 수 없는 소중한 고향과 그것의 자연, 자기를 사랑해 주는 가족, 조상이 남겨 준 유형무형의 재산, 부모에게서 자식에게로 전해지는 혈통, 과거에서 미래로 계속되는 '국민'의 전통, 고유의 역사와 문화, 하나하나 자세히 검토해 보면 근거가 희박한 이 관념들이 단단히 모여 있는 것, 그것이 '국민'이다."[iii]

그가 이런 이야기를 할 때, 나는 그가 단지 더 지혜로운 것이 아니라 분노와 증오가 얼마나 더 깊었던가를 느끼지 않을 수 없다. 그는 더없이 섬약한 사람처럼 보이지만 그는 외려 대단히 강한 사람이었던 것이다. 그렇지 않고서야 자신이 지닌 슬픔을, 자신이 견디는 고통을, 자신이 견디는 외로움을, 어떻게 그들이 가지고 있지 않을 수 있는가에 대하여 생각이 미칠 수 있겠는가. 그리고 자신과 동일한 처지의 타인들을 묶는 감상적인 동일시에서

iii 『디아스포라 기행』, 55쪽

벗어나, 그들과의 관계로부터 보는 시선을 통해 나와 또 다른 처지의 타인들을 볼 수 있었겠는가. 나의 또 다른 나로서의 타인을 재단하고 감상적으로, 나르시시즘적으로 동일시하며 꺽꺽대고 울기보다는, 어떻게 그가 한 명의 무한하고 환원할 수 없는 한 명의 존재로서 살았는가 바라보는 시선의 힘을, 나는 그에게서 느낀다. 그가 재일조선인으로서의 삶의 압박에서 벗어나기 위해 유럽의 미술관과 음악회를 떠돌며 사치스럽게 자신의 감상과 기행을 주억대고 있는 것은 아니냐는 나의 볼품없고 건방진 짐작은 틀려도 많이 틀린 것이었다.

프리모 레비의 글을 어떻게든 번역하고 싶어 안달하던 어떤 지인이 생각난다. 나는 그가 왜 조금은 뜬금없이 그의 책을, 아우슈비츠의 고통에 관한 범람하는 증언과 책, 영화 들로 이제는 거의 신물이 날 지경인 터에, 번역하자고 고집할까 의아해했었다. 나는 그것이 파시즘 비판이라는 한국의 젠체하는 지식인의 어떤 특성의 표현일 것이라고 쉽게 짐작했다. 그러나 나는 서경식의 『디아스포라 기행』을 읽고 내 생각이 틀렸음을 깨달았다. 지인은 엄청난 정치적 사건으로 투옥된 경험이 있었고, 그 정치적 사건은 어떤 민주화운동에서도 서슴없이 두둔하기 어려운 어떤 금기의 선을 넘어선 잔혹한 것이었다. 그 사건으로 그가 취조를 받고 고문을 받으며 수형 생활을 하는 동안 나는 그가 어떤 물리적 고통으로도 환원할 수 없는 참담한 고독과 삶의 무의미를 겪었을 것이라는 점을 어렴풋이 짐작할 수 있다. 그러나 그가 자신의 삶에 닥친

짐승처럼 사는 삶, 즉 목숨을 부지하는 삶 이상의 삶, 그 희한한 비실체적인 여분의 그 무엇에 얼마나 집착했을 것인가에 관해서는 그다지 깊이 생각하지 못했다. 레비, 그는 자신이 겪었던 참상의 증언보다 더 전율할 만한 무엇을 우리에게 주지 않았는가. 바로 그가 그 여분, 자신의 삶을 인간으로서의 삶으로 가능케 하는 차원을 스스로 만들어 내는 과정을 보여 줌으로써, 그 무엇보다 나치즘의 악으로서의 성격을 증명해 주지 않았는가.(homopop.org 2006년 2월 8일자)

3

그리고 그로부터 십여 년이 지난 뒤 나는 국립현대미술관의 (지금은 사라지고 없는) 웹진 『아트뮤ART:MU』에 이런 글을 실었다.

미술 여행을 다닌다는 것 — 관람의 문화정치학

주말에 고속열차를 잡아타고 주저 없이 대구로 직행했다. 마침 다른 약속이나 일정이 없어 여유 자적할 수 있게 된 것이지만 실은 대구미술관에서 열리는 《잉카 쇼니바레 MBE: 찬란한 정원으로》를 보기로 일찌감치 작정하고 시간을 미리 빼 둔 탓도 있었다. 부러 걸음을 해서 잉카 쇼니바레의 전시를 보러 간 데에는 작가에 대한 흥미도 있었지만 보다 큰 빌미는 바로 서경식이 어느 신문에 쓴 짧은 칼럼(「포스트 콜로니얼(식민지 이후)의 표상」, 『한겨레』, 2015. 9. 10)과 마침 출간된 그의 새 책『내 서재 속 고전』이었다. 신문에 특별 기고한 글에서 그는 아베 신조 일본 총리의 '전후 70년 담화'를 거론하며 일본에서 지속되고 있는 식민주의를 성찰하고 있었다. 그리고 그는 그 자리에서 한국에서 열리고 있던 잉카 쇼니바레의 전시를 소개하였다.

나이지리아 출신의 가계에서 태어나 영국에서 생활한 이 작가를 서경식은 몇 해 전 런던에서 직접 만나 인터뷰한 적이 있었던 모양이다. 그는 그때 나눈 대담에서 엿들은 작가의 생각을 흥미롭게 소개하고 있었다. "야만의 기록이 아닌 문화의 기록은 결코 없다."라는 발터 벤야민의 말은 곧 미술관과 박물관을 향해 던져진 쓰라린 잠언이라고 들어도 좋을 것이다. 잉카 쇼니바레는 그 야만의 기록으로서의 문화의 기록과 유희하는 데 재간이 좋은 작가이다. 그가 빅토리아 시대 젠틀맨의 자리에 흑인을 가져다 놓고 유머러스하면서도 아이러니한 계급의 풍경을 제시할 때, 백인 귀족 여성의 낭만적 사랑의 환상을 노래한 오페라 발라드를 흑인 귀부인이 부르는 영상으로 천연덕스럽게 제시할 때, 우리는 미소를 짓거나 적어도 조금은 시원한 기분이 든다. 그는 미술관이라는 문화의 전당이 야만의 전당임을 누설하는 데 성공한다.

잉카 쇼니바레라는 작가보다 이번 전시로 나를 잡아 끈 진짜 연유는 서경식에 대한 각별한 기억 때문이었다. 나는 그 기억을 잊고 있다가 이번에 그가 연재했던 신문 칼럼을 묶어 낸『내 서재 속 고전』을 읽으며 다시 대면하게 되었다. 나는 한때 그를 향한 어깃장에 가까운 반감을 품은 적이 있었다. 알다시피 그의 두 형은 재일교포 유학생 간첩단 사건으로 서슬 푸른 유신 시대에 감옥에 갇혀 사형선고를 받았다. 나중에 무기징역으로 감형되고 결국 민주화가 이뤄지고 난 후 한참 뒤에야 그들은 가까스로 감옥에서 풀려났다. 어린 나이에 감옥에 갇혀 형장의 이슬로 사라질지도 모를 아들을 위해 일본의 부모는 온갖 곳을 뛰어다니며 구명운동을 벌였고 끝내 두 아들의 모습을 보지 못한 채 광주에서의 그 일이 일어난 해에 어머니가 먼저, 그로부터 딱 3년 뒤 아버지가 세상을 떠났다.

나는 이에 대한 보다 자세한 이야기를 그가 몇 해 전 썼던 『디아스포라 기행』에서 전해들을 수 있었다. 이번에 나온 『내 서재 속 고전』 중에 나오는 칼럼, 그러니까 필리프 아리에스의 『죽음의 역사』에 관한 글에서도 서경식은 이때 일에 대해 말한다. "1983년 가을, 나는 난생처음 유럽 여행을 떠났다. 1980년 5월, 어머니가 무자비한 암의 고통 속에 세상을 떠났다. 광주 5·18 학살이 진행되던 바로 그때이기도 했다. 그 3년 뒤의 5월, 아버지도 어머니와 같은 병으로 돌아가셨다. 부모의 죽음을 지켜본 뒤 나는 아무런 구체적인 목적도 없이 여행을 떠났다. 그 여행에서 많은 성당, 교회, 수도원, 미술관을 돌아보며 서양 기독교 세계 특유의 죽음의 도상들과 조우했다. 아니 그보다는 무의식 중에 나 자신이 그런 것을 갈구하며 방황하고 있었다고 하는 편이 더 정확할지 모르겠다."[iv]

바로 그것이 그를 한국에 처음으로 알린 책인 『나의 서양미술 순례』의 모태가 된 '그림 여행'의 시작이었다. 그리고 그를 향한 나의 어떤 위화감 역시 바로 그 책에서 비롯되었다. 나는 자신의 두

iv 『내 서재 속 고전』, 123~124쪽.

형을 감옥에 두고 팔자 좋게(?) 해외여행, 그것도 유럽을 쏘다니며 호사스럽다 해도 좋을 미술관을 전전한 그의 행적을 선뜻 지지하기 어려웠다. 방금 인용한 글에서 나오듯이 그의 여행이 얼마나 그에게 절박한 것이었는지 눈곱만큼도 짐작하지 못한 채 시건방진 예단을 했던 것이다. 그러다 나는 그의 『디아스포라 기행』이란 책을 구해 읽고 쥐구멍에라도 숨고 싶은 심정이 들었다. 나는 그가 얼마나 큰 고통에 직면해 있었는지를 모르고 있었고 그의 서양미술 '순례'가 말 그대로 순례라는 것을 헤아리지 못했음을 깨달았다. 나는 그에게 사과하는 내용이 담긴 짧은 글을 써 블로그에 올렸고 지인 중 하나가 그 글을 서경식에게 전해 주었다. 나는 그가 나의 무례와 오만을 용서해 주었을 것이라고 짐작한다. 그는 옹졸한 나와는 전연 다른 사람이니까 말이다. 그리고 그가 태연하게 "30년 전부터 지금까지 나는 세계 각지의 미술관이나 성당을 돌아다니며 미술 작품을 살펴봤다. 올해 이른 봄에도 이탈리아에 가서 많은 작품을 보고 왔다."[v]란 대목을 읽어도 이젠 반감은커녕 외려 기쁜 마음으로 "이 양반, 또 어딜 다녀왔군."이라고 말할 지경이 되었다. (……)

전 세계의 이름난 도시와 관광지에 '인터컨티넨탈 호텔'이나 '홀리데이 인' 같은 세계적 숙박업체의 체인이 빼곡히 자리를 잡은 것처럼 우리는 그런 곳에 어김없이 미술관과 박물관이 문을 열고 성업한다는 것을 알고 있다. 비평가들이나 저널리스트들이 경멸조로

v 『내 서재 속 고전』, 113쪽. 서경식이 케네스 클라크의 『그림을 본다는 것』을 읽고 쓴 「미감을 즐길 시간은 오렌지 향보다 길지 않다」에 나오는 한 구절이다.

말하듯이 세계적인 스타 건축가가 나서서 설계한 유난한 모양을 한 거대한 건축물들이 미술관이나 박물관의 모습을 한 채 문을 열고, 『론리플래닛Lonely Planet』 같은 여행 가이드북이나 『타임아웃Time Out』 같은 여행자 잡지에서도 미술관과 박물관은 꼭 가 보아야 할 곳으로 침을 튀긴다. 미술관과 박물관 역시 관람자보다 여행자로서의 방문자를 위한 곳으로 자신을 꾸며 내려 진력한다. (……)

우리는 이름난 문화센터나 언론사에서 여름이나 휴가철이면 심심찮게 '유럽 미술관 산책' 운운을 내건 여행 프로그램을 광고하는 것을 본 지 제법 된다. '미술관 기행' 운운의 제목을 단 책들이 꾸준히 쏟아져 나온 이후 이제 전문가를 대동하고 그런 단체 여행을 떠나는 것이 촌스러운 짓이라 여기는 적극적인 여행객들이 늘어났을 것이고, 그들은 이제 그런 여행 프로그램을 마다할 것이다. 아무튼 여행을 떠나는 것은 곧 그곳의 미술 작품을 보는 일이란 것은 오늘날 흔하고 뻔한 문화적 관습이 되었다 여겨도 좋을 것이다. 그렇다면 이때 '미술 작품을 본다'는 것은 무엇일까. 그 관람의 경험을 규정하는 미적인 특성은 무엇일까. 어느 글에서 읽은 것처럼 미술관에서 관람객의 작품당 관람 시간이 불과 수 초에 불과한 지금, 우리는 서경식의 관람 경험, 그가 감응하는 케네스 클라크의 관람 체험처럼 지긋하고 세심한 관람의 체험을 어떻게 생각해야 할까. 아니 그것이 너무나 심오한 전문적 식견을 지닌 관람자의 체험이라면 세계적인 베스트셀러가 된 『웬디 수녀의 유럽 미술 산책』을 생각해 보아도 좋을 것이다. 그녀가 스페인 프라도미술관에서 고야의 〈거인〉을 보듯이 우리가 그 그림을 볼 수 있을까. 그것은 작품을 이해하는 데 필요한 식견의 문제가 아니라 관람하는 자의 자세 문제이다. 여행자로서의 관람객은 절망에 빠진 채 죽음에 매료되어 미술관의 그림을 응시하는 어느 관람객과는 전연 다른 관람객일 것이다. 그리고 우리는 후자와 같은 모습을 한 관람객이 사라지는 모습을 보고 있다.

그런데 미술관은 성업 중이고 장차 더 성황을 이룰 것이다. 관람객 역시 이변이 없는 한 증대할 것이다. 우리는 그들이 무엇을 하는지 거의 모른 채 있다. 단지 계수기를 통해 셈해진 관람객의 수와 그를 통해 짐작되는 흥행 실적을 통해 식별된 관람객을 알고 있을 뿐이다.

잉카 쇼니바레의 전시를 보러 간 길은 고역이었다. 나는 미술관 근처의 지하철역 입구에서 따가운 가을볕을 견디며 미술관을 오가는 셔틀버스를 기다렸다. 마침내 셔틀버스는 미술관에 위치한 웨딩홀의 늦은 결혼식에 참석하려 허둥지둥 뛰어든 하객들을 잔뜩 싣고 출발했다. 하객들이 웨딩홀로 분주히 걸음을 옮기는 모습을 물끄러미 바라보며 들어선 미술관은 곧 있을 첼로 연주 이벤트로 어수선하고 분주했다. 멀리서 금빛 찬란한 프레임 속에서 잉카 쇼니바레의 흑인 신사의 실내 풍경 사진이 보였다. 이곳에서 미술 작품을 본다는 것이 무엇일지 의아스러운 순간이었다. (2015)

4

2006년, 블로그에 글을 쓰고 난 뒤 얼마쯤 지났을까. 서경식 선생으로부터 한번 만나자는 기별이 왔다. 뜨끔했지만 괘씸한

짓을 했던 과오가 있던 터인 데다 한번은 선생을 직접 뵙고 싶기도 했다. 만나기로 한 곳은 학고재 갤러리였다. 거기에선 마침 송현숙 화가의 전시가 열리고 있었다. 서경식 선생은 여러 책에서 그녀의 작업에 각별한 애착을 보여 왔다. 『나의 조선미술 순례』에서도 「붓질」이란 제목의 인터뷰를 실어, 파독간호사라는 노동자에서 예술가로 변신하며 조국의 민주화 투쟁에 힘을 보탠 그녀의 생애를 소상히 중계하였다. 그때 전시에는 종군위안부들의 고통스러운 기억을 재현하는 고무신 무더기 연작들이 있었던 것으로 기억난다. 전시를 보고 동행한 다른 이들과 함께 근처의 찻집으로 자리를 옮겼다. 자리를 잡고 차를 주문할 차례가 되었다. 나는 여느 때처럼 별생각 없이 커피를 주문했다. 그런데 갑자기 서경식 선생이 무엇을 마실지 선뜻 말을 건네지 못하고 머뭇대고 있었다. 곧 난처한 그러나 귀엽다 싶은 표정으로 서경식 선생이 말문을 열었다. 정확히는 기억나지 않지만 아마 이런 말이었을 것이다. "서 선생, 아시다시피 제가 조금 부르주아여서 말인데요. 제가 로얄 밀크티를 마셔도 괜찮겠습니까?"

나는 그만 터무니없이 파안대소하고 말았다. 시쳇말로 '빵 터진' 셈이었다. 서경식 선생이 보기 좋게 나에게 한 방 먹인 것일 게다. 그러나 그것은 내가 지고 있던 마음의 빚을 참으로 슬기롭게 탕감해 주는 말이었을지도 모를 일이다. 실눈을 뜨고 그를 배부른 순례자로 의심하던 나에게 그는 여전히 미안한 심정이었을까. 물론 서경식 선생이 그런 마음의 짐을 질 필요는 전연 없다. 대체 나는 왜 여행을 떠나는가? 이렇게 자문하고 그는 대답한다. "구태여 말한다면 일본 바깥의 공기를 마시기 위해서다. 일본이라는 공간은 내게 있어, 조금씩 공기가 희박해지는 지하실과 같다. 아니면 염천炎天에 달구어져 지글지글 수분이 증발해 가는 작은 웅덩이와 같다."[vi]

5

어느덧 서경식 선생이 정년퇴임을 맞이했다는 소식을 들었다. 선생이 아무런 눈치 볼 일 없이 더 많은 여행을 다닐 때가 온 셈이다. 나는 선생의 기력이 닿을 때까지 더 많은 곳을 더 많은 미술 작품과 공연을 만나길 기대한다. 코로나19 때문에 비롯된 국경 봉쇄가 조만간 해제되어, 2022년엔 선생이 자주 찾던 카셀 도큐멘타에도 다녀오시길 기대한다. 탈식민주의적인 투쟁의 요람이자 비동맹운동을 선도했던 인도네시아의 역사적 기억을 고스란히 간직한 '루앙루파ruangrupa 콜렉티브'가 전시 감독을 맡은 만큼, 선생도 아마 기대가 크실지 싶다. 선생을 아는 이들은 모두 잘 알고 있을 것이다. 그가 순례를 다니면 다닐수록 그의 슬픔은 깊어지고 그 슬픔이 영글면 곧 그의 지혜로운 사색이 시작된다는 것을 말이다.

그러나 어딜 가나 목격하는 불행한 소수자들의 삶을 늘

vi 『디아스포라 기행』, 28쪽.

어루만지는 일이 좋기만 한 일은 아닐 것이다. 프리모 레비의 무덤을 찾기 위해 이탈리아를 찾는 것은 어쩌면 미련한 일인지도 모른다. 이탈리아에는 눈을 즐겁게 하는 것이 얼마나 많이 있겠는가. 그가 가장 많이 찾은 곳이 미술관과 극장일 뿐 아니라 무덤이라는 것을 생각하면, 나는 더욱 마음이 미어진다. 대학에 입학하던 해인 1985년, 여름방학이 시작되자마자 광주로 내려가 망월동 묘지를 찾아갔던 일이 떠오른다. 땅거미가 질 무렵 도착한 묘지에서 1980년 5월에 사망한 묘비를 찾아 미친 듯이 무덤 사이를 뛰어다니던 일 말이다. 광주에서의 죽음에 대한 무한한 죄책감과 슬픔은 아직도 줄지 않는다. 그렇게 줄지 않는 슬픔을 계속 증폭하며 거리를 걸을 필요는 없을 것이다. 그러나 자신의 기억을 새로운 기억으로 대체하는 사건이 일어나지 않는 한, 그럴 필요는 사라지지 않을 것이다. 역사적 시대에 대한 기억상실증에 걸린 세계에서 오롯이 소멸된 것들을 기억하는 이가 남아 있는 것도, 그 때문일 것이다. 서경식 선생이 그런 이들 가운데 최전선에 선 사람이었던 것을, 우리는 두고두고 잊지 않아야 할 것이다.

서동진

계원대학교 융합예술학과 교수로 재직 중이다. 전공은 사회학이며, 대표 논문으로 「스트롱맨의 척추해부학-신자유주의와 남성성」, 「사악한 기계들의 윤리학-통신과 인륜성」 등이 있다. 자본주의의 역사적 형태와 문화/예술의 관계에 대하여 관심이 깊다. 최근에는 금융화와 물류혁명이 지각과 경험의 형태에 미친 영향을 중심으로 연구하고 글을 쓰고 있다.

희망과 비관 사이

나는 왜 서경식의 에세이에 끌리는 것일까?

권성우

이 글은 2021년 1월 23일 도쿄경제대학이 주최한 서경식 교수 정년기념 학술대회 '현대 문화와 인문주의(휴머니즘)의 미래를 묻다—서경식의 비평 활동을 단초 삼아'(온라인 진행)에서 발표한 원고 「서경식의 저작을 통해서 본 한국 사회, 문학, 그 영향과 자극—나는 왜 서경식의 에세이에 끌리는 것일까?」를 수정·보완한 것이다. 원고는 발표 상황에 맞추어 경어체로 작성되었지만, 여기서는 평어체로 수정했다.

글을 시작하며[i]

서경식 교수에 대한 글을 부탁받는 순간, 어떤 글보다도 자발적인 마음으로 쓰고 싶다는 생각을 했다. 이 글을 쓰고 있노라니 첫 만남, 도쿄경제대학 객원 연구원 시절, 그의 나가노현 신슈 산장과 연구실에서 나누던 조곤조곤한 대화들, 도쿄경제대학 학생들과 숙명여대 학생들의 교류 세미나, 구니타치 소바집의 추억, 그의 책을 읽으며 가슴 설레던 기억 등이 몽글몽글 떠오른다. 그는 2000년 이후 내 감성과 글쓰기에 가장 커다란 영향과 자극을

i 지금까지 서경식 교수의 책과 글쓰기를 주제로 여러 글을 발표한 바 있다. 그 목록은 아래와 같다. 이 글의 몇몇 대목은 아래에 소개한 글 중에서 학술대회 주제에 부합되는 내용을 재구성한 것이다. 무엇보다 일본의 학자, 독자 들에게 한국의 비평가가 이해하고 수용한 서경식에 대해 소개하고픈 마음이다.

1. 「망명, 디아스포라, 그리고 서경식」, 『실천문학』, 2008년 여름호.
2. 「고뇌와 지성: 서경식의 최근 글쓰기와 사유에 대해」, 『세계한국어문학』 4호(2010. 2).
3. 「논쟁과 자존: 서경식의 『언어의 감옥에서』에 대해」, 『크리티카』 5호(2012. 2).

준 논객이자 에세이스트다.

그러니 서경식 교수의 정년퇴임을 기념하여 펴내는 이 뜻깊은 책을 위해 글을 쓰는 과정은 커다란 기쁨이자 보람이라는 사실을 밝혀 두고 싶다. 이 원고를 쓰고 다듬던 시간은 내 비평적·학문적 여정에서 수행된 어떤 작업 이상으로 내게 각별한 마음과 충만감을 전해 주었다. 무엇보다 이 글을 읽게 될 모든 분, 이 소중한 자리에 함께한 모든 분께 깊은 연대와 우정의 마음을 전하며 글을 시작하고 싶다.

나는 이 글에서 서경식 교수의 글과 책이 한국 사회에서 수용되고 소개되는 의미와 맥락에 대해 살피고 문학이라는 프리즘을 통해 '서경식의 글쓰기'에 대해 탐색해 보고자 한다. 그 과정에서 서경식 교수의 저작이 내게 선사한 느낌과 배움, 자극, 매력에 대해서도 중간중간 언급해 볼까 한다.

2021년 봄, 대학에서 정년을 맞이한 칠순의 서경식 교수가 저술한 30여 권에 이르는 저작, 그 지성적 편력과 실천 및 사유의 궤적을 이 한 편의 글에 정리하고 의미를 부여하는 것은 거의

4. 「그에게 문학은 무엇인가? — 서경식의 『시의 힘』에 대한 몇 가지 생각」, 서경식, 『시의 힘』, 서은혜 옮김(현암사, 2015) · 해설.
5. 「재일 디아스포라 지식인의 에세이(글쓰기)에 나타난 민족주의/탈민족주의: 강상중과 서경식을 중심으로」, 『우리문학연구』 55호(2017. 7).
6. 「고립을 견디며 책을 읽다: 무라카미 하루키와 서경식의 에세이에 대해」, 『황해문화』 102호(2019. 3).
7. 「내가 만난 재일한인문학, 그 매력과 소중한 자극: 서경식·김석범·김시종」, 『한국문학번역원 주관 재일한인문학 심포지움 자료집』(2019. 4). ; 『비정성시를 만나던 푸르스름한 저녁』(소명출판, 2019)에 재수록.

불가능하다. 그러기에는 서경식 교수가 펼쳐 놓은 사유의 진폭은 참으로 깊고 넓으며 다채롭다. 그러하기에 이 글은 서경식의 글과 책 중에서 마음에 깊이 다가온 대목과 '서경식의 저작을 통해서 본 한국 사회, 문학, 그 영향과 자극'이라는 부제에 부합되는 내용 중심으로 서술될 것이다.

만남

내게 서경식이라는 존재가 본격적으로 아로새겨진 계기는 『소년의 눈물』과의 만남이다. 물론 그보다 한참 전에 『나의 서양미술 순례』와의 만남도 참 인상적인 독서였지만 『소년의 눈물』 읽기는 마음을 아리게 관통한 잊을 수 없는 만남이자 체험이었다. 이 책을 통해 재일 디아스포라 서경식의 실존, 고민, 상처를 인상적으로 느꼈다. 『소년의 눈물』에는 서경식의 유소년기를 지배한 감성과 독서, 일상이 애틋하게 펼쳐져 있다. 예컨대 가슴을 저민 다음 문장을 천천히 다시 읽어 보고 싶다.

지금도 이따금, 위기를 모면하고 용케 책장과 서랍 속에 살아남은 낡은 책들을 펼쳐 들 때가 있다. 낙서와 손때로 지저분해진 책을 한 장 한 장 들추고 있노라면, 어린 시절 기뻐하고 슬퍼하던 감정들이 가슴 깊은 곳에서 어수선하게 꿈틀거리기 시작한다. 성장에 대한 동경과 두려움, 자부심과 열등감, 희망과 실의가 격렬하게 교차하던

그 나날들이.[ii]

지금 읽어도 매우 문학적이며 유려한 문장이자 번역이 아닐까 싶다. 이 구절을 접하며 당시 언어로 형용할 수 없는 커다란 위안과 격려를 받았다. 때로 열등감, 실의, 불안, 외로움이 엄습할 때마다 나는 서경식의 이 문장들을 천천히 읽곤 한다. 그러면 커다란 위로가 된다. 내가 좋아하는 저자 서경식, 지금은 누구보다도 단단한 지성과 깊은 사유의 힘을 보여 주는 서경식에게 소년 시절 "성장에 대한 동경과 두려움, 자부심과 열등감, 희망과 실의가 격렬하게 교차하던 그 나날들", 그토록 우울한 순간들이 있었다는 사실이 나처럼 평범한 사람들에게 커다란 위안으로 다가온다. 『소년의 눈물』의 애잔한 문장을 접하며 소년 시절의 상처와 열등감이 많이 치유되는 느낌을 받았다. 이런 상처와 실의, 열등감, 두려움에서 자유로운 사람은 아무도 없을 테다. 이런 서경식의 문장을 통해 한 인간의 무한한 가능성과 지적 성장에 대해, 그 누구도 자유로울 수 없는 희망과 절망의 순간에 대해 생각해 보게 되는 것이다. 그는 자신이 소년과 청춘 시절 겪은 그 상처와 열등감의 심연을 응시했기에, 지금 그만의 담백한 아름다움과 기품을 간직한 글을 쓸 수 있는 게 아닐까 싶다.

『소년의 눈물』 이후에 만난 또 한 권의 책은 『청춘의 사신』이다. 다음과 같은 문장이 홀연 내게 다가왔다.

ii 『소년의 눈물』, 17쪽.

그때 나는 이미 30대 중반을 넘어섰지만, 부모님이 두 분 다 세상을 뜨신 직후였고, 나 자신은 가족도 일정한 직업도 없었다. 나에게 있는 것이라고는 승리를 기약하기 어려운 지루한 투쟁, 이루지 못한 꿈, 도중에 끝나 버린 사랑, 발버둥 치면 칠수록 서로 상처밖에 주지 않는 인간관계, 구덩이 밑바닥 같은 고독과 우울, 그런 것뿐이었다. 내가 너무 보잘것없다는 생각에 끊임없이 시달리면서, 그래도 이 세상에서 무언가 의미 있는 존재가 되고 싶다는 욕망을 떨쳐 버리지 못했다. 어떻게 살면 좋을까? 아무리 생각해도 모든 것이 막연했다. 죽고 싶다고 절실하게 생각한 적은 없지만, 죽음이 항상 내 곁에서 숨쉬고 있는 듯이 느껴졌다.[iii]

아마 이 구절을 읽었을 때 치열한 문학 논쟁을 겪으며 커다란 상처를 받은 상태였던 것으로 기억된다. 망가진 인간관계, 주류 문단 쪽으로 떠나 버린 문우들, 당시 문학 현장에서 느낀 절망과 환멸 등으로 인해 만성적인 우울과 고독이 나를 둘러싸고 있었다. 그래서일까. 서경식의 이런 마음이 너무나 절절하게 다가왔다. 이 문장을 오래 기억해야겠다고 생각했다.

『소년의 눈물』과의 만남 이후 서경식 교수의 애독자가 되어 한국어로 번역된 그의 모든 책과 글, 칼럼을 열심히 찾아 읽는 운명에 처하게 됐다. 그 운명은 『나의 서양미술 순례』에서 시작되어 『소년의 눈물』, 『디아스포라 기행』, 『시대의 증언자 쁘리모 레비를

iii 『청춘의 사신』, 75쪽.

찾아서』, 『시의 힘』 등을 거쳐 최근의 『책임에 대하여』, 『나의 영국 인문 기행』에 이르는 서경식 저작 따라 읽기로 이어졌다.

그동안 탐독한 서경식의 저작을 통해 나는 한국어로 발표된 어떤 문학작품이나 학술서 못지않게 밀도 깊은 지성과 사유의 힘, 치열한 사색 끝의 서늘한 우수, 담백하면서도 깊은 여운의 문체, 시대를 마주하는 인간의 운명에 대한 곡진한 슬픔을 느꼈다. 그의 책과 글을 통해, 문학평론가인 나는 글(에세이)을 바라보는 또 하나의 안목과 기준을 갖게 되었다고 기꺼이 말할 수 있겠다.

2006년 6월 17일 한일민족문제학회 주최로 숙명여대에서 열린 강연회에서 그를 처음 만났다. 그날 서경식 교수는 「디아스포라와 언어—재일조선인의 입장에서」라는 제목으로 윤동주의 시와 번역에 대해 강연했다. 일본어와 때로 어눌한 한국어로 「서시」의 잘못된 일본어 번역에 대해 얘기하는 모습이 인상적이었다. 강연 후 나눈 대화 과정에서 진솔한 태도에 더 깊은 인상을 받았다. 되돌아보니, 그 후에 전개된 시간은 서경식의 글과 삶을 온전히 이해하고 탐구하기 위한 도정이기도 했다. 그가 한국에 올 때, 혹은 내가 일본에 갈 때마다 종종 만나 여러 이야기를 나누었다.

생각해 보면 서경식 교수가 근무하는 도쿄경제대학에서 2015년 1학기에 객원 연구원으로 지냈던 연유도 그의 글과 삶을 제대로 알고 싶다는 열망에서 시작됐다. 당시 서경식 교수가 주재하는 '재일조선인 문학'을 주제로 한 월례 세미나에는 고다이라에 있는 조선대학 재학생과 졸업생도 포함돼 있었다. 그들과 '재일조선인'을 주제로 여러 대화를 나누었다. 일본 사회에서 그들이 겪은 차별, 슬픔, 상처를 접하며 그동안 내가 충분히 인식하지 못하고 있었던 시좌에 대해 생각하곤 했다. 아직도 도쿄경제대학 국제교류회관 게스트하우스 창문을 통해 보이던 무사시노미술대학 캠퍼스 정경과 사월의 벚꽃을 잊지 못한다. 대학가이지만 그토록 호젓한 그곳에서 나는 은둔한 망명자의 심정으로 비평가로서의 내 운명을 생각하며 천천히 산책하고 글을 썼다.

한국 사회에서 서경식의 글쓰기가 지닌 의미

서경식 교수의 저작은 상대적으로 일본 사회보다 한국 사회에서 한층 적극적으로 수용돼 왔다. 한 출판사(창비)는 서경식 교수를 일러 "우리 시대 최고의 에세이스트"라고 표현한다. 아울러 "저도 글쟁이로서 한마디만 하겠습니다. 저는 지금까지 일본에서도 꾸준히 열 권 이상 책을 내 왔는데, 솔직히 일본보다 번역 출간된 한국에 독자가 많습니다."[iv] "한국은 대충 일본보다 두세 배 정도의 독자가 있습니다."[v]라고 언급했던 서경식 교수의 발언을 참조할 필요가 있다. 아마도 평생 차별과 식민주의에 저항했던 서경식 교수의 위치와 저작이 한국 지식 사회에 커다란 반향을 일으키는

iv 『경계에서 만나다』, 204쪽.

v 2015년 4월 24일, 나가노 신슈 산장에서 나눈 대화.

이유라고 본다.

두 번째로 『디아스포라 기행』, 『난민과 국민 사이』, 『디아스포라의 눈』, 『역사의 증인 재일조선인』 등 서경식 교수의 저작은 한국 지식사회에 본격적으로 재일조선인과 디아스포라에 대한 문제의식을 환기해 왔다. 그가 여러 책에서 서술한 디아스포라 예술가의 고난에 찬 역정과 망명자에 가까운 경계인의 감성은 국가주의와 민족주의의 자장에서 충분히 탈피하지 못했던 한국 사회에 신선한 충격과 자극을 선사했다. 한국 사회에서 그 존재가 제대로 알려지지 않았던 '재일조선인'이 깊은 관심을 받으며 연구 대상으로 떠오른 과정에도 서경식의 공헌이 크다고 생각한다. 그는 "세계 각지를 여행한 지 어언 20년이 된다. 돌이켜 보면 여행 중 나의 눈과 마음을 끄는 것들은 항상 어딘가 디아스포라와 연관되어 있었다. 그건 내가 디아스포라기 때문이다."[vi]라고 고백하고 있는데, 이 대목은 한 저자의 글쓰기와 문제의식이 그 자신의 실존적 정체성과 깊은 연관성을 지닌다는 사실을 웅변한다.

세 번째로 서경식의 글은 일본 사회뿐만 아니라, 한국 사회의 어떤 모순과 결여에 대해서 착잡한 마음으로 되돌아보게 만든다. 그의 책, 그 안에 담긴 사유는 한국 사회, 문단, 지성계의 문제와 현황을 되돌아보게 하는 소중한 계기가 되었다. 예를 들어 다음과 같은 발언을 들 수 있다. "제가 여기에 와서 화교가 대학교수나

vi 『디아스포라 기행』, 13쪽.

지식인이 된 사람이 있으면 꼭 만나고 싶다는 얘기를 했는데 (그런 분들이) 거의 없다고 해요. 대한민국 사회가 어떤 억압을 행한 결과지요?"vii 이런 질문은 소수자에 대한 배제와 억압의 논리가 작동하는 한국 사회의 그늘을 통렬하게 되돌아보게 한다. 지금은 다소 호전되었지만 그가 질문을 했던 2007년 당시 화교, 디아스포라, 난민, 소수자에 대한 편견과 배제가 작동하고 있던 한국 사회를 둘러싼 착잡한 상황이 이 통렬한 질문에 의해 선연하게 드러난다. 서경식 자신이 한 사회의 소수자이자 디아스포라이기에 이런 문제의식을 한층 예민하게 의식하고 있었으리라. 재일조선인 디아스포라라는 '외부'의 위치에서 발화된 서경식의 산문들은 한국 사회 내부자들이 미처 인식하지 못한 현황과 모순, 활력과 편향을 정확하게 간파하고 있다. 이런 의미에서 그의 산문은 동시대 한국 사회(문화)의 현실과 편향을 되비추는 유의미한 타자의 역할을 감당하고 있다.

네 번째로 사유의 힘과 깊은 지성, 삶을 대하는 진지함을 동반한 서경식의 글은 가벼운 힐링 위주의 에세이가 대세인 한국의 독서 현실에 의미 깊은 자극과 영향을 선사한다. 에세이에는 어떤 글보다도 글 쓰는 주체의 문제의식과 감성, 사유의 표정, 마음의 무늬가 섬세하게 드러난다. 서경식에 의하면 좋은 에세이는 늘 '나'에 대해 의심하며, 나쁜 에세이는 '나'에 대한 어떤 의심도 없는 그런 편안한 글이다. 그의 에세이는 죽음, 희망, 발전, 국가, 민족,

vii 『고통과 기억의 연대는 가능한가?』, 37쪽.

진보 등의 익숙한 통념을 전복한다. 이처럼 서경식의 에세이는 서늘한 각성과 깊은 여운, 진지한 사유의 힘, 고립을 두려워하지 않는 마음을 담고 있다. 인간의 슬픔과 역사의 비극을 끝끝내 응시하는 그의 글로 인해 이 땅의 독자와 문인은 신선한 충격과 자극을 받았다.

문학

서경식의 저작에서 찾아볼 수 있는 주제는 미술, 음악, 디아스포라, 재일조선인, 일본 사회, 책, 가족, 민족주의/탈민족주의 등 매우 다양하다. 나는 특히 '문학'에 대한 관심이 그의 글쓰기와 사유에 끼친 영향을 생각해 보려 한다.

그는 대학 진학을 앞두고 이런 생각을 했다고 한다. "나는 문학에 대한 막연한 환상(환상이라고 해야 할까?)이 있었다. 문학으로 밥벌이를 못할 것은 알고 있었지만, 어떻게든 문학과 관련된 분야에 끼어들어 살고 싶다고 생각했다. 아니, 솔직히 말하자면 그것 말고 다른 선택지는 없었다."[viii] 그는 소년 시절부터 시인이 되길 열망했으며, 대학에서는 프랑스 문학을 전공했다. 서경식은 "진정으로 좋은 문학은 어떻게든 그 세계에 나도 들어가고 싶다는 동경을 불러일으키는 그런 종류의 것이다. 젊은 날 나도 그런

viii 『시의 힘』, 32쪽.

문학의 세계에 속하고 싶었다."라고 고백한 바 있다.[ix] 그가 문학을 전공하고 작가가 된 것은 일종의 운명이 아닐까 싶다. 당시는 문학이 문화의 중심이었으며, 문학에 대한 기대와 환상이 살아 있던 시대였다.

시인의 감수성, 문학에 대한 오랜 애정과 감각은 서경식의 글이 지닌 특징과 매력을 설명해 주는 요인이다. 이렇게 표현하면 어떨까. 아름다운 에세이는 대체로 사회적 의제에 무관심하고, 반대로 사회적 의제에 관심을 기울이는 예리한 에세이는 미학적으로 거친 경우가 많다. 이에 비해 서경식의 에세이에서는 정치적 올바름과 미학적 품격이 성공적으로 만난다. 첨예한 정치적 어젠다를 다루면서도 깊은 페이소스와 슬픔, 매혹적인 문체로 채워진 서경식의 글은 독자에게 각별한 매력을 선사한다. 애초에 일본어로 발표된 문장으로 '번역'이라는 통로를 거칠 수밖에 없음에도 그의 문장은 뜨거운 호소력과 보편성을 발산한다.

이런 경지가 어떻게 가능했을까. 「나는 왜 글쟁이가 되었는가」의 한 대목을 세심하게 읽어 볼 필요가 있다.

잘 알려진 한국 정치범의 동생이 유럽에 기분 전환 여행을 다녀와 쓴 보고문. 만에 하나라도 그런 식으로 읽히는 것은 싫었다. 정치범의 동생이라는 것은 사실이고, 그 입장에서 벗어나기란 불가능하다. 그건 잘 알고 있지만 표현 활동의 차원에서는 나의 독자성, 나만의

ix 2015년 5월 12일 도쿄경제대 서경식 교수 연구실에서 나눈 대화.

주체성을 발휘해야만 한다. 설령 비판받더라도 정치범 아무개의 동생으로서가 아니라, 서경식이라는 개인의 존재를 독자에게 아로새기고 싶다는 바람이 있었던 것이다.[x]

위의 글에는 그만의 독자적인 표현 활동, 즉 글쓰기에서 개성과 주체성을 지니고자 갈망하는 서경식의 간절한 의지가 드러나 있다. 이런 갈망은 서경식을 글의 주제 못지않게 문체와 표현에 대한 지대한 관심으로 이끌었을 테다. 말하자면 서경식은 단지 정의로운 글에서 더 나아가 자신만이 쓸 수 있는 고유한 글을 쓰고 싶었으리라. 그가 1995년 『소년의 눈물』로 일본 '에세이스트 클럽상'을 받았다는 사실, 그 수상의 이유가 "빼어난 일본어 표현"에 있었다는 점은 서경식의 문체와 문장이 일본 평단에서도 분명히 인정받았다는 사실을 잘 알려 준다. 실상 내용도 내용이지만 정갈하고 담백한 문체야말로 서경식 산문의 남다른 매력이다. 번역본에서도 그 진솔하면서도 치열한 성찰과 아름다운 문체가 느껴질진대, 원문이라면 더더욱 크게 그 문체의 매력이 다가오지 않을까 싶다. 그의 글의 매력을 온전히 느껴 보기 위해, 앞으로 계속 일본어 공부를 하고 싶은 마음이다.

서경식은 『난민과 국민 사이』에서 이렇게 천명한 바 있다. "사이드는 '멸망할 운명임을 알고 있다.'고, 그럼에도 불구하고 '우리는 앞으로 나아가고 싶다.'고 말한다. '거의 승산이 없음에도

x 『시의 힘』, 51쪽.

불구하고 계속해서 진실을 말하려는 의지'를 표명했다. 마치 한 편의 시와 같은 말이다."[xi] 바로 이 대목이 마음을 후벼 팠다. 내 인생에도 이런 논쟁이나 선택을 하면 결국 고립되리라는 것, 상처를 받으리라는 것을 예감하면서도 그렇게 갈 수밖에 없는 선택의 순간이 있었다. 그 외로운 시간 동안 이 말을 마음에 새기곤 했다. 여기서 '한 편의 시'가 지닌 의미는 『시의 힘』에서 그가 표현한바, "생각하면 이것이 시의 힘이다. 말하자면 승산 유무를 넘어선 곳에서 사람이 사람에게 무언가를 전하고, 사람을 움직이는 힘이다."[xii]라는 전언과 접맥된다. 나는 이 같은 태도에서 형용할 수 없는 감동과 매력을 느꼈다. 이런 경지와 태도를 말이나 언어로 표현하는 것은 충분히 가능할 테다. 하지만 한 사회의 소수자 입장에서 정의로 향하는 고립과 패배를 스스로 실천하는 건 쉽지 않은 과정이리라. 그런 담대한 도정 앞에서 나는 기꺼이 머리를 숙이게 된다.

서경식에게 진정한 시란 이와 같이 패배할 것임을 예감하면서도 쓰지 않을 수 없는 어떤 운명적인 정서, 길이 있어서 가는 것이 아니라 어떤 길도 보이지 않지만 그래도 갈 수밖에 없는 태도와 함께하는 것이다. 그렇다면 그는 이 시대 문학의 역할과 문학의 가능성에 대해 어떻게 생각하고 있는 것일까? 이제 그는 문학의 계몽적이며 비판적 역할은 어느 선까지 가능하다고 생각하는

xi 『난민과 국민 사이』, 314쪽.

xii 『시의 힘』, 110쪽.

것일까? 『시의 힘』의 후기 「'돌아선 인간'의 저항」에서 서경식은 이렇게 적었다.

'문학'이 저항의 무기로서 유효한지 의심스럽다. 내가 쓰는 것을 '문학'이라고 부를 수 있는지는 더욱 의심스럽다. 그럼에도 이런 책을 내려는 이유는 본문에서 루쉰의 말을 빌렸듯, "걸어가면 길이 되기" 때문이다. 아직 걸을 수 있는 동안은 걷는 수밖에.[xiii]

청춘 시절 김지하의 「타는 목마름으로」를 위시하여 신동엽, 신경림 등의 시를 통해 조국의 민주주의와 저항의 가능성을 타진했던 그가 보기에 이제 저항의 무기로서 문학의 가능성은 의심스러운 상황이다. 솔직한 고백이 아닐 수 없다. 그럼에도 불구하고 문학의 역할이 소진되었다고 할 수는 없다는 것, 비록 이전과 같이 문학이 즉각적인 저항의 목소리나 계몽적 역할을 담당할 수는 없을지라도, 문학이 맡아야 할 고유한 역할이 여전히 존재한다는 것, 바다에 띄운 유리병에 들어 있는 편지처럼 누군가는 여전히 문학(시)의 몫을 간절하게 기대하고 있다는 것이 서경식이 독자에게 끝내 전하고자 하는 메시지가 아닐까 싶다. 나는 서경식의 에세이가 그 문학의 역할을 하고 있다고 생각한다.

xiii 『시의 힘』, 277쪽.

맺는말: 희망과 비관 사이

서경식의 산문은 늘 내게 책 읽기의 열망과 설렘, 고통, 서늘한 긴장이라는 드문 체험을 선사해 왔다. 처연한 슬픔과 학살, 망명, 죽음, 깊은 고뇌, 진지한 지성의 향연으로 채워진 그의 글을 읽는 과정은 항상 고통스럽다. 그러나 서경식의 저작을 읽는 시간은 내게 먹먹한 여운, 근본적인 생각거리를 남기곤 했다. 나는 왜 이토록 서경식의 에세이에 끌리는 것일까? 시대와 인간의 아픔과 상처에 대해 간곡하게 공감하는 마음, 첨예한 논점을 다루면서도 담백하고 아름다운 문체 등 몇 가지 이유를 댈 수 있겠다. 무엇보다 큰 이유는 평생 경계인으로 살아온 그의 삶 자체가 이처럼 아름다우면서도 슬픈 사유의 힘을 담은 글을 쓰게 만든 원동력이 아닌가 싶다. 디아스포라이자, 한 사회의 소수자로서, 차별, 역사적 상처, 고뇌를 지켜보며 통과한 그이기에, 이런 글을 쓸 수 있었던 것이리라.

물론 분명 행운도 작용했을 것이다. 서경식은 2015년 몇 차례에 걸쳐 이루어진 대화에서 그 행운에 대해 거듭 강조한 바 있다. "지금 이렇게 글을 쓰고 제 책이 조국에 번역되고 있는 상황을 생각해 보면 저는 너무나 행운아입니다. 형도 '너는 운이 좋은 녀석이다.'라고 말한 적이 있는데, 저 자신도 그렇게 생각합니다."(2015. 4. 24), "제가 행운을 얻었기에 그 행운의 결과물을 저 개인적으로 독점하면 안 된다고 생각합니다. 어머님, 아버님, 형제, 가족, 여러 재일조선인, 불행하게 사라진 수많은 선배와 후배의 시선을 항상 느끼고 있습니다."(2015. 8. 5), "대부분의 재일조선인은 저 같은 이런 기회를 상상도 하지 못할 것입니다. 그들도 나름대로 하고 싶은 얘기들이 많이 있을 텐데, 그런 기회를 못 얻은 사람이 대다수입니다. 저를 둘러싼 행운을 잘 알기에, 최선을 다해서 가능한 한 정직하게 말씀드리고자 노력했습니다."(2015. 8. 17) 자신에게 주어진 행운을 냉철하게 인식했기에, 그는 "저는 불행하게 살다가, 불행하다는 얘기조차 할 수 없었던 사람들의 쪽에 서고 싶습니다."(2015. 8. 17)라고 말할 수 있었던 게 아닐까. 나는 이런 태도가 단지 의례적인 겸손은 아니라고 생각하며 서경식다운 태도라고 본다.

이 글을 쓰고 있는 2020년의 마지막 날, 12월 31일의 시점에서 되돌아보는 올해는 우울과 비관으로 점철된 한 해였다. 딱히 코로나19 사태가 아니더라도 세계 곳곳에서 새로운 야만과 퇴행을 목격했다. 지금 한국에서도 촛불혁명으로 탄생한 개혁 정권은 정권 초기에 비해 매우 힘든 상황을 마주하고 있다. 개혁의 지체, 정치적·세대적 갈등과 부동산 가격의 급등을 틈타 극우 세력을 비롯한 보수 진영의 총반격이 전개되고 있다. 이런 현상이 브라질 민주 정권의 몰락 같은 참담한 결과로 이어지지 않으리라고 장담할 수 없는 상황이다. 전 세계적 차원의 기후 이변과 코로나19와 더불어 급격한 인구 감소, 대학의 몰락, 진보 진영의 위기, 극우파의 부상 등 여러 어려움을 겪고 있다. 편협한 진영 논리가 점점 심해지고 자신과 다른 입장을 지닌 타자에 대한 증오와 경멸의 감정이 증폭되고 있다.

이런 현실을 목도할 때마다 서경식의 비관적 현실 인식이 짙은 공감으로 다가온다. 때로 퇴행하는 현실을 만나면 우리는 깊은 환멸과 허무에 빠지기도 한다. 서경식은 2015년 5월 12일 대화에서 "'진보의 허위'까지 꿰뚫어 보는 감각으로서의 허무주의가 필요하다. 진정한 허무주의자는 자기 자신도 안전지대에 그냥 두지 않는다. 전향을 합리화하는 허무주의가 아니라 세상을 더 깊고 정확하게 보는 의미에서의 허무주의, 지배 세력과 싸우는 사람들에 대해 쉽게 냉소하지 않고 권력자들을 끝까지 비판하는 감각을 지닌 허무주의가 진짜 허무주의다. 그런 의미에서 나는 허무주의자다."라고 허무(주의)에 대한 자신의 견해를 피력했다. 이런 성찰적 허무가 그로 하여금 계속 글을 쓰게 만드는 힘이 아닐까. 서경식은 청춘 시절에 이렇게 고백한 바 있다.

형들이 감옥에 있을 때 본인들은 모르지만 솔직히 저는 별 내용도 근거도 없는 격려, '아, 내일은 좋은 날이 올 거예요.' 하는 그런 말이 제일 듣기 싫었어요. 처참하고 참혹하고 희망이 거의 없는 상태를 바로 보지 않고 안이하게 위로만 구하려고 하는 나 자신의 나약함도 싫었고, 또 남을 그런 식으로 위로해서 자기만족을 느끼는 사람들도 싫었습니다.[xiv]

그는 최근 저작에서도 여전히 공허한 희망과는 분명한 거리를 둔

xiv 『고통과 기억의 연대는 가능한가?』, 163-164쪽.

채 짙은 비관 속에서 시대의 퇴행을 또렷이 응시하고 있다. "지금 전 세계에 퍼져 가는 지적 황폐"[xv], "나는 변함없이 비관적이지만 그 비관의 성질이 조금씩 변하고 있음을 깨닫는다. 예전에는 나 자신이 음습하고 어두운 지하실에 갇혀 있고 출구는 어디에도 없다고 느꼈다. 지금의 나는 이렇게나 오랜 역사를 거치고 이토록 수많은 잔혹함을 겪었음에도 불구하고 인간이란 조금도 나아지지 않았다는 사실에 비관한다."[xvi] "모든 장소에서 온갖 것들이 급속도로 천박해지고 가벼워지고 있다. 훌륭한 사람들, 선한 자들은 이제 가고 없다. 말하자면 다 지나가 버린 게다."[xvii] 같은 표현을 기억한다.

나는 서경식의 짙은 비관주의를 목도할 때마다 "우리에게 희망이 주어지는 것은, 희망이 전혀 없었던 사람들에 의해서다."라는 발터 벤야민의 섬광과도 같은 전언을 떠올린다. 벤야민의 메시지는 파시즘이 횡행하던 20세기 전반뿐만 아니라, 지금 이 시대에도 여전히 유효하다. 그렇다면 역설적인 의미에서 우리 시대에 남은 그 희미한 희망의 한 줄기 빛은 서경식의 깊은 절망과 정직하게 마주하는 것에서 시작되어야 하지 않을까.

우리 모두는 "과연 나는 제대로 살아가고 있다고 말할 수 있을까. 인류 사회는 나아지고 있다고 말할 수 있을까."라는 서경식의

xv 『내 서재 속 고전』, 194쪽.

xvi 『나의 이탈리아 인문 기행』, 53쪽.

xvii 『나의 이탈리아 인문 기행』, 279쪽.

xviii 『시의 힘』, 56쪽.

질문에서 자유롭지 않다. 생각건대 서경식의 이러한 회의와 질문이야말로 자신의 사유를 지탱해 온 기본적인 태도가 아닐까 싶다.

서경식은 「나는 왜 글쟁이가 되었는가」의 마지막 대목에서 이렇게 적었다. "나에게 남은 시간이 얼마나 될지 예측할 수 없지만, '글을 쓴다'라는 행위를 통해 내 역할을 완수하고 이 과제를 공유하는 이들과 연대하고 싶다."xviii 내게는 그의 이 소망이 너무나 절절하게 다가온다. 바라건대 그가 늘 건강해서 이 아름다운 연대의 책무가 성공적으로 이루어지기를 마음 깊이 염원한다.

그리고 이제 진정한 자유인이 되신 서경식 교수님께 진심을 담아 축하의 마음을 전해 드리고 싶다. 내내 건강하시고 행운이 함께하시길 바란다.

권성우

문학평론가, 숙명여대 한국어문학부 교수. 지은 책으로 『비정성시를 만나던 푸르스름한 저녁』, 『비평의 고독』, 『낭만적 망명』, 『횡단과 경계』, 『논쟁과 상처』, 『비평의 희망』, 『비평과 권력』, 『모더니티와 타자의 현상학』, 『비평의 매혹』, 『문학권력』(공저) 등이 있다.

한승동

고독한 반식민주의 투사

1

“사형수를 매단 로프가 삐걱거리는 소리가 날 것이다. 사형수가 떨어져 가는 순간 경골이 빠직 하고 부러지는 소리가 날 것이다. 목뿔뼈[舌骨]가 부서지는 소리가 날 것이다. 코피가 흘러내리고 실금失禁된 오줌이 흐르고 비어져 나온 똥과 사정 분비물이 흘러나올 것이다. 도쿄 구치소의 확정 사형수 중에는 사후에 비어져 나올 똥을 부끄러워하며 형 집행 직전에 설사약을 쓸 수 있게 해 달라는 사람이 있다고 한다. 내가 쉽게 상상할 수 있는 것은 가득 찬 냄새다. 형장에는 죽음을 앞둔 피조물 최후의 냄새가 난다. 그런 상상과 함께 내 반신半身은 다시 경직되고 만다.”[i]

i 辺見庸(헨미 요), 『愛と痛み : 死刑をめぐって(사랑과 고통 : 사형에 관하여)』(河出書房新社, 2016) ; 서경식, 「하나의 응답-루쉰을 보조선으로 삼아」, 헨미 요, 『1★9★3★7(이쿠미나)』, 한승동 옮김(서커스출판상회, 2020), 495쪽에서 재인용

서경식 교수가 2016년에 발간된 일본 소설가 헨미 요의 『1★9★3★7(이쿠미나)』 증보 문고판(가도카와) 해설을 쓰면서 인용한 그 소설가의 글이다.

이어서 다음과 같이 썼다.

이 얘기는 내게 30여 년 전 형을 면회하기 위해 들어간 한국 정치범 감옥에 대한 기억(특히 그 냄새의 기억)을 되살리게 했다. 덧붙이자면, 조선 식민지 지배 시절에 일본이 지은 한국 서울시의 서대문 감옥 유적은 지금 박물관으로 보존되어 있고, 그곳을 찾아가면 많은 정치범들을 처형한 형장을 볼 수 있다.[ii]

그리고 또 이렇게.

'누구누구가 처형당했다'는 것만으로는 '사형'의 진실에 대해 아무것도 전할 수 없다. 그 표현에 '무자비'라든가 '냉혹' 따위의 형용사를 붙여 봤자 큰 차이는 없다. 그런 표현은 그저 '개념'을 덧칠할 뿐이다. 처형장이라는 밀실 속에서 전개되는 것들, 사람이 사람을 죽이는 것, 사람이 가지런히 정해진 수순에 따라 죽임을 당한다는 것, 그것의 냄새까지 감각을 집중해서 감지해 내지 않으면 안 된다. 형장에 들어가 볼 수 없다면, 하다못해 최대한의 상상력이라도 발휘해야 한다. 자신의 반신이 경직될 정도로.

ii 「하나의 응답-루쉰을 보조선으로 삼아」, 495~496쪽.

그렇게 해서 저자는 우리들 대다수가 보지 못하는 것, 보지 않고 지나가 버리는 것에 눈길을 주려 한다. 아니 보고도 못 본 척하는 태도 그 자체를 문제 삼는다. 이런 방법을 나는 잠정적으로 '육박주의肉薄主義'라고 부르는 것이다.iii

이 정도로는 '육박주의'의 '진실'을 전달하기가 미흡하다고 판단했는지, 서 교수는 1937년 난징 대학살을 비롯한 일본군의 상상을 전하는 중국 침략 만행을 그린 『1★9★3★7』에서 헨미 요가 인용한 소설가 고바야시 다키지의 얘기를 끌어내 재확인하듯 다시 한번 육박한다. 고바야시 다키지는 일제 때 일본 프롤레타리아문학을 대표하는 작가의 한 사람으로, 경찰의 고문을 받다가 죽었다. 한국에도 번역 출간된 소설 『게 가공선』의 작가다.

'다키지는 1933년 2월 15일에 특고(특별고등경찰)에 붙잡혀 쓰키지 경찰서에서 고문을 받다가 한나절도 지나지 않아 죽임을 당했다.' 이렇게만 쓰면 무엇이 제대로 전달되겠는가? 이 사실은 (역사를 배우지 않은 젊은이야 그렇다 치고) 많은 사람들에게는 이미 잘 알고 있는 일이다. '알고 있어.' '그래서 어쨌다는 거야?' 이런 시니컬한 반응조차 예상된다. '고문'도 '학살'도 단지 '개념'으로만 유통되고 소비된다. '무참한'이나 '잔인한' 따위의 형용사를 붙여 봤자 큰 차이는 없다. 헨미는 그 지점에 머무르지 않는다. 희생자는 어떻게

iii 「하나의 응답-루쉰을 보조선으로 삼아」, 496쪽

고문을 당하고 어떻게 학살당했는가. 어떤 증오가 거기에 작동하고 있었나. 도저히 그 전모를 전할 수는 없겠지만, 가능한 한 상상하면서 스스로 느끼려는 자세(아마도 싫지만 느끼지 않고는 배겨 낼 수 없는) 그것이 '육박주의'다.[iv]

2

2005년 봄, 다니던 신문사 국제부에서 문화부로 발령이 났다. 문화부에서 책·출판팀과 함께 타블로이드판 섹션지 『18.0』을 만들었는데, 책을 중심으로 한 칼럼도 몇 개 연재하기로 했다. 매주 한 번 독립된 주간지처럼 본지와 함께 배포된 『18.0』에 어울리는 해외 필자도 찾아보기로 했다. 설왕설래 속에 재일동포 '서경식'이란 이름이 튀어나왔다. 그렇게 바로 정해졌다. 그는 그 몇 년 전에 한국에서 번역 출간돼 베스트셀러가 된 『나의 서양미술 순례』의 작가였다. 게다가 그는 서울대에 유학왔다가 이른바 '재일동포 간첩'으로 몰려 무려 17년, 19년씩 장기 감옥살이를 한 두 명의 '정치범' 형제의 동생이었다. 서경식을 떠올린 것은 순전히 『나의 서양미술 순례』 때문이었다. 그 책의 인상이 내 뇌리에 깊은 자국으로 남아 있었지만 그 형들에 대해서는 아는 게 거의 없었다. 당시 내게 그 책은 그 형식과 내용 모두 파격적이었다. 미술에 관한

iv 「하나의 응답-루쉰을 보조선으로 삼아」, 496~497쪽

책을 이렇게도 쓸 수 있는 것이구나.

아마도 번역서를 낸 출판사에 부탁해 알아냈을(벌써 기억이 가물거린다) 번호로 바로 전화부터 했다. 2001년 초까지 3년간 도쿄 주재 특파원으로 있었던 경험 덕에 망설이진 않았으나, 확신은 없었다. 일본에선 약속을 하거나 글 청탁을 하려면 적어도 1주일 정도의 시간 여유를 상정하고 몹시 조심스럽게 이쪽의 정체를 먼저 조곤조곤 이실직고한 뒤 용건을 말해야 했는데, 전화기를 통해 도쿄에서 들려 온 목소리는 뜻밖에도 선선하고 호쾌(?)했다. 몇 마디 하지 않고도 흔쾌히 그렇게 해 보자고 했다. 이럴 수가!

그런데, 한글로는 쓸 수 없어 일본어로 써야 하는데, 번역 문제를 어떻게 해결할 것이냐고 하기에, 그건 걱정 마시라며 내가 하겠다고 큰소리쳤다. 미심쩍었겠지만, 일단 일본어로 써 보내면 내가 번역해서 그걸 서 교수에게 보내 점검을 받은 뒤 내보낼 테니 걱정 마시라고 했다. 그는 한글 문장을 일본어처럼 쓰지는 못해도 읽을 수는 있는 것 같았다. 일본어를 모어母語로 해서 태어난 서 교수의 모국어母國語인 한국어는 말하자면 아주 낯설진 않으나 익숙하지도 자연스럽지도 않은 외국어 같았을 것이다. 일본 '에세이스트 클럽'이 상을 주었을 정도의 뛰어난 그의 문장력도 모국어로는 뜻대로 발휘할 수 없었다. 정밀한 상황 묘사나 고도의 이해와 판단력을 요하는 주장이나 생각을 펼칠 때의 복잡미묘하고 함축적인 표현을 익숙하지 않은 외국어로 하기는 어렵다. 서 교수로선 답답했겠으나, 나에겐 엄청난 행운이었던 것이, 그 번역문을 놓고 주거니 받거니 하면서 자연히 일본어와 '서경식

스타일' 공부를 오지게 할 수 있었으니 말이다.

그렇게 해서 서 교수는 예전 학창시절 잠시 여행한 뒤 실로 오랜만에 한국에 왔고, 나는 그때 비로소 그를 처음으로 대면했다(언제나 함께 다니는, 그가 '동반자 F'라고 지칭했던 활달하고 호기심 충천한 사모님과도). 원고를 주고받으며 소통을 해서인지, 낯익은 듯 낯설지 않고 푸근했다.

다음 해 4월부터 2년간 서 교수는 성공회대 방문 교수로 서울 생활을 했다. 그 뒤 서 교수의 한국어 구사력이 놀랍도록 달라졌다. 그 시절 경험을 통해 그는 "그때 나는 '타자'로서의 조국, 그리고 '조국'의 타자로서의 나 자신을 발견"했고, '조국이라는 가능성'에 대해 생각하기 시작했다고 쓴 적이 있다. 그 시기가 지날 무렵부터 그는 라디오 대담 프로나 강연에 나갈 때 통역자를 데리고 가지 않았던 것 같은데, 칼럼은 계속 일본어로 썼다. 그때의 체험을 토대로 쓴 책 중에 『언어의 감옥에서』가 있다. '언어의 감옥'은 태생적 조건이며, 선택 불가능한 영역이다. 루마니아 태생 유대인으로 부모가 나치의 손에 학살당하고 그 자신도 강제 노역을 하다 살아남아 시를 썼으나 결국 자살로 생을 마감한 파울 첼란. 그의 모어는 독일어였다. '적국의 언어'로 시를 써야 했던 그도 서 교수의 글을 통해 알게 됐다.

어쨌거나 그렇게 해서 시작한 원고 주고받기가 몇 주에 한 차례씩, 지금까지 '심야 통신' '디아스포라의 눈' '일본통신' '서경식 칼럼' 등으로 타이틀을 바꾸면서 『한겨레』 지면에서 16년째 이어지고 있다.

3

서 교수는 세상을 바꾸려면 먼저 사람들의 마음을 돌려야 하고, 그러기 위해서는 사람들 머릿속에 '타자에 대한 공감 능력', '타자의 고통에 대한 상상력'을 만들어 내야 한다, 그것이 바로 문학이 해야 할 일이다, 라고 했다. 문학의 유력한 무기 가운데 하나가 육박주의인 것이다. 육박주의의 1차적 목적은 서 교수가 지적했듯이 "우리들 대다수가 보지 못하는 것, 보지 않고 지나가 버리는 것"에 눈길을 주게 하고, "보고도 못 본 척하는 태도"를 문제 삼는 것이다. 이것이 사람들의 마음을 돌려 세상을 바꾸기 위한 첫걸음이다. 그렇게 해야 타자가 눈에 들어오고 그들에 대한 공감, 그들의 고통에 대한 상상력이 생긴다. 그것 없이는 아무리 좋은 얘기도, 아무리 절박한 얘기도 하나 마나 한 소리로 빗겨 갈 뿐이다. 그럴 때 절박은 절망이 된다.

서 교수가 '글쟁이'를 자기 평생의 업으로 삼게 된 이유들 중의 하나, 아니 어쩌면 가장 중요한 이유는 아마도 자신이 태어나 살고 있는 일본 사회에서 느낀 절박과 절망 때문이었을 것이다. 그 절박과 절망을 깨는 것, 곧 세상을 바꾸는 것이 그가 글을 쓰는 목적이며, 그 중요한 수단이 육박주의일 수 있다.

헨미 요에게 "아마도 싫지만 느끼지 않고는 배겨 낼 수 없는" 그것은 무저항의 중국 군인 수만 명과 최대 수십만에 이르렀다는 비무장 민간인을 살육한 난징대학살 등 1937년에 일본군이 중국에서 자행한 야만과 잔혹과 비참, 그리고 지워질 수 없는 그

짙은 죄악의 그림자였다. 일본은 패전 뒤 그 야만의 흔적을 재빨리 지워 버리고는 누구도 그 일을 입에 담으려 하지 않았다. 그래도 비어져 나오는 진실은 거짓으로 가리고 왜곡했다. 헨미 요의 아버지도 난징 학살에 직접 가담하진 않았으나 당시 중국 침략 전선에 장교로 나가 있었다. 아버지가 중국 전장에 나가 있을 때 태어나 나중에 교도통신 기자가 된 헨미 요는 1970~1980년대 두 번에 걸친 베이징 특파원 시절 현지에서 그 짙은 학살의 흔적을 절감했을 것이다. 그는 아버지가 어느 정도로 만행에 개입했는지 임종 때까지 의심했으나 끝내 진실을 캐어묻지 못했다. 딱 한 번, 부하였던 조선인 징병자를 가죽 실내화로 두들겨 패며 내뱉은 차별적인 멸시어를 무심코 발설한 적도 있지만, 그 일도 따져 묻지 못했다. 그리고 부친 타계 뒤에도 망상처럼 달라붙는 그 의심에서 놓여날 수 없었다.

서 교수에게 '느끼지 않고는 배겨 낼 수 없는' 그것은 두 형들이 영문도 모르고 겪은 참사와 그 때문에 풍비박산 난 비극적 가족사, 그리고 그 부조리극을 연출해 낸 난공불락의 세계였을 것이다. 그가 『나의 서양미술 순례』를 쓰게 된 것도 그 연장선상이었다. 서 교수는 먼저 그 책을 매개로 내게 육박해 왔다. 3년여 세월을 도쿄에서 생활하면서도 그때는 서 교수를 몰랐다. 서 교수가 내게 직접 집안 이야기를 따로 한 적은 없으나 16년 동안 내가 번역한 그의 거의 모든 글에 그 편린들이 박혀 있었고, 때로는 반복적으로 밀려오는 물결이 되어 하나의 대하를 이루었다. 그렇게 해서 그와 두 형과 어머니, 아버지, 그리고 여동생이 겪은 일들의 세부를 어느 정도 알게 됐다. 그것을 알게 되자 그 뒤의 배경까지 상상하게 됐으며, 상상의 범위는 서 교수 가족 너머 재일동포 사회 전체로 확장됐다.

그가 얘기한 "싫지만 느끼지 않고는 배겨 낼 수 없는 그것"의 뿌리는 그의 가족이 겪었던 비극 너머 그것을 잉태한 세계, 일본제국의 과거와 현재의 죄악, 제국 너머의 세계사적 모순, 그리고 그것을 만들어 낸 인간 존재 자체의 모순과 비극에까지 뻗어 있다.

뿐만 아니라 그 뿌리에 내장된 세포들이 지닌 감각과 지각 능력은, 그가 얘기한 대로 '국민국가'의 일상 속에서 포로가 돼 있던 나와는 차원이 다른 경지였다. 주류에 투항함으로써 보장받을 수 있는 안온과 기득권의 울타리 바깥으로 추방당하거나 스스로 뛰쳐나간 마이너리티(소수자), 디아스포라였기에 가능한 훨씬 더 예민하고 깊고 넓은 경지. 그것은 무딘 내게 탈중심 경계인적 감수성에 대해 새롭게 사고하도록 만들었다.

하지만 증폭된 감각·지각만큼 증폭된 고독과 불안은 피할 수 없는 반대급부였을 것이다. "외로움을 견뎌야 하는 것은 독립적인 인간, 주체적 인간이 되기 위해 치러야 할 대가"라고 서 교수는 얘기한 적이 있다. 말하자면, 그는 외로운 것이다.

두 형의 사연을 비롯해 도쿄 생활 3년 내내 몰랐던 일들을 서 교수의 글을 통해, 좀 과장하면 그들의 숨결과 탄식까지 느끼게 되면서, 오히려 도쿄 생활을 끝내고 돌아온 뒤에야 재일동포 사회가 더 다르게 다가온 면이 있다. 옛 식민 종주국에서 여전히 차별받으며 살고 있는 재일동포야말로 분단된 남북 어느 쪽으로부터도 환영받지 못하고 때로 이용당하고 버림받아 온, 근대의 국권 상실 이후 식민과 분단, 전쟁을 거쳐 지금까지 이어져 온 민족 수난사, 그 모순이 집적된 타임캡슐과 같은 존재다. 그들에 대한 새로운 인식이 연쇄반응처럼 그들이 부대끼며 살아온 일본 사회의 내면을 더 깊고 넓게 들여다볼 수 있게 해 주지 않았을까.

재일동포로서 처음으로 도쿄대 정교수가 됐던 강상중 교수가 쓴 책, 일본 우익에 기죽지 않고 꼿꼿하게 직언을 퍼부었던 신숙옥 씨 등의 글들도 내게 육박해 왔고 많은 깨달음을 주었다. 하지만 16년의 세월에 걸쳐 지속적으로 상상력을 자극했던 서 교수의 글과 그것으로 맺어진 관계는 나 개인에게 특별할 뿐만 아니라, 그의 글은 흔치 않은 장기지속적인 민족지학적 보고서 같은 것일 수도 있지 않을까 하는 생각을 한다. 도쿄 생활 3년 동안 맨 먼저 만나 본 재일동포가 특파원 부임 얼마 뒤 인터뷰를 했던 강상중 교수였고, 일본 우익과의 위험한 싸움에서 불퇴전의 전사였던 신숙옥 씨도 도쿄의 어느 강연회에서 만났으나, 서 교수와의 조우는 내가 도쿄를 떠난 지 한참 뒤에야 그렇게 이뤄졌다.

서 교수의 육박주의가 지닌 큰 특징 가운데 하나는 현장으로 달려가 사건 당사자들의 이야기를 직접 듣는 것이다. 그는 아우슈비츠에서 살아 돌아왔으나 끝내 자살로 생을 마감한 이탈리아 토리노의 프리모 레비를 찾아갔고, 아우슈비츠에도 갔다. 홀로코스트 희생자이면서 팔레스타인을 핍박하는 가해자가 돼 버린 이스라엘 우파 유대인을 비판하며 팔레스타인 활동가들을 만났고 가자지구 소년의 후원자가 됐다. 후쿠시마 대지진 뒤 폭발한 원전사고 현장 인근 지역을 사고 직후 찾아가고, 잘츠부르크 음악제를 순례하고, 망명객 윤이상을 찾아 독일로 갔다. 기회가 있을 때마다 한국에 와 독자를 만나고, 조선미술 현장 순례에 나선 것도 그의 육박주의의 연장이라고 할 수 있지 않을까.

언젠가 서울에 온 그와 대화하던 중에 일제 침략 및 식민 지배와 한국전쟁 등 수백만 명이 목숨을 잃고 수백만 명이 디아스포라가 된 험난한 세월을 헤쳐 온 조선(한국)의 근현대사 얘기를 잠시 하면서 '세계 최악'의 희생이라는 말을 무심코 입에 올렸다가 흠칫했다. "세계 최악이라고요?"라는 그의 한마디 말 때문이었다. 지나가듯이 한 그 한마디뿐 다른 말은 없었는데, 그 순간, 내가 틀렸다는 걸 알아차렸다. 그 얘기를 다시 거론하지 않았지만, 그 뒤에 두고두고 혼자 곱씹었다. 개인도 그렇지만 민족이나 인종도 마찬가진데, 그들이 겪은 수난의 강도를 어느 것이 더 심했는지 비교하는 것은 애초에 성립될 수 없었다. 모든 상황은 제각각 그 당사자에게는 최악이었다. 앞서 얘기한 난징대학살, 나치의 홀로코스트, 베트남 전쟁, 캄보디아 킬링필드, 폴란드 카틴 숲 학살, 수천만 명이 죽은 독일-소련 공방전, 두 차례의 세계대전, 유럽 식민자와 이주자의 남북 아메리카 원주민 대학살, 수천만 명에 이르렀던 끔찍한 아프리카 노예사냥과 죽음의 항해, 벨기에 식민자의 콩고 대학살, 그리고 유대 신구약에 등장하는 숱한 수난사들……. 이런 몇 가지만 떠올려 보더라도, '최악'이라는 말은 함부로 할 수 있는 말이 아니었다. 서 교수는 자신이 비극적인 조선민족 근대 수난사의 한 갈래이며 계보상의 직계 후예지만, 내가 무심코 입에 올린 '최악'이란 비교 수식어에 본능적으로 거부감을 나타내지 않았을까.

2013년 12월에 유홍준의 『나의 문화유산 답사기—일본』 교토 편을 위한 답사팀에 끼어 현지를 돌다가 도요토미 히데요시를 '모신' 히가시야마구의 도요쿠니 신사 앞에서 말로만 듣던 미미즈카(耳塚; 귀무덤)를 봤다. 순간 전율이랄까, 기묘한 느낌에 사로잡혔다. 화강암 석축으로 거칠게 둘레를 쌓고 흙으로 봉분을 만든 다음 그 꼭대기에 화강암 석탑을 올려놓은 작지 않은 규모였다. '메이지 유신' 이래 재건된 뒤 국가에서 관리하는 화려하고 웅장한 도요쿠니 신사와는 달리 그 앞 100미터쯤 떨어진 공원에 방치되다시피 한 귀무덤은 어수선한 민가들 속에 초라했지만 분명히 제자리를 지키고 있었다. 원래는 '코무덤'이었으나 너무 끔찍해 귀무덤으로 바꿔 불렀다는데, 귀를 잘라 내는 건 덜 끔찍했다는 얘긴가. 조선 사람을 보는 대로 죽여서 그 증거물로 코, 귀를 가져오면 히데요시가 증서를 써 주고 포상했다고 한다. 소금에 절였다가 함께 묻은 그 잔혹의 '전리품'을 침략의 수괴를 모신 신사 앞에 과시하듯 구조물을 만들어 보존해 온 것도 기괴했지만, 중세시대 전쟁 유물을 근대 초입에 부활시키면서 그것을 비인간적 야만을 되새기고 다시는 같은 짓을 되풀이해서는 안 된다는 회오와 반성을 다짐하는 기억의 증표가 아니라 여전히 자랑스러운 전리품으로 남겼다는 것이 내게는 충격이었다. 귀무덤에는 적어도 12만 명이 넘는, 많게는 수십만에 이른다는 조선(+명나라) 민간인과 군인 피살자들의 잘린 코와 귀가 묻혀 있다고 했다. 당시 두 나라가 이익을 놓고 서로가 서로를 죽이는 다툼을 벌였던 것도 아니고 일방적으로 이웃 나라를 침공해 파괴하고 수탈한 뒤 그 '전승'의 증거물로 잘라 간 희생자들 신체 일부의 무덤을 중세도 아닌 현대의 일본인들이 참회의 상징물이 아니라 영광의 전리품으로 기억하거나 그냥 잊고 방치한다는 게 믿기지 않을 만큼 기이하고 충격적이었다.

원래 도요토미 히데요시와 그 가문은 도쿠가와 이에야스가 권력투쟁에서 최종 승리해 에도 막부를 세운 뒤 멸족·멸문을 당했으나, 메이지 유신 뒤에 천황에 충직했던 공신으로 '복권'돼 그를 기리던 신사도 재건되고 국가 관리 시설이 됐다. 말하자면 메이지 유신이라는 '왕정복고'의 공훈 세력과 천황은 침략자 도요토미 히데요시를 그들의 '정통' 선조로 부활시킨 셈인데, 메이지 유신 자체가 히데요시의 실패한 세계 침략 구상을 되살리려 한 요시다 쇼인과 그의 문하였던 조슈번·사쓰마번 지역 하급 무사 출신자의 작품이었다. 메이지 유신의 공훈 세력이 한결같이 부르짖었던 것이 조선 정벌, 곧 정한론征韓論이었고, 이토 히로부미니 사이고 다카모리니 하는, 오늘날에도 일본 역사상의 위인을 묻는 설문 조사에서 1, 2위로 꼽히는 인물들, 지금도 우에노 공원 등에 청동 기념물로 서 있는 이들이 바로 그런 조선 침략의 선봉들이다. 1만 엔권 지폐를 장식한 '탈아입구'의 후쿠자와 유키치도 다르지 않다. 1910년의 조선 강제합병('한일합방')

직후 연회장에서 달을 보며 마침내 히데요시의 꿈을 이뤘다며 감개무량해했다는 조선총독부 고관의 세계관이나, 1만 엔권 지폐에 자랑스레 얼굴을 그려 넣은 후쿠자와나 청동상으로 서 있는 사이고와 이토의 정신세계가 다르지 않았다. 2015년 '전후 70년 담화'에서 "러일전쟁이 식민지 지배하에 있던 많은 아시아·아프리카 사람들에게 용기를 주었다."며 조선 침략 전쟁을 서구의 침략에 대항한 아시아 민족해방전쟁으로 예찬한 당시 아베 신조 총리의 정신세계도 마찬가지였다. 아베 총리는 그 담화에서 "저 전쟁과는 아무 관련이 없는 우리의 자손들, 그리고 그다음 세대의 아이들에게 사죄를 계속하는 숙명을 안겨 주어서는 안 됩니다."라고도 했는데, 바로 그해 12월 28일 한일공조를 압박한 미국의 강요 덕에 '불가역적'이라고 못 박은 '한일 위안부 합의'를 받아 냄으로써 소원을 성취했다. 그들이 침략한 이웃나라와 피해 당사자들은 안중에 없는, 중세부터 근대를 거쳐 현재까지 변함없는 이 저열한 '일본 내셔널리즘'의 배타성은 위안부 피해 소녀상 건립 과정에서도 도처에서 재확인됐다. 그들에게 소녀상은 두고두고 곱씹고 반성하면서 다시는 되풀이해선 안 될 인간성 유린의 인류 보편적 범죄를 기억하자고 다짐하는 기념물이 아니라, 일본을 공격하기 위한 '반일'의 무기로 받아들여졌다. 귀무덤을 위로와 위령의 장소가 아니라 여전히 전리품으로 여기거나 편리하게 망각해 버리는 것과 다를 바 없는 정신 구조다.

1989년에 처음으로 일본에 갔을 때, 히로시마 평화공원에서 이미 그 저열한 '일본 내셔널리즘'의 첫 충격을 체험했다. 그때

조선인 위령탑을 봤는데, 놀랍게도 공원 안이 아니라 바깥에 세워져 있었다. 일부러 거기에 세운 게 아니라 일본인 희생자들을 추모하는 공원 내 건립을 거부당했기 때문이다. 그게 두고두고 잊히지 않았다. 히로시마 원자폭탄 투하 당시의 희생자 중엔 최대 3만 명에 이르는 조선인도 포함되어 있었다는데, 전후 '민주주의'를 구가하던 일본은 그들이 한때 일본 국적자로 강제 동원했거나 자국에 유입된 조선인 피해자를 패전 직후 비국적자로 일방적으로 규정한 뒤 그런 식으로 내팽개쳤다. 같은 피해자인데도 비일본 국적자인 조선인은 위령비조차 '평화공원' 안에 세울 수 없었다. 사할린으로 동원당한 수만 명의 조선인과 남태평양 섬들로 징병·징용당한 무수한 조선인이 그렇게 버려졌다. 히로시마의 조선인 희생자 위령비는 그 뒤 공원 안으로 이전됐다지만, 소녀상을 둘러싼 일본 내의 소동을 보노라면 일본 내셔널리즘은 16세기의 도요토미 히데요시 이래 21세기인 지금까지 근본적으로 바뀐 게 없다는 생각을 하게 된다.

4

교토에서 나고 자란 서경식 교수는 2019년에 번역 출간된 다카하시 데쓰야 교수와의 대담집 『책임에 대하여』 한국어판 서문에 이렇게 썼다.

나 서경식은 일본 사회에 사는 조선인 마이너리티(minority, 소수자)의 관점에서 이 대화에 임했다. 우리 자이니치在日 조선인이 일본에서 태어나 여기서 살고 있는 근본적인 원인은 일본의 조선 식민 지배다. 그 일본이 과거와 다를 바 없는 사상과 체제를 이어 간다는 것은, 굳이 단순화해서 말하자면 식민주의 체제가 계속되고 있다는 이야기다.[v]

서문에서 그해 3·1독립운동 100주년을 맞아 쓴 자신의 칼럼 일부도 인용했다.

얼마나 많은 피와 눈물이 흘렀던가. 그러나 그 엄청난 희생에도 불구하고 지금도 우리는 진정한 독립을 달성하지 못했다. 민족의 분단이 계속되고 있다. 일본에서는 역사 수정주의가 발호하고, 식민주의가 계속되면서 오히려 증식하고 있다. 싸움은 계속되고 있다.[vi]

식민주의는 그것을 당연지사로 여기는 가해자의 식민주의 심성과 연결돼 있을 뿐만 아니라 그 피해자 역시 그것을 당연지사로 여기며 거부할 생각조차 갖지 못하는 식민주의 심성을 대를 이어 내면화하게 만든다. 서경식 교수의 얘기다.

v 『책임에 대하여』, 7쪽

vi 『책임에 대하여』, 7쪽

생각하기에, 식민주의가 청산되지 못하는 원인은 먼저, 가해자 즉 옛 식민 종주국 국민들이 식민주의 심성을 버리지 못하는 데다 그들 나라의 힘이 여전히 그 피해국보다 세기 때문이다. 영국이나 프랑스, 독일 등 유럽의 옛 제국주의 국가와 그 후손이 식민 지배에 대한 제대로 된 사죄와 배상을 하지 않는 것은 그렇게 하지 않아도 아무 문제없을 정도로 그들이 여전히 힘이 세기 때문이다. 메이지 유신 때부터 그런 서구 열강을 철저히 모방해 온 일본도 다르지 않다. 피해국과의 현격한 힘의 격차가 가해자들의 식민주의 심성을 영속화한다. 또 한 가지 원인은 피해국 내에 식민 지배 당시에 형성된 부역 세력이 탈식민 뒤에도 청산되지 않고 기득권 세력으로 군림하면서 가해자의 식민주의 심성을 내면화해 그들의 가치관과 논리에 동조하며 이익 동맹을 결성하기 때문이다. 예컨대 아베 신조가 한국에 대한 첨단제품·장비 수출 규제 강화 조치를 발표했을 때 피해자인 자기 나라(한국)를 비판하면서 오히려 가해국 일본 정부를 두둔하고 나선 이들이 그런 부류다. 이런 악순환의 역사는 유사 이래 되풀이돼 왔다. 예수 시대를 보더라도 히브리 민족의 독립을 막고 노예적 예속을 영속화한 것은 총독 체제로 대표되는 가해자 로마제국의 압도적인 힘뿐만 아니라, 그들에 빌붙어 자민족 위에 군림하며 그들을 수탈한 히브리의 친로마 부역 세력인 대제사장과 고위 사제들 등 사두개파와 대토지 소유자들 등 장로 지배 세력들, 그리고 그들의 지배를 받으면서도 민중 위에 군림했던 바리새파 등 히브리의 중하층 사제들이었다.

한국이 과거 식민 지배를 받던 극빈국에서 오늘날 가해국과 대등해지거나 이를 넘어선 강국이 됐다고들 하지만, 여전히 식민지적 지위와 식민주의 심성에서 벗어나지 못하는 데에는 또 다른 이유도 있다. 예수 시대의 히브리에서는 사두개파와 바리새파라는 피식민국 부역 세력 뒤에 로마제국이 있었을 뿐이지만, 오늘날의 한국에는 식민 종주국이었던 일본 뒤에 또 하나의 거대 세력이 있다. 일본을 예속국으로 지배하는 미국이다. 이것이 현실을 한층 더 꼬이게 만든다.

서 교수와 그 형들, 그의 가족은 옛 종주국의 땅에 남게 돼 식민주의 심성이 만들어 낸 차별을 헤치며 살아오다가, 어쩌면 그 생래의 부당한 차별에서 원천적으로 해방될 수 있을지도 모를 모국에서 희망을 찾다가 오히려 더 큰 좌절과 절망에 맞닥뜨렸다. 재특회(재일 특권을 허용하지 않는 시민 모임) 등 일본 우익단체들이 적반하장 격으로 도쿄와 오사카 거리에서 "너희 나라로 가라!"는 조선인 혐오 발언(헤이트 스피치)을 해대며 재일동포 여학생들의 치마저고리에 칼질까지 하던 상황에서 서 교수 등 재일조선인들이 느꼈을 공포를 조금은 이해할 수 있을 것 같았다. 1923년 간토(관동) 대지진 때 조선인이 우물에 독을 탔다더라는 가짜 뉴스(소문)를 퍼뜨리면서, 일본인들은 차별은 했으나 바로 전까지 함께 살던 이웃 조선인 수천 명을 학살했다. 누구도 그것을 막지 못했다.

2021년 3월 26일 『한겨레』에 실린 칼럼 「은퇴기」에서 서 교수는 이렇게 썼다.

형들이 1980년대 말에 살아서 출옥한 것은 불행 중 다행이었으나 이미 40살이 가까웠던 나 자신의 미래상은 막막하고 불투명했다. 다만 고맙게도 당시에는 형들을 비롯한 한국 정치범 구원 운동이나 한국 민주화 연대 운동에 공감해 준 일본인들이 많이 있었다. 그분들이 나를 응원하고 이끌어 주었다. 그중에서 내가 직접 말씀을 들을 수 있었던 분들 중 일부만이라도 존함을 들어 기념하고자 한다(이하 경칭 생략). 목사 쇼지 쓰토무, 정치사상학자 후지타 쇼조, 사회학자 히다카 로쿠로, 철학자 고자이 요시시게, 역사학자 야마다 쇼지, 시인 이바라기 노리코, 평론가 가토 슈이치, 이와나미서점의 잡지 『세카이世界』 편집장(나중에 사장이 된) 야스에 료스케 등이며, 게다가 실제로 구원 운동에 참여해 주신 분들은 말할 것도 없다. 당시에는 잘 몰랐지만, 이는 지금의 일본 사회 상황에서라면 생각할 수 없는 일이다. 그 시대의 공기가 그 뒤에도 유지되고 커졌다면 일본 사회는 지금과 같진 않을 것이라 생각한다.

서 교수가 의지했던 저 양심적인 '리버럴' 지식인과 활동가들마저 이제는 대부분 사라져 버린 일본에서, 모국에서마저 '빨갱이'로 낙인찍힌 재일 마이너리티 조선인 가족들이 헤이트 스피치가 만연한 일본에서 느꼈을 공포를 우리는 어느 정도로 상상할 수 있을까. 서 교수가 얘기하는 '타자에 대한 공감', '타자의 고통에 대한 상상력'은 잘못된 세계를 이해하고 바꾸기 위한 육박주의의 첫걸음이기도 하지만, 그에게는 당장의 생사가 걸린 현실 문제이기도 했다.

서 교수는 2019년 3·1운동 100주년 때 한용운, 이상화,

이육사, 윤동주 등 저항 시인들을 떠올리며 "한용운의 시대가 지금까지 한 세기 이상 이어지고, 우리는 그런 상황 속에서 살아간다."면서 이렇게 말했다.

약 70년 전에 일본에서 태어난 나는, 우리 조선 민족이 아직도 이런 상황에서 빠져나오지 못하는 것이 몹시 유감스럽다. 하지만 한편으로는 내 삶이 옛날 그 민족 시인들과 연결되는 동시에, 지금도 해방을 추구하며 고투 중인 전 세계의 옛 식민지 인민들과 이어졌음을 실감한다.

그러면서 그는 식민주의 심성에 맞서 싸워야 한다고 했다. 그는 투사다. 하지만 총칼이 아니라 글을 무기로 삼아 싸우는 고독한 반식민주의 투사다.

한승동

17년 전 신문사 문화부 일을 하면서 서경식 교수를 만난 뒤 번역 일을 하게 되고,
'글쟁이'의 꿈도 꾸게 된 사람.

박혜진

번개 같은 직감

증언의 시대

2003년 서경식은 숙명여자대학교에서 열린 '포스트 식민주의 상황 속의 재일조선인'이라는 주제의 워크숍에 참석해 '이진우'라는 한 개인의 최후를 역사적 관점으로 바라보는 글을 발표한다. 그 글은 재일조선인이라는 이유로 석연치 않은 사형 집행을 선고받은 이진우를 통해 재일조선인에게 가해지는 차별과 소외의 문제를 고발하고 있다. 그러나 당시 그 발표를 통해 서경식이 말하고자 했던 것은 일본에서 재일조선인이 경험하는 차별이나 소외 그 자체는 아니었던 것 같다. 오히려 그의 관심은 사라진 어느 재일조선인의 생애와 2003년을 살고 있는 어느 한국인 사이의 연결 가능성에 있었고, 연결된다면 그것은 무엇으로 말미암아 가능한지에 더 몰두해 있었다고 봐야 할 것이다. 그 시도는 썩 만족스러운 결과로 이어졌던 것 같지는 않은데, 이듬해 발표한 글에서 그는 이때의 도전을 일컬어 "실패"라 규정하고 있기 때문이다.

결론적인 인상을 말하자면 나의 시도는 실패로 끝났다. 나는 '이진우'라는 표상을 사이에 둠으로써, 한국의 본국인과 재일조선인 사이에 '같은 조선인'이라는 번개 같은 직감이 공유되는 순간을 은근히 꿈꾸었는지도 모르겠다. 하지만 그건 달콤한 꿈이었다. 잊혀진 기억은, 그것이 잊혀졌다고 하는 망연한 자각 아래 길고도 어려운 과정을 밟아 나가며 거듭 문제 삼는 수밖에 없을 듯하다.[i]

서경식이 실패라고 말한 지점에서 이 글을 시작하는 데에는 두 가지 목표가 있다. 첫 번째는 '실패' 이후를 이야기하기 위해서다. "잊혀졌다고 하는 망연한 자각 아래 길고도 어려운 과정을 밟아 나가며 거듭 문제 삼는 수밖에 없"었던 그의 이후에 대해 이야기하는 일은 그가 도전했던 것이 무엇인지 구체적인 진실을 알려 줄 것이다. 거듭 문제 삼는 행위를 통해 그가 도모한 것은 무엇이며 그것은 어떤 결과로 이어졌는지 살피는 일이 "번개 같은 직감이 공유되는 순간"을 달콤한 꿈의 자리에 묶어 두지 않는 방법이기도 함은 물론이다. 두 번째는 실패에 대한 그의 발언을 전복하는 것인데, 이는 첫 번째 목표가 달성된다면 자연스럽게 충족될 문제이기도 하니 두 가지 목표는 실상 한 가지라 말해도 무방할 것이다.

i 『난민과 국민 사이』, 114쪽.

그는 거듭 문제 삼기 위해 '증언의 언어'를 택했다. 그러나 그 방식은 자신을 증언한 것과 다르다. 발언할 기회가 주어지지 않은 사람들이 자신을 관통하도록 통로가 되는 증언. 서경식은 자신의 세기를 증언의 시대라 불렀다. 내 생각은 다르다. 그가 증언의 시대를 산 것이 아니라 그로 인해 증언의 시대가 왔다. 증언은 하는 자의 것이지 듣는 자의 것은 아니기 때문이다. 가까스로 만들어지는 증언의 시대가 결코 주어지는 것은 아닌 탓이기도 하다. 바야흐로 지금, 나는 내가 증언의 시대를 살고 있음을 느낀다. 주관적 감정에서 비롯된 말이 아니다. 주위로 조금만 눈을 돌려도 도처에 증언물이 쏟아지고 있다. 구술사는 사회학의 방법론 중에서도 대중적으로 가장 각광받는 방식이 되었다. 서점에는 사회학, 인류학 구분할 것 없이 구술사에 기반한 생활사와 현지 조사 민족지가 앞다퉈 진열되어 있다. 증언은 거대하고 복잡한 현대가 개인과 역사를 이야기하기 위해 가장 신뢰하는 방식이 되었다. 이러한 흐름의 시작점에 서경식, 그리고 서경식의 증언이 있다.

더욱이 나는 수많은 목소리를 전달한 서경식이 나를 관통하고 있다는 느낌마저 받는다. 서경식과 나를 연결하는 것은 '문학'이다. 사회학, 인류학 구분할 것 없이 증언의 방식이 주목받는 와중에 가장 뜨거운 방식으로 증언의 형식이 출현하고 있는 곳이 바로 문학의 세계이기 때문이다. 김숨 작가는 독창적인 증언의 형식을 통해 일본군 위안부 할머니들의 경험을 사료적 가치가 있는 텍스트로 남김으로써 '증언 문학'을 수행해 나가고 있다.

장편소설 『한 명』이나 『군인이 천사가 되기를 바란 적 있는가』를 비롯해 증언의 문학이자 문학의 증언이라 불러야 할 세계에 대한 탐색은 한 작가의 탐색으로 그치지 않고 시대의 탐색이자 기록이 될 것이다. 2017, 2018년 한국 사회를 무섭게 흔들었을 뿐만 아니라 일본에서도 화제를 불러 모은 소설 『82년생 김지영』 역시 증언의 형식으로 쓰인 여성의 삶이며, 무엇보다 스베틀라나 알렉시예비치의 2015년 노벨문학상 수상은 오늘날 문학에 있어 증언의 역할, 그리고 역사와 문학의 관계에 대한 성찰이 어느 때보다 요구되고 있다는 증거다.

증식의 세계관

나는 2005년에 대학을 입학해 2010년에 졸업했다. 그 시절 수업 시간에 가장 많이 들었던 단어는 '디아스포라'였고, 졸업 후 2011년부터 2021년 지금까지 몸담고 있는 문학 출판과 문학평론의 영역에서 가장 많이 쓰고 듣는 단어 역시 '소수자'와 '증언'이라는 말이다. 20대 이후 지성의 세계를 관찰해 온 내내 서경식으로 표상되는 철학적 개념과 구체적 방법론이 사실상 내가 경험하고 적용해 온 이론과 실재의 핵심이라고 할 수도 있는 것이다. 그렇다고 내가 서경식을 책 속 지식인으로만 느끼고 있느냐고 하면 그렇다고 볼 수는 없다. 사실은 정반대다. 어쩐 일인지 나는 그에게서 구체적인 인간을 느낀다. 피와 살과 뼈를 느낀다. 단한 번의 만남도 없었다는 것을 생각하면 이것은 다소 불가해한 느낌이라 할 수 있을 것이다. 내가 서경식을 처음 만난 것이 그의 글이 아니라 그의 말이기 때문일까. 김상봉 교수와의 대담을 묶은 책 『만남』은 내가 서경식을 만난, 맨 처음 그의 말들이었다. 글이 아니라 말이라고 했으나, 말보다는 말을 포함하는 태도로서 그를 만났기 때문일지도 모르겠다. 어쩌면 그편이 더 진실이 가까울 것이다.

내게 인상적이었던 그의 태도는 소수자에 대해 이야기하는, 조심스럽게 강한 분위기였다. 많은 것을 살피지만 흔들리지 않는 그 분위기는 오랜 시간 소수자의 목소리를 체화한 지식인의 그것이었다. 소위 구술사는 소수자가 주류 역사에 대항하는 방식이다. 보편을 획득한 주체의 관점으로 쓰이는 역사에 균열을 내고 주변으로 밀려난 자들이 기억하는 역사를 기록하는 것은 역사의 이면을 그리는 동시에 불완전한 역사의 빈틈을 메우는 방식이다. 그러나 몇몇 개인의 이야기에서 사회적, 역사적 의미를 도출해 내는 것은 간단한 문제가 아니다. 여기에는 대표성의 부재와 재현의 불완전성이 장벽처럼 가로막혀 있기 때문이다. 어느 누군가의 이야기가 그 시대상을 반영한다고 볼 수 있는 근거를 어떻게 마련할 수 있을까. 착각하고 합리화하는 존재로서의 인간이 기억하는 불완전한 이야기가 어떻게 보편을 획득할 수 있을까.

기시 마사히코의 『망고와 수류탄』은 개인의 이야기라는 생활사 이론이 가지는 보편적 의미에 대해 다음과 같이 이야기한다.

질적 조사에서 그려지는 디테일이란 '리얼리티의 복수성'을 부르짖기 위한 것이 아닌 우리들의 기억이나 경험, 이야기가 세계와 연결되어 있다는 것, 그것이 실제로 일어난 무엇이었다는 것을 전하기 위함이라는 것, 그리고 무엇보다도 그것을 실제로 경험한 사람이 있고 그 사람이 구술자로서 바로 지금 내 눈앞에서 존재하며 천천히 인생 이야기를 하고 있다는 이러한 몇 겹으로 포개어진 '사실'을 최후의 독자에게 건네주기 위해 존재한다는 것이다. 그러므로 이야기의 디테일이라는 것은 실재에 도달하는 길이기도 하다.[ii]

개인과 보편 사이에 존재하는 간극을 채우기 위해 저자는 실재에 도달하게 만드는 생활사 이론이 '선택'이 아닌 '증식'의 세계관을 지향한다고 말하고 있다. 증식의 세계관은 모순을 제거함으로써 합리적인 모순의 상황 속에서 각자의 구술은 모순을 정돈하는 방식이 아니라, 가설을 최대한 늘려 나감으로써 인간이 구술하는 상황에 대한 상상력의 경계, 혹은 진실의 경계를 최대한 넓히는 것이기 때문이다. "그 상황의 가혹함을 축소할 필요는 전혀 없다는 '이해'" 위에서 인간과 그들이 살았던 시대를 향한 전면적 이해가 가능해진다. 서경식이 실패라고 말하는 동시에 "잊혀졌다는 망연한 자각 아래 거듭 문제 삼는 수밖에 없다."고 말한 그것이야말로 증언의 시대를 열었던 자의 말이자 이 시대의 공통 감각인 것이다.

ii 기시 마사히코, 『망고와 수류탄』, 정세경 옮김(두번째테제, 2021)』, 29~30쪽.

서경식의 증언은 이야기를 통한 증언이며, 무엇보다 증언하는 주체와 전달자, 그리고 증언이 도달하는 사람을 연결하는 증언이다. 일본군 위안부 송신도 할머니의 증언을 이야기로 받아들이기 위해 서경식은 자신의 어머니를 이입의 대상으로 삼는다. 그리하여 다음과 같은 문장이 탄생한다. "어머니를 모욕하지 말라." 소수자를 주제로 증언할 때 뒤따르는 '대상화'와 '소비'의 문제에서 서경식 역시 자유롭지 않았음을 보여 주는 동시에 그럼에도 그가 개인의 이야기를 통하는 길을 포기하지 않은 이유를 보여 준다. 다카하시 데쓰야와의 대담을 묶은 『책임에 대하여』에서 서경식은 "어머니를 모욕하지 말라."라는 발언을 언급하며 이러한 방식이 야기할 수 있는 한계와 우려에 관한 자신의 생각을 다음과 같이 말한다. "위안부 출신 송신도 씨와 같은 해에 태어난 어머니를 '자료'로 제공한다는 것은, 내가 어머니를 소비하는 것일지도 모른다는 의식과 늘 대면해야 하는 일"이라는 것인데, "그래도 글을 쓰는 것은 어쩌면 내 어머니가 송신도 씨의 운명을 좇고 있을지도 모른다고 상상하는 일이 '위안부'가 이른바 추상적 언설의 대상이 아니라 살이 붙고 피가 통하는 존재임을 마음에 새기기 위해서 필요하다는 각오가 있었기 때문"이라고 말한다.[iii] 그의 실패는 우리에게로 와서 "번개 같은 직감"이 되었다.

iii 『책임에 대하여』, 33~34쪽.

고난의 공동체

'코로나19', '기후 위기'라는 단어가 표상하는 이 시대는 초연결과 재난의 일상화의 시대다. 초연결과 재난의 시대에 필요한 것은 선택적 성장의 서사가 아닌 증식하는 연대의 서사라는 말에 모두가 동의할 수 있겠으나, 연대의 서사를 이루는 구체적인 결사체를 상상하는 일은 누구에게라도 난제일 수밖에 없다. 그동안 우리를 구획 지어 주던 기준에서 벗어나 새로운 기준을 상상해야 하기 때문이다. 배제의 수단으로서의 기준에서 벗어나 포용하는 도구로서의 기준을 마련할 수 있을까. 우리 인류에게 아직 그런 희망이 남아 있을까. 『난민과 국민 사이』에서 서경식은 기존의 민족 개념을 대체하는 개념으로 '고난의 공동체'를 말한다.

국적이란 당사자인 민중의 의지를 무시하고 국가가 자의적으로 강요하거나 박탈하는 것이다. 그것을 재일조선인은 경험을 통해 누구보다도 잘 알고 있다. 중요한 것은 자신이 어느 국가에 속하는가가 아니라 어떤 사람의 집단에 속하는가 하는 것이다. 식민 지배, 고향 상실과 이산, 민족 분단, 차별과 소외. 근대 역사를 통해 우리나라 민중이 공유하게 된 이 고난의 경험이야말로 우리를 하나의 '민족'으로 묶어 주는 것이다.[iv]

iv 『난민과 국민 사이』, 120쪽.

'고난의 공동체'는 새로운 집단을 상상했던 서경식이 실패를 자인했던 오래된, 말하자면 거듭된 노력의 결과라고 할 수 있을 것이다. 그리고 그는 이러한 고난의 공동체를 상상하기 위해 낱낱의 인생이 자신을 통해 드러나도록 하는 증언의 언어를 선택했다. 송신도 할머니를 향한 공감을 위해 그녀와 다르면서도 다르지 않았을 어머니의 삶을 송신도 할머니의 삶 위에 포개거나 누명을 쓰고 필요 이상의 처벌을 받았을 것이 확실해 보이는 어느 사형수의 삶을 불러내는 식으로. 그들의 삶이 그 자체로 사료의 가치를 지니고 있기 때문이 아니다. 그들이 실재했었다는 사실이 그로부터 떨어져 있는 우리로 하여금 고난을 상상할 수 있게 만들기 때문이다. 물리적으로 고난을 함께하는 것만이 고난의 공동체가 허락하는 구성원이 될 수 있는 자격은 아니다. 고난의 공동체는 동일한 아픔의 교집합을 의미하는 것이 아니라 그러한 아픔과 자신을 연결할 수 있는 수많은 통로를 상상하는 것을 의미하기 때문이다. 이를 두고 '아픔의 능력'이라 부른다 해도 과장된 호명은 아닐 것이다.

서경식은 언젠가 불행한 조건 속에서도 인간의 선의를 확인시켜 주는 사람들의 이야기를 "복음서 읽듯이 읽는다."라고 말한 적이 있다. 내 기억이 맞다면 그런 말을 한 것은 『책임에 대하여』라는 책을 통해서였다. 자신의 목숨이 경각에 달린 여자가 자식도 아닌 아이를 살리기 위해 자신을 파괴할지도 모를, 아니 거의 파괴할 것이 확실시되는 선택을 내리는 장면 같은 것 말이다. 모든 인간이 죽을지도 모르는 상황에서 타인을 먼저 구하지는 않을 것이다. 어떤 인간은, 아니 대부분의 인간은 자신의 생명을 구하기 위해 타인을 위험에 빠뜨린다고 말할 수도 있을 것이다. 그러나 어떤 인간은 그렇게 한다. 자신을 먼저 돌보지 않는다. 서경식은 그런 자들의 이야기를 거듭해서 읽는다고 말하고 있다. 역사적 인간으로 책임진다는 것은 인간이 지닌 선의를 믿는 것이 아닐까. 인간에게서 믿음과 희망을 구하는 그의 태도에서 그의 책임을, 어디에도 완전히 소속되지 못한 어느 지식인이 갈고닦아 온 역사적 인간으로서의 책임을 목격한다. 그가 걸을 때 쓸쓸했던 길은 이제 많은 사람들이 함께 걷는 연대의 길이 되었다. 그가 걷는 순간에는 아픔의 길이었을 테지만, 뒤따라 걷는 사람들에게 그 길은 희망의 길로 기억될 것이다.

박혜진

민음사 편집자이자 문학평론가. 2015년 조선일보 신춘문예를 통해 등단했다.
젊은평론가상, 현대문학상을 수상했다.

3

저는 지금도 툭 하면 여행을 떠나곤 합니다만, 그것은 일상으로부터의 해방이 아닙니다. '거주'를 찾아 헤매는 방랑과도 같은 것이죠. 나이와 더불어 여행을 한다는 것이 부담스러워져 갑니다. 하지만 여행을 떠날 수 없게 된다 한들, 크게 달라질 것은 없을 겁니다. 저에게는 일상의 '거주' 또한 여행 같은 것이니까요. 그럼 봉 보야주(Bon Voyage, 즐거운 여행을)!

—『경계에서 춤추다』(2010), 68쪽

이종찬

여행자가 될 수 없었던 순례자

선생님의 첫 책 『나의 서양미술 순례』를 모처럼 펼쳐보았습니다. 한국에서 1992년 번역 출간되어 '서경식'이라는 새로운 작가의 탄생을 알린 이 책을 30여 년이 지난 2021년 시점에 다시 손에 쥐고 살펴보고 있자니 갑자기 어색한 기분이 들었습니다. 국가와 국가 사이의 통행이 실질적으로 불가능해진 코로나19 시대에, 불과 얼마 전까지도 일상의 한 부분처럼 당연해 보였던 해외여행이 어느새 먼 과거의 일처럼 까마득하게 느껴지는 시대에 '유럽 미술관 방문기'를 접한 때문이었던 것 같습니다. 팬데믹 이후 2021년 현재의 우리는 이렇게 '새로운 정상성(뉴노멀)'의 시대를 살아 내고 있는 중입니다.

지난 5월 제9회 인천 디아스포라영화제 특별상영 프로그램 때 보았던 〈공항 난민: 공항에 갇힌 사람들을 만나다〉 속 장면들이 떠오릅니다. 2020년 2월, 심각한 수준의 정치적 박해를 피해 인천국제공항에 환승객 신분으로 도착하여 한국 정부에 난민 신청을 하였으나 거부당한 아프리카 난민 A 씨의 이야기. 그로부터

무려 1년이 넘는 기간 동안 그는 공항 환승 게이트 구역에 오갈 데 없이 방치되어 있었습니다. 들어갈 수도[in] 나갈 수도[out] 없는 '장소 아닌 장소'로서의 공항.

그런데 A 씨를 담고 있는 영상 속 공항의 풍경이 무척이나 기이하게 느껴졌습니다. 코로나19 팬데믹 여파로 인해 인천국제공항 공간이 거의 텅 비어 있었던 것입니다. 언제나 수많은 인파로 정신없이 북적이던 곳이 말입니다. 인간의 흔적이 사라진 공항은 그 자체로 세기말적인 분위기를 자아내고 있었고, 여행을 떠나기 전 설렘이나 기대 같은 감각과 낭만적인 정서 따위는 조금도 찾아볼 수가 없었습니다.

어떤 여행은 결코 여행이 될 수가 없습니다.

2014년 여름 저는 2박 3일 일정으로 일본의 조선학교에 다녀올 기회가 있었습니다. 일본 내에서 공식 교육기관으로 인정받고 있지 못할 뿐 아니라 교육 무상화 정책에서도 부당하게 배제된 조선학교와 연대해 온 서울의 한 시민단체 구성원분들과 함께하는 일정이었습니다. 이 과정에서 저는 주위 지인으로부터 '여행'이라는 표현을 여러 번 들을 수 있었습니다. "일본 여행을 가는 거야? 좋겠다." 대개는 이와 같은 반응이었지요. 그런데 시간이 지날수록 저는 이 '여행'이라는 단어가 점점 더 껄끄러워지기 시작했습니다. 결국 일본을 다녀온 뒤 발표한 어느 글에서 저는 당시 이 불편함이라는 감각의 정체에 대해 다음과 같이 해명을 시도해 보고자 했습니다.

일본의 히로시마와 시코쿠 방문을 앞두고 있다. 나는 지금 '관광觀光'이라고도, '여행旅行'이라고도 하지 않고 '방문訪問'이라 썼다. '관광', 빛을 보러 가는 게 아니다. '여행', 은밀한 군사적 함의가 불편하다. '여'는 '군대'라는 뜻을 담고 있다. 관광도, 여행도 아니다. 나는 '방문'하려 하는 것이다. 말 그대로의 의미에서, 찾아가[訪] 묻고[問] 싶은 것이다. 혹은 그냥 간단하게 '떠남'이라 해도 좋겠다.[i]

'여행'이 아니라, '여행'이기는커녕 차라리 '방문' 내지는 그냥 '떠남'. 2박 3일의 일본 일정에 대해 저는 이렇게 생각하기로 마음먹었던 기억이 납니다. 어떤 여행은 '여행'이라는 말로는 도저히 표현할 수가 없는 것인가. 저는 그때 어렴풋이 깨달았습니다. 그리고 돌이켜보면 이 이상한 느낌은 제가 예술 기행과 관련된 선생님의 글들을 읽을 때 자주 마주했던 감각이기도 합니다. 끝내 여행이 될 수 없는 여행의 기록.

지하실의 작은 창문

1983년 선생님의 첫 유럽 미술관 방문은 훗날 1991년 일본에서 출간된 『나의 서양미술 순례』의 모태가 되었고, 선생님의 표현을 빌리자면 '글쟁이'로서의 새로운 정체성을 알리는 중요한

i 이종찬, 「계란말이가 아니라 닭알구이다」, 『말과활』 7호(일곱번째숲, 2015), 149쪽.

분기점이 되었습니다. 이를 시작으로 선생님의 유럽 예술 기행은 이후 꾸준히 이어지고 있었습니다. 2020년, 예상치 못한 신종 코로나바이러스가 전 세계를 집어삼키기 전까지는 말입니다.

“유럽으로 그림을 보러 간다니, 그림은 봐서 뭐 하게?” 당시 주변 지인들이 가볍게 던진 이 질문에 선생님은 “그렇게 하는 것이 아무래도 나한테는 꼭 필요한 것 같다.”며 얼버무릴 수밖에 없었다고 고백하셨지요.

당시 선생님이 처해 있던 상황의 구체적 맥락을 한번 짚고 넘어가 볼 필요가 있어 보입니다. 식민 지배의 영향으로 1951년 일본에서 태어나 한국 국적을 보유한 일본 내 에스닉 마이너리티(재일조선인 2세)인 선생님에게 당시 해외 왕래는 자연스럽거나 일상적인 일이 될 수 없었을 것입니다. 일본 다수자 입장에서는 맞닥뜨릴 리 전혀 없을 까다로운 출입국 절차와 같은 행정적 차원의 문제도 물론 존재했겠지만, 어쩌면 선생님에게 가장 결정적인 어려움은 일종의 윤리적인 문제가 아니었을까 저 나름으로는 짐작해 보기도 합니다. 다시 말해 제도나 법의 문제라기보다는 양심이나 도리의 문제에 가깝지 않았을까요. 최초로 유럽 방문길에 오른 1983년 당시 선생님이 처한 상황적 여건이 그러했습니다.

형님들이 모국인 한국에서 유학 생활을 하다가 구속된 것은 1971년, 박정희 군사정권 때였다. (……) 나는 지하실에 처넣어진 듯한 기분을 느끼고 있었다. 그 지하실은 어둡고 눅눅하고, 게다가 공기가 점점 희박해져 간다. 사방이 꽉 막힌 이 상황이 처음에는 2~3년쯤 갈 것으로 예상했는데, 5년이 지나고 7년이 지나고 10년이 지나도 끝날 낌새를 보이지 않았다. 그사이에 어머니도 아버지도 절망한 채 세상을 떠나셨다. 유럽 여행을 떠날 때, 형님들은 투옥된 지 이미 12년이 지났고, 나는 하는 일 없이 서른 고개를 넘고 있었다.

나에게 예술은 그 숨 막히는 지하실에 뚫린 작은 창문 같은 것이었다. 이제 와서는 그렇게 생각한다. 작은 창문은 벽 높은 곳에 있어서 바깥 경치는 보이지 않지만, 하늘의 색깔 변화나 공기가 흐르는 기미는 느낄 수 있었다. 손은 닿지 않고, 창문으로 도망칠 수도 없지만, 그 작은 창문 덕에 살아 있을 수 있었다.ii

한국에 모국母國 유학을 온 서승과 서준식, 두 분의 형님은 1971년 박정희 정권의 재일조선인 간첩 조작 사건에 연루되어 당시 시점으로 무려 12년째 언제 풀려날지 알 수 없는 수형 생활을 하고 있었습니다. 그러던 와중에 현해탄을 오가며 두 아들의 옥바라지에 여념이 없었던 어머님이 암으로 1980년 세상을 떠나고, 그로부터 몇 년 뒤에는 아버지마저 연이어 같은 병으로 이승에서의 시간을 마감하고 만 상황이었지요. 그럼에도 선생님은 유럽의 미술관을 둘러보려는 목적으로 비행기에 몸을 싣기로 결심하셨던 것입니다. 어쩌면 선생님의 여정은 목적지인 유럽에 '가까워지는' 것보다 출발지였던 일본으로부터 최대한 '멀어지는' 것이 핵심이었을지도

ii 『청춘의 사신』, 9~10쪽.

모르겠습니다. 그만큼 당시 일본이라는 시공간은 선생님에게 더할 나위 없이 '숨 막히는 지하실'이었을 테니까요.

선생님은 당시의 심정을 '지하실에 뚫린 작은 창문'에 비유하셨습니다. 저의 시선을 끄는 대목은 무엇보다 창문이 놓인 위치입니다. 지하실 "벽 높은 곳에 있어서 바깥 경치는 보이지 않지만, 하늘의 색깔 변화나 공기가 흐르는 기미는 느낄 수 있"다. 하지만 높은 곳에 있는 관계로 "손은 닿지 않고, 창문으로 도망칠 수도 없"다. 중요한 건 이어지는 바로 다음 구절입니다. "그 작은 창문 덕에 살아 있을 수 있었다." 남들 눈에는 하찮고 사소해 보였을지 모르나 선생님에게 당시 예술은 생과 사의 문제를 가를 정도의 필사적인 문제였던 것으로 보입니다.

그렇다면 왜 그것이 예술이어야만 했을까. '현대의 고전'을 주제로 나누었던 과거의 어느 좌담 자리에서 선생님은 저를 포함한 패널들을 향해 다음과 같이 말씀하신 적이 있습니다. "제가 미술이나 음악에 관심을 갖는 건 이런 [설명할 수 없는 삶의] 여백들이 예술을 통해 표현되기 때문입니다."iii 어쩌면 선생님께서는 부조리하게 휘말려 들어온 자신 삶의 설명할 수 없는 여백을 예술이라는 양식을 통해 어떻게든 조금이나마 해소해 보고 싶었던 것은 아니었을까요.

iii 『내 서재 속 고전』, 230쪽.

고뇌하는 예술

유럽의 여러 미술관을 돌며 처음에 중세와 르네상스 시대의 예술에 주목하셨던 선생님은 시간이 흐를수록 서서히 20세기 예술에 이끌리게 됩니다. 그런데 하필이면 왜 그것이 20세기 예술이었을까. 이상하게 들릴 수 있겠지만 이때의 예술이 아름답지 않아서일 것입니다. 그렇다면 '아름답다(美)'는 것은 또 무엇인가. 선생님은 이에 대해 다음과 같이 인상적으로 서술한 적이 있습니다.

> '미의식'이란 '예쁜 것을 좋아하는 의식'이 아니다. '무엇을 미라고 하고 무엇을 추라고 할 것인가'를 판단하는 의식이다.[iv]

주지하다시피 20세기는 인간의 이름으로 이루 말할 수 없는 폭력들이 자행된 시기입니다. 단적인 사례로 두 차례의 세계대전이 있었고, 홀로코스트가 있었습니다. 이토록 극단의 폭력이 난무한 시기에 탄생한 예술이 마냥 예쁘고 아름답기만 할 수가 있는가. 이것이 선생님의 주요한 문제의식이었습니다. 아름다운 것과 추한 것, 양자의 경계 자체를 근본적으로 다시 묻는 작업을 통해 '추'가 그냥 '추'이기만 한 것이 아니라 "'추'가 '미'로 승화하는 예술적 순간"[v]이 발생한다는 선생님의 말씀은 지금까지도 제 기억 한편에

iv 『고뇌의 원근법』, 7쪽.

선명하게 각인되어 있습니다.

중세 및 르네상스 시기의 명화가 즐비한 유럽의 미술관에서 선생님의 눈과 마음에 들어온 것이 20세기 예술이었던 사실 역시 단순한 우연으로만 볼 수 없을 것입니다. 조선을 식민 지배한 일본에서 태어난 재일조선인 2세라는 소수자 정체성, 그리고 두 형이 한국에서 정치범으로 구속되어 기약 없는 옥살이를 해야만 했던 현실. 평범한 개인의 가족사 면면에까지 이토록 촘촘히 각인된 근대적 폭력의 흔적들이야말로 선생님으로 하여금 '극단의 시대'인 20세기를 표상하는 고뇌의 예술 작품으로 이끈 것이 아니었을까 하고 저는 생각하고 있습니다.

예술 작품을 바라보는 선생님의 태도에는 한 가지 눈에 띄는 지점이 존재합니다.

미술관은 혼자 가는 편이 좋다. 조용히 작품과 대면하고, 마음을 울리는 그림이 있다면 반나절 넘게 그 앞에서 머물러도 좋으며, 지루한 그림은 10초 정도만 바라보고 떠나도 상관없다. 요컨대 자유로워지면 되는 것이다. 자유롭게 미술과 마주할 때, 다양한 사람과의 만남이 시작된다. 작품을 만든 작가는 물론, 그 작품과 관련된 외국인이건, 과거의 사람이건, 인사 한번 나눈 적 없는 사람과 마주하게 된다. 이러한 만남을 통해 마음속에서 대화가 시작되고, 그로써 자신을 재발견하게 된다. 이런 만남이야말로 작품을 마주할

v 『고뇌의 원근법』, 7쪽.

때의 커다란 기쁨이자 경이로움이다. 화가와 시대 배경에 대한 조사는 진짜 흥미가 일어난 후에 시작해도 좋다.[vi]

예술 감상에는 두 개의 조건 항이 필요할 것입니다. '감상자'와 감상자가 바라보는 '작품'. 우리는 일반적으로 감상자가 주체가 되어 대상으로서의 작품을 바라보는 것으로 예술 감상의 과정을 이해하곤 합니다. 그러나 선생님의 예술 작품 감상법은 이와는 근본적으로 결을 달리하는 것입니다. 이를테면 주체와 대상의 경계를 매끈하게 분리하여 감상자가 작품을 일방향으로 바라보는 모델(감상자 → 작품)을 따르는 대신에 선생님은 '만남'과 '대화'라는 표현을 쓰셨습니다. 예술 감상의 과정이 감상자와 작품 사이에서 만남이 되려면, 대화가 되려면 감상자를 주체의 자리에, 작품을 대상의 자리에 고정시켜서는 안 될 것입니다. 그 과정은 일방향이 아니라 쌍방향이 되어야 합니다(감상자 ⇄ 작품).

2017년 1월, 저는 2박 3일의 일정으로 후쿠오카를 다녀온 적이 있습니다. "후쿠오카에 가게 된다면 후쿠오카 아시아미술관을 꼭 들러 보세요." 언젠가 선생님께서 해 주셨던 말씀을 잊지 않고 기억하고 있던 덕에 성사될 수 있었던 일정이었습니다. 그리고 그곳에서 만난 한 작가의 작품 앞에서 저는 꽤나 오랫동안 멈춰 서 있었습니다.

응게 레이, 〈The relevancy of the restricted things〉. 미얀마 출신

vi 서경식의 추천사, 박현정, 『혼자 가는 미술관』(한권의책, 2014) 뒤표지

1979년생 여성 아티스트의 사진 연작이었습니다. 이게 뭐지? 첫 사진부터 즉각적으로 호기심을 불러일으키는 이미지였습니다. 가까이 다가가 자세히 들여다보아도 역시나 이상한 조합이기만 했습니다. 강가 바로 옆에 어울리지 않는 검은 텐트가 하나 덩그러니 쳐져 있었습니다. 파도가 해안선 안쪽으로 조금이라도 들이치기라도 한다면 쓸려 내려가는 건 아닐지 걱정스러울 만큼 너무나 가까운 거리였지요. 난민의 형상인 건가 싶었지만, 아니었습니다. 아주 사적이고 내밀한 흔적. 검은 텐트는 다름 아닌 간이 사진관이었습니다. 보다 정확하게는 '가족사진관'이었지요.

너덧 점 정도로 공개된, 모든 가족사진에는 다소 기괴한 형상의 탈을 둘러쓴 인물 한 명이 빠짐없이 등장하고 있었습니다. 그것은 작가가 어려서 일찍 떠나보내야만 했던 아버지의 재현이었습니다. 저 탈을 쓴 이는 아마도 작가 자신이 아닐까 하는 생각이 스쳤습니다. 서울 집으로 돌아와 인터넷 자료들을 검색해 보니 저의 추측이 맞았더군요. 연작 사진에서 작가는 부재한 아버지의 자리를 대신하여 누군가의 남편이 되었다가, 또 누군가의 아버지가 되고 있었습니다. 비현실적 존재로 보였던 탈을 쓴 인물은 말하자면 '부재의 현현'이었던 것이었습니다.

후쿠오카 아시아미술관에서 응게 레이의 작품과 우연히 마주쳤던 당시의 감각은 저에게 지금까지도 무척이나 강렬하게 남아 있습니다. 예술 감상이 단순한 교양의 차원을 넘어 (선생님의 표현처럼) '만남'와 '대화'의 장이 될 수 있음을 저는 응게 레이와의 저 우연한 만남을 통해 아주 직관적으로 깨달을 수 있었습니다.

이러한 만남을 통해 마음속에서 대화가 시작되고, 그로써 자신을 재발견하게 된다.vii

응게 레이의 작품에 담긴 '아버지의 부재'라는 테마는 제 안에서 어느새 일종의 화학적 연쇄 작용을 일으키고 있었습니다. 살아 계시지만 사회적으로는 부재했던 나의 1946년생 아버지. 그를 향한 해묵은 애증의 감정들이 제 안에서 제멋대로 부풀어 올라 후쿠오카에서 서울로 돌아오던 비행기 안에서 꽤나 심란했던 기억이 생생합니다. 저는 그저 응게 레이의 작품을 보았을 뿐이었는데 어느새 저 자신을 보고 있었던 것입니다. 이것이야말로 선생님께서 말씀한 예술 작품과의 '만남'과 '대화'가 아니었을까요.

순례자의 시선

그런데 예술 작품과의 '만남'과 '대화'란 이를테면 낭만적이거나 가슴 따뜻해지는 무언가가 아닌 것 같습니다. 오히려 그냥 아픈 것이라 말해야 하지 않을까요.
1987년 봄, 선생님의 형님 중 한 분이 51일간의 옥중 단식투쟁을 감행하여 실제로 죽음을 각오해야만 했던 해에도 선생님은 또다시 유럽행 비행기에 몸을 실었습니다. 당시 선생님은 십자가에서

vii 서경식의 추천사, 박현정, 『혼자 가는 미술관』(한권의책, 2014), 뒤표지.

죽은 예수가 자신의 부활을 믿지 않는 이들에게 직접 자신의 상처를 보여 주는 테마를 다룬 예술 작품들에 깊이 몰두해 계신 상황이었습니다. 그때 선생님은 길에서 만난 한 수도승으로부터 "무슨 여행을 하고 있습니까?"란 질문을 받게 됩니다. 그런데 선생님은 뜻밖에도 여행이 아니라 "순례"라고 대답하셨습니다.[viii] 신앙도 없고 따라서 세례 같은 것도 받지 않으신 분이 말입니다. 선생님에게 예술은 말하자면 상처를 증명하고, 사람들로 하여금 그것을 기억하게 하는 것이었을까요. "네 손가락을 [상처로 구멍 난] 내 옆구리에 넣어 보아라. 그리고 의심을 버리고 믿어라."(「요한복음」 20장 27절)

1987년의 유럽에서뿐만 아니라 한국의 광주에서 선생님의 눈에 들어온 것도 그와 같은 '상처의 풍경'이었습니다. 2000년 5월 18일, 광주 민주화 항쟁 20주년 기념행사에 참석하기 위해 서울에서 광주로 떠나는 비행기에 오른 선생님은 한 무리의 교향악단 멤버와 마주쳤습니다. 알고 보니 그들 역시 같은 행사에 참석하는 이들이었지요. 그들은 전두환과 노태우 두 군부 독재하에서 금지곡으로 묶여 연주될 수 없었던 윤이상의 〈광주여 영원히!〉를 처음으로 공식 석상에서 연주할 예정이었습니다. 여기에서도 선생님의 시선은 우리가 일반적으로 예상할 수 있는 방향과는 다른 쪽을 향해 있습니다. 길었던 군부 독재 기간을 지나 민주 정권이 들어서고, 이제야 비로소 '광주 사태' 또는 '광주 폭동'이 아니라

viii 『나의 서양미술 순례』, 130~144쪽.

'광주 민주화 항쟁'이라는 국가적 인정까지 공식적으로 받게 되었으니 이제 좀 한숨을 돌릴 만도 하겠지만, 그렇지가 않습니다.

윤이상이 두 번 다시 고국의 흙을 밟지 못하고 망명지 베를린에서 객사한 지 5년. 지금 광주에서 마치 아무 일도 없었다는 듯 그의 곡이 연주되려고 한다. 그가 살아서 이 정경을 봤다면 과연 뭐라고 했을까. 암흑은 마침내 물러갔는가? 그 아픔, 그 한은 씻겨졌는가? 이제 안심해도 좋은가? 마음 놓고 삶을 즐겨도 좋은가? 아무래도 불안한 것이다.[ix]

선생님의 시선은 새롭게 정비된 신묘역 대신 여전히 망월동의 허름한 구묘역 쪽을 향해 있었습니다. 철저한 침묵과 망각의 시기를 지나 이제야 비로소 명예로운 이름과 새 얼굴을 갖게 된 광주이지만 그곳에는 아직도 여전히 끝나지 않은 이야기들, 기억되지 못한 이름들이 존재하고 있지 않은가. 선생님은 그렇게 읊조리고 계셨습니다.

지난 6월 9일, 철거 작업 중이던 광주 학동4구역의 5층 건물이 도로 위로 무너져 내려 콘크리트 더미가 그곳을 지나던 시내버스를 덮치는 참극이 있었습니다. 이 사고로 버스 안에 타고 있던 무고한 사람들이 허망하게 생을 달리해야만 했습니다. 학동은 개발의 논리에 뒤처진 가난한 동네였다고 합니다. 하지만 빈곤의 사회적

ix 『디아스포라 기행』, 96쪽.

책임을 둘러싼 문제에는 별다른 반성도 고민도 없이 2021년의 광주는 그저 재빨리 화려한 옷으로 갈아입겠다는 '재개발'의 논리에만 급급했을 뿐입니다. 지금 제 머릿속에는 선생님이 마지못해 불안해하셨던 바 있는 2000년의 저 '매끈한' 광주의 모습 위로 2021년 학동4구역의 잔해가 오버랩되고 있습니다. 제가 선생님께 배운 ('여행자'가 아닌) '순례자'의 시선입니다.

망가진 슈트케이스

오래되어 망가진 슈트케이스를 바라보면서 이제는 자신 또한 세계 곳곳을 누비는 예술 기행을 감당할 만한 나이를 넘어선 것은 아닌지 선생님께서 진지하게 고민하고 계시던 즈음, 코로나19 팬데믹 상황이 순식간에 전 지구를 집어삼켜 버렸습니다. 국가와 국가 간 이동은 그 즉시 사실상 불가능해져 버렸고, 굳게 닫힌 국경의 문은 적지 않은 시간이 흐른 지금까지도 좀처럼 다시 열릴 기미가 보이지 않습니다. 이제 사람들은 다른 이들과의 접촉을 최소화한 채 거의 대부분의 시간을 집 안에서 홀로 보내고 있습니다. 어디를 가도 위험하기만 한 세상을 배경으로, 바깥과 단절될수록 안전해지는 영화들이 등장하기 시작한 것도 이즈음인 것 같습니다. 우리가 허구의 좀비 영화들에서 익히 봐 오던 장면이

x 『후쿠시마 이후의 삶』, 11쪽.

어느새 스크린 밖 진짜 현실이 되어 버렸습니다.

"실제 사건이 일어난 장소를 직접 찾아가 이른바 '그 장소가 가지는 힘'을 민감하게 느끼고 공감하기 위한 노력"[x]이야말로 예술 순례길에서 선생님이 가장 중요하게 여긴 가치 중 하나였습니다. 그렇지만 멈춰 버린 슈트케이스가 언제 다시 길 위에 서게 될 수 있을지 이제는 그 누구도 기약할 수가 없는 상황입니다.

팬데믹 위기 상황이 한시적 예외 상태가 아니라 일상이 되어 버린 시기에 '여행'은 어떠한 형태로 변모하게 될까요. 망가진 슈트케이스는 다시 길 위에 서게 될 수 있을까요.

이종찬

대학(원) 영문과에서 문예비평 및 문화이론을 공부하고, 비판적 문화연구 집단 '문화사회연구소'에서 활동했다. 경계의 사유로부터 촉발된 문학과 예술의 사회적 존재론에 관심이 많다.

권영민

해부도의 윤리학

해부도에 끌리는 마음

선생의 거실에는 해부도가 걸려 있다. 사실을 말하자면 거실에만 있는 것이 아니다. 서재에도, 주방에도 곳곳에 인체 해부도가 걸려 있다. 최초의 해부학자라 할 수 있었던 베살리우스가 관찰하고 화가였던 반 칼카르가 그려 만든 책인 『인체구조에 관하여』(1543)에 실려 있는 예술성이 가미된 '작품'과 같은 해부도가 아니다. 의학용으로 제작된 병원에서나 볼 수 있는 '도구'로서의 해부도, 신체 내부의 장기, 근육과 뼈가 적나라하게 드러난, 식탁 앞에 걸려 있다면 어딘가 모르게 거북하다고 느낄 만한 해부도가 걸려 있다. 해부도를 걸어 둔 특별한 이유가 있는지 선생에게 여쭸다. "해부도에 마음이 끌렸다."라는 짧은 답만 돌아왔다. 하지만 왜 하필 해부도인가? 솔직히 말하자면 해부도에 마음이 끌린다니 어딘지 조금은 특이한 취향이라고 생각했다.

한국에 돌아온 나는 제약회사에서 일하는 지인에게 부탁해 인체 해부 캘린더를 하나 얻었다. 그리고 내 서재에도 걸었다. 어쩌면 당연한 일이겠지만 나로서는 좀처럼 거기에 마음이 끌리지 않았다. 내게 해부라는 작업은 데카르트적인 정신에서만 가능한 건조하고 서늘한 것이다. 신체를 탈인격화해 기계로 바라봐야만 가능한 일이 아닌가. 벽에 걸린 해부도를 매일같이 보며, 선생의 마음을 유난히 잡아 끈 다른 것들에 관해서도 생각해 보게 되었다. 카라바조의 그림들, 오페라 〈살로메〉에 대해, 이탈리아, 영국 같은 나라들에 대해.

저 멀리 지중해의 몰타섬까지 발길을 옮겨 카라바조가 가장 만년에 제작했던 〈세례 요한의 참수〉를 직접 보고 싶다는, 거의 생리적이라고 할 법한 그런 욕망이…….

카라바조는 전 생애에 걸쳐 약 열두 점에 이르는 목이 잘린 사람을 모티프로 한 그림을 그렸다. 참수에 매혹된 화가라고 해도 좋겠다. 나폴리에서 그린 〈골리앗의 머리를 든 다비드〉에 등장하는 골리앗은 자화상이다. 두 눈은 각각 다른 반응을 보인다. 왼쪽 눈에는 생명의 잔광이 느껴지지만 오른쪽 눈은 이미 흐릿해져 버렸다. 카라바조는 스스로에게 절망하면서, 한편으로 그런 자신을 철저히 응시하고 있다. 이러한 자화상을 그릴 수 있었다는 사실 자체가 지극히 '근대적인 자아'라는 의미가 아닐까. 나는 이 점에 경탄하지 않을 수 없다.[i]

보통의 경우라면, 카라바조의 작품들을 유쾌하다고 느끼거나 어떻게든 찾아가서 봐야겠다고 생각하지는 않을 것이다. 카라바조는 살인자였다! 그런 카라바조의 작품을 선생은 "보면 볼수록 내 눈으로 전부 확인해 보고 싶은 욕망이 끓어오른다."[ii]라고 했다. 카라바조의 살인 미학에 마음이 끌리는 이유는 무엇일까? 왜 선생은 그 잔혹함에 매료당한 것일까? 해부도에 끌리는 마음만큼이나 이상했다.

카라바조의 〈의심하는 도마〉에서는 예수의 상흔에 들어간 도마의 손가락이 주제다. 하지만 작품을 보는 순간, 도마의 손가락보다 그의 시선이 예수의 상흔에 더 깊이 들어가 자리하고 있다는 점을 느끼게 될 것이다. 마치 해부학자라도 된 것처럼 예수의 배 속을 들여다본다. 도마는 왜 그토록 자세히 들여다봐야 했을까, 카라바조는 왜 이토록 적나라하게 그려야만 했던 것일까, 서경식은 왜 이 모든 것을 보고 싶은 욕망에 사로잡혀 있는 것일까?

해부도, 참혹한 것을 보고 싶은 욕망

〈세례 요한의 참수〉를 달려가 보고 싶다고 할 정도였다면, 선생이 공연 실황을 현장에서 직접 본 첫 오페라가 〈살로메〉라는

i 『나의 이탈리아 인문 기행』, 47쪽.

ii 『나의 이탈리아 인문 기행』, 47쪽.

카라바조, 〈세례 요한의 참수〉, 1608년, 캔버스에 유채, 370×520cm, 발레타 성 요한 대성당.

것도 우연이었다고 할 수 없다. 리하르트 슈트라우스의 오페라 〈살로메〉 4장에는 살로메가 헤롯을 유혹해 세례 요한의 머리를 요구하는 장면이 나온다. 선생은 이 장면을 두고 이렇게 썼다.

여가수가 단지 노래만 부르는 것이 아니라 반라의 흰 몸을 드러낸 채 멋지게 춤을 추는 것을 보고 나는 놀랐다. 질투, 권력욕, 독점욕, 잔혹한 성욕 등 인간의 네거티브한 감정들이 거리낌 없이 묘사되는 데에 놀라고, 그런 것들이 한없이 매혹적이라는 데에 또 놀랐다.
(……)
하지만 이들 종교화는 교의를 그림으로 풀이하는 데 그치지 않고 어딘지 모르게 생생한 감촉, 굳이 말하자면 관능성을 띠고 있었다.[iii]

성악가인 내 파트너와 함께한 자리에서 선생은 슬라보예 지젝의 『오페라의 두 번째 죽음』과 같은 책을 써 보면 어떠하냐고 하신 적이 있다. 그럴 능력도 못 되지만, 오페라에서의 불륜, 자살, 살인 등 온갖 종류의 비현실적 탈선이 그리스도교도인 내게는 영 구미에 당기지 않는다고 답을 드렸다. 하지만 선생은 오페라 서사가 갖는 네거티브한 감정, 그것은 현실이라고 했다. 그의 마음은 관능적인 춤을 추고 있는 배우를 향하고 있는 것이 아니다. 그보다 인간의 무서운 욕망이 가지고 있는 탈선 그 자체, 바로 거기에 끌리고 있는 것이다. 어째서일까?

iii 『나의 서양음악 순례』, 94쪽.

살인, 불륜이 종교적으로 금기시되는 것과 마찬가지로 인체 해부 역시 13세기경 볼로냐와 피렌체에서 법의학적 이유로 본격적으로 시작되기 전까지 절대적인 금기였다. 선생의 거실과 서재, 주방 곳곳에 걸린 해부도 역시 죽음과 금기, 불온한 욕망을 연상시킨다는 점에서 네거티브한 감정들에 매혹되는 선생만의 성향을 반영하는 것일지도 모른다. 그러나 다른 한편으로 해부도는 신체를 기관으로 체계화한 도상이라는 점에서 이성, 합리성, 과학과 같은 전혀 다른 이미지도 연상시킨다.

누군가를 참수시키는 장면을 그리는 것에 매혹된 화가가 살인미학에 불쾌감을 느껴 거북함에 눈을 찡그리면서도 실눈을 뜨고 보고 싶다는 욕망을 느낀 적이 있다면, 참혹한 사고가 일어난 장소에서 고개를 돌리지만 잠깐 눈을 돌려 바라보고 싶은 욕망에 사로잡힐 때도 있었다면, 인간 자체가 그런 기묘하고 복잡한 욕망에 사로잡힌 존재임을 인정할 수밖에 없게 된다. 그리고 해부도가 불러일으키는 두 종류의 연상으로 나타나는 분열에서 근대적 자아가 탄생한다. 근대적 자아는 아는 것과 모르는 것 사이에서 분열하고, 이성과 욕망 사이에서 분열하면서 태어난다. 마치 카라바조의 얼굴을 한 골리앗의 두 눈의 반응이 다른 것처럼.

눈을 찡그리지 않고, 고개를 돌리지 않고 바로 그 '불쾌한 것', '탈선의 욕망' 자체를 정면으로 바라보는 인간은 흔하지 않다. 카라바조에게 가장 불쾌했던 것은 분열적인 자기 자신, 죽음, 살인을 향한 욕망이었을 것이다. 목이 잘려 나간 골리앗에서 자신을 보는 것, 가장 불편한 것을 응시할 수 있는 자아야말로

'근대적인 자아', '근대적 정신'이라고 할 수 있지만, 권력이 유통시키는 가짜 욕망 탓에 근대에도 근대적인 자아는 흔하지 않다.

해부학의 근대와 보편성

나는 대학에서 철학을 공부했고 현상학을 전공했다. 근대철학의 한 분야를 공부하고 있긴 했지만, 내가 '근대성'이라는 문제를 성찰하게 된 것은 2006년 선생을 만난 이후부터였다. 이후 도쿄로 가서 선생을 방문한 직후인 2015년부터 대략 3년 동안 '본색소사이어티'라는 대구의 독서회에서 서경식, 김상봉의 대담집인 『만남』부터 시작하여 서경식 선생의 책을 함께 읽으며 공부했다. 디아스포라, 반半난민의 입지에 있는 이들은 '국경을 넘어선 생활권'을 확보하고, 국적과 관계없이 주권자로서의 권리를 가질 수 있는 존재다, 국민주의를 비판하고 넘어서야 한다는 선생의 글을 읽고서 독서회 초반, 참가자들은 후기구조주의에 영향을 받은 탈근대론자, 탈식민론자로 선생을 독해하는 경우가 많았다. 하지만 책을 거듭해 읽어 가며 독서회가 도달하게 된 결론은 선생이 근대를 탈구축보다는 '재구축'의 관점에서, 세계와 역사를 '탈-식민'보다는 '반-식민'의 관점에서 바라보고 있다는 것이었다.

이런 생각은 '거실에 걸린 해부도'가 서경식이 사유하는 '근대'가 무엇인지 표상할 수 있다는 인식으로 이어졌다. '해부도'는 신체의 구조를 체계화하는 도상적 기호를 넘어서, 금기를 깨뜨리려는 계몽주의적 도전, 배덕의 욕망[iv]까지도 긍정하려는 전체성, 인간이라면 누구나 가진 몸과 욕망의 보편성, 곧 근대성modernity 자체를 뜻하는 것이지 않을까? 카라바조를 근대적 자아라고 부른 이유도 이 때문이 아닐까?

천황제라는 보편성이야말로 인류적인 보편성이라는 말로, 물론 가짜 보편성이라고 해야죠. 그런 사상들이 있었어요. 정신 나간 사람들이 그런 사상을 만들어 냈다기보다는, 비교적 많은 사람들이 국민적인 주체로 자신을 생각할 때 '아, 이제는 우리가 우리의 보편성으로, 천황을 중심으로 하는 보편성으로, 인류사에 앞서 개척해 나간다.'는 잘못된 희망적 사고를 했다는 겁니다. 그래서 이야기가 전혀 반대 방향입니다. 루쉰 얘기처럼 희망인데도. '오히려 이런 절망, 절망이라고까지 할 수는 없지만, 그래도 거의 희망이 없다는 지경이야말로 동아시아에서는 희망이다.'라는 것을 제가 느꼈습니다.[v]

다카무라 고타로의 시 「도정」과 루쉰의 단편 「고향」의 한 부분을 선생이 비교하는 대목이다. 선생은 다카무라를 사악한

iv 『나의 이탈리아 인문 기행』, 95쪽.

v 『고통과 기억의 연대는 가능한가?』, 175쪽.

군국주의자로 볼 수는 없지만, 그가 천황제를 찬양한 시를 많이 쓴 것에는 그의 '내면'에 어떤 가짜 보편성이 자리 잡고 있었기 때문임을 지적한다.

해부학의 근대라는 관점에서 보자면, 다카무라에게 근대는 여전히 '천황제'라는 금기시되는 영역에 대한 도전이 불가능한 근대다. 천황에 대한 배덕이 미덕이 될 가능성은 닫혀 있는 근대, 천황 중심의 보편성이라는 가짜 보편성이 지배하는 가짜 근대인 셈이다. 서경식의 해부학에서 다카무라 고타로의 시는 '불쾌한 것'을 응시할 때, 이를테면 루쉰이 '절망'을 응시할 때 비로소 갖게 되는 '상쾌한 것'으로서의 희망을 말하지 못한다. 이데올로기화된 희망은 근대보다는 중세에 어울리는 것이다.

중세 교회의 권위를 넘어서는 새로운 질서를 찾는 여정이 '근대성 프로젝트'였다고 한다면, 이 기획은 기존의 권력, 권위가 가진 금기를 이성으로 비판하고, 각 개인의 어두운 욕망까지 긍정함으로써 상대화하며, 보다 확장된 질서를 추구할 때 비로소 실현되는 여전히 미완의 것이다. 선생은 이렇게 확장된 질서를 유럽적 보편주의를 넘어서고자 이매뉴얼 월러스틴이 제안한 개념을 빌려와 '보편적 보편주의'로 부르기도 한다. 보편적 보편주의는 국민, 국가에 바탕을 둔 '가짜 근대'를 폐기하고 '인간'에 대한 신뢰를 바탕으로 한 '근대'를 지향하는 것이다.

본색소사이어티의 초청으로 2018년 대구를 방문한 선생은 청중을 향해 물었다.

유럽에서는 프랑스 혁명부터 반反 프랑스 혁명이라고 할 수 있는 나치즘이 대두하기 전까지 보편적 가치가 승리하던 시기가 있었어요. 일본에서는 패전 이후 20년간의 전후민주주의 시대가 열렸습니다. 저는 저 자신이 전후민주주의의 유산이 없다면 설명될 수 없는 존재라 생각합니다. 그런데 이런 시기는, 인간의 단편화에 저항하며 인간성이라는 위대한 가치가 승리하던 시기는 인류 역사에서 어쩌면 예외적이었던 것일까요?

스스로 이성을 사용하라. 칸트는 이성의 공적인 사용의 자유만이 계몽을 가져온다고 했다. 만약 우리가 결정과 결단을 내리는 일에 두려움이 있다면, 우리의 결정과 결단보다 더 나은 결정과 결단을 해 줄 수 있는 사람 앞에서 우리가 늘-언제나 굴복한다면, 선생이 말하는 인간성이라는 위대한 보편적 가치가 승리하던 전후민주주의와 같은 시기는 어디까지나 예외적이었다고밖에 할 수 없을 것이다. 이는 천황제가 존속하는 나라에서만이 아니다. 지금의 민주주의가 '의사'가 아니라 '결정 자체'를 대리하고 있다면, 정의, 윤리뿐만 아니라 미의식까지도 국가가 결정하고 있다면, 결정을 대리하는 민주주의는 계몽적 가치에서 이탈한 가짜 보편성이라고밖에 할 수 없다.

본색소사이어티에서의 서경식 읽기는 철학도였던 내게는 무엇이 근대인가 하는 문제를, 정치학 연구자에게는 민주주의를 보는 또 다른 시각과 함께 세월호 사건에 대한 국가 책임에 대한 문제를, 독회에 참여한 예술가에게는 각자의 미의식 자체를 재검토하는 탐구로 이어졌다.

영어로는 계몽이 'enlightenment'잖아요. 나에게는 빛이 있고 너에게는 어둠이 있다! (웃음) 서양에서는 합리적 사고와 과학을 주장하면서 중세의 미신이나 마술로부터 해방되는 것을 계몽이라고 봤지요. 반면에 '계몽적인 태도'란 진리를 자신의 독점물로 보면서 상대방에게 가르쳐 준다는 태도를 말하고요. 계몽과 계몽적인 태도에는 분명 차이가 있습니다. 진정한 계몽은 자기 자신이 조금의 빛을 보고 있지만 그것이 온전한 전체가 아니라는 걸 항상 의식해야 하지요.

내가 하고 싶은 것만 하고 내가 보고 싶은 것만 보겠다는 생각으로는 계몽되지 않아요. 수동적이거나 일방적이 아닌 만남의 기회가 필요하지요. 그런데 국가나 자본, 기업의 영향력이 커진 가운데서 만남의 기회가 줄어들고 있어요. 과거와 같은 엘리트주의적인 교육에 찬성하는 건 아닙니다만, 책을 읽고 예술을 접하고 타인을 만나는 기회를 만들고 이를 유도하는 문제는 매우 중요해 보입니다.[vi]

vi 『내 서재 속 고전』, 241쪽.

인문주의, 해부도의 윤리학

"슈트케이스가 또 망가졌다. 이번이 두 번째다".

『나의 이탈리아 인문 기행』의 첫 문장이다. 선생은 아픈 몸을 이끌고 시스티나 천장화를 보고자 로마로 갔다. "지금 아니면 죽을 때까지 기회가 오지 않을지도 모른다."는 생각에 관광객들로 발 디딜 틈도, 제대로 볼 여유조차 없는 그곳을 향했다. 굳이 그렇게까지 가서 볼 필요가 있는 건지. 왜 로마의 시스티나 천장화도, 런던에 있는 로베르 캉팽의 〈여인의 초상〉도, 카라바조의 참혹한 그림들도 꼭 그렇게 직접 가서 봐야 하는 것인가. 인터넷에 잠깐만 검색하면 집에서 편안하게, 어쩌면 좀 더 자세히 볼 수도 있지 않은가. 이런 질문에 선생은 "인문주의란 인간의 단편성에 저항하기 위한 노력"이라고 답했다. 작품을 본다는 것은 단편적으로 무엇이 그려져 있는지 확인하는 것만을 뜻하지 않는다. 바티칸미술관 입구 긴 줄의 끝에서 입장을 기다리며, 좁은 복도로 겨우 들어가 인파에 밀려 이동하고, 다리가 아파 오는데도 수백 명의 사람과 함께 고개를 들어 천장에 그려진 미켈란젤로의 작품을 경탄하며 바라보는 경험, 선생에게 시스티나 천장화를 본다는 것은 그 경험 전체를 다 포함하는 것이다. 로마까지 갈 여유가 있을 만큼 여유롭거나 한가해서가 아니다. 선생이 이토록 필사적인 이유는 인터넷으로 그림을 봐서는 '만남'의 기회를 얻을 수 없기 때문이다. 좁은 공간과 짧은 시간을 벗어나면 광활한 역사가 있고 그런 시각으로 세상에 접근해야 다른 세상을 상상할 수 있다. 그리고 그 상상이 단편화를 막아 내고 상업주의와 국가주의에 이용당하지 않을 수 있게 만드는 것이다.

나와 본색소사이어티는 서경식의 인문주의를 계몽적 태도가 아닌 계몽, 국가와 자본이 만들어 낸 미의식이 아닌 자신의 욕망에 기초한 미의식, 열강 중심의 보편성이 아닌 새로운 보편주의의 구축을 위한 것으로 읽어야 한다고 생각했다. 인간의 단편화에 저항하려는 총체적 노력이야말로 인문주의라면, 계몽은 내가 아는 앎 역시 어디까지나 단편적일 수밖에 없음을 인정할 때 이뤄진다. 국가와 자본에 의해 만들어진 디즈니랜드식 포지티브한 감정으로만 채워진 단편적인 미의식을 넘어서기 위해서는 네거티브한 감정에 대한 인간의 욕망까지도 인정할 수 있어야 한다. 인간을 왜소화시키고 단편화시키는 현재 세계 체제에 대한 저항이야말로 보편적 보편주의로 나아가게 한다.

본색소사이어티에서 진행한 3년간의 서경식 읽기는 세부 전공의 지엽적인 틀에만 갇힌 전문가주의 교육의 대안으로 선생이 제시하는 교양교육의 의미도 근대의 재구축이라는 관점에서 이해하고, 독회의 정체성도 지방대 붕괴 속에서 함께 무너진 지방대생의 자존을 교양교육으로 되살리는 운동으로 초점을 변화시키는 계기가 되었다. 나 역시 선생의 책을 읽으며, '메를로 퐁티는 후설이 남긴 유고의 어떤 부분을 읽었는지, 읽었다면 얼마나 참고했는지'를 확인하는 전문 영역에서 벗어나기로 결정했다. 대학을 떠나 독서회를 꾸리고, 육아나 미술 같은 내 전공 영역이 아닌 곳까지 글을 쓰고 강의를 하게 된 데에는 비록 부족하지만 내 눈으로 세계를 바라보는 교양인이자 인문주의자가 되고 싶다는 뜻이 있었다.

선생 댁을 떠나 도쿄로 가는 열차 안에서 나는 생각했다. 이념과 종교의 규제 없이, 소위 배운 것이 많지 않아도, 누군가의 일체의 강요 없이도 올바른 것을, 목숨을 걸고서라도 덕스러운 행동을 하는 사람들, 그런 사람들이 갖는 자율적인 윤리는 어떻게 가능할 것일까.

다시 선생의 거실에 걸린 '해부도'를 바라본다. 선생이 해부도에 마음이 끌린 까닭은 인간의 가장 아름다운 모습만이 아닌, 날것 그대로의 모습까지도 함께 바라보려는, 힘겹지만 용기를 내어 바라보려는, 어두움에 끌리는 나 자신의 욕망까지도 솔직하게 바라보려는 타협 없는 정신 때문이 아니었을까. 배운 것이 많지 않아도, 종교나 이념이 없어도, 낯선 존재를 응시하고, 매혹되고, 함께하는 것, 이를 해부도의 윤리라고도 할 수 있지 않을까. 아직 갈 길이 멀다는 것을 느낀다.

포츠담의 미술관에는 카라바조가 그린 〈불신의 도마〉 걸작이 있는 모양이다. 이 그림에서는 도마가 검지손가락을 그리스도의 상처 속에 쿡 찔러 놓고 있다 하므로 꼭 이 눈으로 실물을 보고 싶지만 아직 그럴 기회가 없다.[vii]

vii 『나의 서양미술 순례』, 144쪽.

권영민

연세대학교에서 경영학과 철학을, 서울대학교 대학원에서 철학을 공부했다. 철학연구자로 자신의 육아 경험을 현상학에 기초해 반성하는『철학자 아빠의 인문육아』(추수밭, 2013)라는 책을 썼다. 지역에서 지방대 학생들과 연대하며 설립한 연구공동체인 '본색소사이어티'에서 지방대생의 자존을 회복하는 데 도움을 주고자 독서모임을 운영하고, 강연을 기획해 왔다. 다양한 주제로 여러 매체에 칼럼을 쓰며 살고 있다.

매혹과 각성의 시간

서경식과 함께 음악 듣기

양창섭

오랫동안 안부 여쭙지 못했습니다.

선생님, 건강하게 잘 지내고 계신지요? F 선생님도 건강하신가요? 2019년에 서울에 오셨을 때 잠깐 뵈었던 것이 마지막이었습니다. 선생님의 강연이 끝난 후 여러 사람이 함께 있었던 자리여서 개인적인 대화는 거의 나누지 못했지요. 이럴 줄 알았으면 지난해 1월 도쿄에 잠깐 여행 갔을 때 연락드릴 걸 그랬나 봅니다. 금방 다시 뵙게 될 거라 생각했었지요. 중국 우한에서 바이러스가 퍼지고 있다는 뉴스가 막 나오던 때였지만 이런 일이 생길 줄은 몰랐습니다.

도쿄에 갔던 주목적은 지휘자 에사 페카 살로넨과 영국 필하모니아 오케스트라의 공연을 보기 위해서였습니다. 연주곡목은 스트라빈스키의 〈불새〉와 〈봄의 제전〉. 살로넨의 지휘라니 놓치기 싫었습니다. 그리고 기대대로 이날 저녁의 〈봄의 제전〉은 제가 근래에 보았던 오케스트라 공연 중 최고였습니다. 물론 오케스트라의 실력이야 베를린 필하모닉 같은 '수퍼 오케스트라'에는 미치지 못했고 공연장의 음향도 조금 아쉬웠지만, 살로넨의 지휘는 한 치의 어긋남도 없이 이 현란하고 복잡한 곡을 리드하면서 원시적인 역동성을 몸으로 표현했고, 해외 투어에 나선 악단도 실력을 유감없이 발휘했습니다(이런 공연을 산토리홀에서 보았으면 거의 몸서리를 치지 않았을까요). 글을 쓰다 보니 선생님께서는 이런 곡을 어떻게 생각하실까, 이런 공연을 어떻게 평가하실까 궁금해집니다. 아시다시피 1913년 이 곡의 초연은 서양음악 역사에 있어서 중요한 순간으로 꼽히지요. 큰 소동이 일어났다는 당시와 달리 이제 이 음악은 오케스트라의 정규 레퍼토리로 연주되고 있고 저처럼 다른 나라까지 찾아가서 듣는 사람도 생겼습니다만, 스트라빈스키가 구현하는 상상 속의 원시성이 과연 적절한 것인가 하는 의구심도 한편으로 드는 것이지요. 미리 연락드려서 선생님과 공연도 함께 보고 이야기도 나누었으면 좋았었겠다, 뒤늦은 후회를 해 봅니다.

(제가 도대체 왜 이 글을 쓰고 있나 궁금할 제3의 독자들을 위해서) 처음 선생님을 알게 된 경위부터 이야기해야겠습니다. 대학 친구로 당시 일본에서 살던 J로부터 연락이 온 게 아마 2005년 말이나 2006년 초, 제가 서울시향 사무국에서 일하고 있을 때였지요. 너 서경식 선생님 알지? 선생님이 한국에 교환교수로 가게 되었는데, 서울에서 클래식 음악 공연을 어떻게 봐야 할지 알려줄 사람을 소개해 달라고 하셔서 너를 소개해 드리려고 한다. 아, 그래? 그러지 뭐. 서양미술에만 조예가 깊으신가 했는데, 음악도

좋아하시나 보군. 그렇게 해서 선생님을 처음 뵈었지요. 덕분에 선생님의 글에 Y로 등장하는 영광(?)도 누리게 되었습니다.[i] 선생님은 당시 제 직장이던 서울시향(서울시립교향악단)에서 만드는 잡지에 서울시향의 현대음악 공연을 보고서 리뷰도 쓰셨습니다.

그렇긴 해도 선생님께서 얼마나 서양음악을 좋아하고 또 깊이 들으시는지 『나의 서양음악 순례』가 출간되기 전까지는 몰랐습니다. 아무래도 사석에서 진지하게 음악 이야기를 하는 게 어색해서였을 수도 있고, 자주 뵙는 것도 아니니 다른 화제도 많았지요. 그렇다 하더라도, 선생님께서 부모님을 여의고 처음 떠난 유럽 여행, 『나의 서양미술 순례』의 바탕이 되는 그 여행에서조차 파리의 살 플레옐을 찾아가 드뷔시와 라벨을 들었다는 것은 저에게 작은 충격이었습니다.

선생님이 그냥 단순한 음악 마니아였고 그 기록을 담은 책이 『나의 서양음악 순례』였다면 그 책의 가치는 작았을 겁니다. 마음이 동하면 비행기 티켓을 끊고 유럽으로 날아가서 공연을 본다는 분들도 있고, 음악을 속속들이 분석해서 설명하거나, 당대의 문화사나 정치사회적 맥락까지 소개해 주는 이들도 많습니다. 우리나라도 애호가나 전문가가 많아진 것이지요. 하지만 『나의 서양미술 순례』도 마찬가지지만 이 책은 선생님 개인의 역사와 예술적인 체험, 그리고 예술과 역사에 대한 이해가 절묘하게 교직되면서 독자가 글에 몰입하게 되고 선생님의 경험과 통찰을

i 『나의 서양음악 순례』, 26쪽. 이하 인용은 본문 괄호 안에 쪽수만 표기한다.

나눠 갖게 되는 데에 독특한 의미가 있다고 생각됩니다.

그럼에도 제가 선생님께 이 책을 읽으면서 느꼈던 점이나 관련한 생각을 말씀드릴 기회는 거의 없었던 것 같습니다. 여러모로 부적격자이지만 선생님과의 개인적 친분을 핑계 삼아 그 이야기를 슬쩍 해 보려고 합니다.

페스티벌과 새로운 작품들

우선 선생님의 책에서 여섯 꼭지나 차지하고 있는 잘츠부르크와 루체른의 음악 페스티벌 이야기로 시작해 보려고 합니다. 선생님이 존경하는 문학비평가 에드워드 사이드는 아마추어 수준을 뛰어넘는 피아니스트로 다니엘 바렌보임과 서동시집 오케스트라를 창설했고 고정적으로 리뷰를 썼던 음악 비평가이기도 했지요. 그가 음악에 대해 쓴 글을 모은 책은 선생님께서 『한겨레』에 「내 서재 속 고전」이란 칼럼을 연재하면서 첫 번째로 소개하신 적도 있는데, 바로 그 책에서 그는 바이로이트와 잘츠부르크의 페스티벌 등을 예로 들면서 음악 페스티벌에 대해 비판합니다.[ii] "작금의 페스티벌 가운데는 현대음악을 부각시키려 애쓰는 곳이 사실상 없다시피" 하며 이 페스티벌들은 "18세기 중반부터 20세기 초반의 중부 유럽

ii 에드워드 사이드, 『경계의 음악: 에드워드 사이드 음악비평집』, 이석호 옮김(봄날의 책, 2019), 43~53쪽.

전통에 속한 작품 가운데 주류로 인정받는 곡들을 다시 축성하는 절차reconsecrations"에 불과하다고 말이지요. 음악 페스티벌에서 "대중은 음악의 생산에 일조하는 존재가 아니라 그저 음악을 '소비'하는 수동적 존재를 면치 못"하게 되었으며, "가르침이 있는 음악제, 새로운 작품이 소개되는 페스티벌은 무척 귀해"졌고 다름슈타트 여름 강좌처럼 새로운 작품이 계속해서 연주되고 작곡가들이 서로 교류하는 일은 "과거의 일"이 되었다는 것이 1986년 사이드의 진단이었습니다.

사이드의 이 책을 읽은 것은 최근의 일입니다만, 그와 무관하게 선생님께서 잘츠부르크 페스티벌을 10년 연속해서 다니셨다는 게 저에겐 살 플레옐의 드뷔시와 라벨만큼이나 놀라운 일이었습니다. 바이올린을 들고 가는 소녀에게 돌멩이라도 던져야 하는 것 아닌가 생각했던 소년 서경식은 50대가 되어 잘츠부르크의 저렴한 기숙사에 숙소를 정하고 F 선생님과 티격태격하며 10년 동안이나 밤마다 음악회를 다니게 된 것이죠. 저는 선생님이 방문을 그만둔 이후인 2012년에야 처음으로 그곳에 가게 되었는데, 축제대극장 앞에 늘어선 페스티벌 스폰서 아우디의 비싼 자동차들과 레드 카펫, 그리고 아카데미상 시상식에 온 배우라도 된 것처럼 한껏 빼입은 남녀들이 운동화를 신고 반팔 남방을 걸친 평범한 음악 애호가를 주눅 들게 하더군요. 물론 수준 높은 공연을 연달아 보는 일은 무척 황홀했습니다만 그 후로 잘츠부르크 여름 페스티벌과는 인연이 닿지 않았습니다.

모든 페스티벌이 번지르르한 건 아니지요. 2014년 여름 런던의

BBC 프롬스에서 목격했던 장면이 생각납니다. 프롬스는 로열 앨버트홀의 1층 좌석을 없애고 주머니는 가볍지만 체력은 튼튼한 관객들에게 저렴한 가격의 입석표를 팔지요. 그날 입석표를 사서 입장하려고 줄을 서 있던 제 앞에는 걸인이라고 부르는 게 적당한 중년 남성이 있었습니다. 이 사람은 이게 뭔지나 알고 여기에 줄을 서고 있을까 싶었습니다. 하지만 그는 꼬깃꼬깃한 지폐와 동전을 주머니에서 꺼내 5파운드를 내고 들어가서 1층 뒤편의 빈 공간에 자리를 잡고 바닥에 눕더군요. 다른 1층 관객들처럼 가능한 한 무대 가까운 쪽에 자리를 잡고 서서 공연을 보는 대신에, 그는 세상에서 가장 편안한 자세로 마크 엘더가 지휘하는 베토벤의 교향곡 〈에로이카〉를 들었습니다. 잘츠부르크라면 절대로 볼 수 없는 광경이 아닐까요.

선생님이 잘츠부르크에 매년 갔던 것은 사이드의 표현대로 "유럽의 총음악감독"이었던 헤르베르트 폰 카라얀이 죽고 제라르 모르티에가 예술감독으로 취임하여 현대음악을 공연하게 하고 젊은 연주자와 연출가를 기용함으로써 페스티벌을 "호화로운 사교장에서 진지한 예술적인 투쟁의 장"(103)으로 만들었기 때문이겠지요. 선생님은 2001년 한스 노이엔펠스가 연출을 맡았던 요한 슈트라우스 2세의 오페레타 〈박쥐〉를 보셨습니다. 세기말의 우스꽝스러운 하룻밤을 노이엔펠스는 파시스트가 등장하는 코카인 파티로 바꿔 놓음으로써 보수적인 관객들을 분노하게 했다고 하셨지요.(128) 이 공연을 담은 DVD가 인터넷 쇼핑몰 아마존에서도 팔리고 있는데 구매자들의 리뷰는 대부분

"내가 본 최악의 오페라 프로덕션" 같은 제목을 달고 있더군요. 하지만 선생님께서는 오히려 페스티벌이 점점 보수화되어 카이야 사리아호나 한스 베르너 헨체가 작곡한 "우애와 공생을 주제로 한 의욕적인" 작품들이나 관객의 생각을 자극하는 공연들을 보기 어려워진다고 하셨습니다. 모르티에 같은 이들이 올리는 공연은 페스티벌의 주요한 관객들과 후원자들의 심기를 불편하게 했고 결국 그는 물러나야 했습니다.

저는 2012년 잘츠부르크에서 리하르트 슈트라우스의 오페라 〈낙소스 섬의 아리아드네〉를 보았습니다. 스벤에릭 베히톨프 연출의 새 프로덕션이었는데, 몰리에르의 〈서민 귀족〉을 후고 폰 호프만슈탈이 번안한 1부를 그대로 남겨 둔 초판을 대부분 사용하고 있었습니다. 1912년 초연의 실패 이후 슈트라우스와 호프만슈탈은 1부를 프롤로그로 축약하고 액자 안의 이야기로 바로 들어가게 했는데, 베히톨프는 100년 전 상업적으로 실패한 초판을 되살림으로써 이 작품의 혼종성, 곧 오페라 세리아와 오페라 부파가 만나고, 음악과 춤과 연극이 어우러지는 것을 부각시키고 싶었다고 하죠. 물론 그것이 잘 구현되었는지는 보는 이에 따라 다르겠지만 이 페스티벌을 만들었던 주역인 호프만슈탈과 슈트라우스, 연출가 막스 라인하르트가 의기투합했던 '어제의 세계'를 연상시키는 작품을 올렸다는 점에서는 의미가 있었습니다.

그즈음 어느 비평가는 잘츠부르크 페스티벌에서 신작 오페라의 초연이란 볼프강 림과 같은 대가가 아니라면 사실상 불가능한 상황에서 "오페라의 모더니티가 오페라 무대연출의 모더니티로 대체"되었다고 말하면서 이것이 "음악에서의 반동과 보수성을 은폐"하고 있는 것은 아닌가 하는 문제를 제기합니다. 그는 "오페라는 바로 그 개념에서 낡은 것이다. 그러니 어떻게 오페라를 사랑하지 않을 수 있겠는가?"라고 돌라르와 지젝(『오페라의 두 번째 죽음』)을 인용하면서 "봉합에의 환상 없이, 썩어 가는 시체의 벌어진 상처를 핥는 행위"야말로 잘츠부르크 페스티벌의 관람법이라는 냉소적인 결론을 내리더군요.[iii]

새로운 작품이건 새로운 연출이건 혁신적인 작품의 수용에 관한 문제는 예술계에서 언제나 뜨거운 감자입니다. 언젠가 말씀드렸지만 제가 일했던 곳에서도 비슷한 일이 있었습니다. 선생님께서 저를 처음 만났을 때 보셨던 공연, 곧 서울시향의 '아르스 노바' 시리즈는 그때 막 시작했던 현대음악 시리즈 공연이었지요. 작곡가 진은숙이 프로그래머, 곧 예술감독을 맡았던 이 시리즈는 하드코어한 현대음악 레퍼토리만을 들려주기보다는 관객의 수용성을 고려한 프로그램들로 짜여 있었습니다. 주제에 따라 드뷔시, 버르토크, 스트라빈스키, 베베른 등이 리게티나 불레즈, 쿠르탁이나 횔러, 외트뵈시와 함께 연주되었습니다. 물론 윤이상부터 강석희, 진은숙을 거쳐 신동훈이나 김택수 같은 젊은 작곡가도요. 그럼에도, 또는 당연히, 관객들에게는 외면받을

iii 방혜진, 「전통과 혁신의 이종교배: 잘츠부르크 페스티벌」, 『인문예술잡지 F』 통권 4호(문학과지성사, 2012), 31~32쪽.

수밖에 없었습니다. 비평가나 언론의 찬사는 내내 이어졌습니다만 이와 동시에 관객에게 외면받는 공연을 왜 계속하느냐는 압력에도 시달렸습니다. 제작비가 너무 많이 드니 관현악 공연을 하지 말고 실내악 공연만 해라, 대관료가 비싼 큰 공연장에서 하지 말고 작은 극장에서 해라, 라고 했지요. 더 하고 싶었던 말은 누구나 좋아하는 베토벤이나 차이콥스키를 하라는 것이었을 것입니다. 결국 2018년을 마지막으로 이 '아르스 노바'는 막을 내렸습니다.

잘 아시다시피 유럽에서도 이런 공연에는 관객이 가득 들지 않습니다. 분위기도 산만하고 중간에 불쾌한 표정으로 나가 버리는 사람도 가끔 있죠. 하지만 그렇다고 해서 관객이 없다는 이유로 문을 닫게 하진 않습니다. 영국의 경우 예술위원회Arts Council England가 예술단체의 지원 여부를 심사할 때 얼마나 새로운 예술을 소개하는지를 중요하게 여긴다고 하더군요. 베토벤과 브람스만 연주할 오케스트라라면, 〈카르멘〉과 〈나비부인〉만 무대에 올리는 오페라극장이라면 굳이 공공 지원을 받을 필요 없이 스스로 티켓을 팔고 스폰서를 유치해서 생존해야 하는 것이지요. 그래서 부유한 관객들이 푸른 잔디에서 피크닉을 즐길 수 있도록 90분의 휴식시간을 주는 글라인드본 오페라는 사실상 예술위원회의 지원을 받지 않습니다. 예술위원회의 지원을 받는 단체치고 새로운 작품에 무심한 경우는 하나도 없습니다. 예술위원회로부터 최대의 지원금을 받는, 그래서 자주 논란이 되는 로열 오페라[iv]는 2011년 마크앤서니 터니지의 오페라 〈애너 니콜〉을 초연했고 이후로도 무대에 올렸습니다. 애너 니콜 스미스는 시골에서 태어나서 플레이보이 모델이 되고 할아버지 갑부와 결혼했다가 약물 과다 복용으로 죽은 실존 인물입니다. 학생들에게 20파운드 특별가 할인 행사를 해서 '젊은이들에게 플레이보이 모델에 관한 이야기를 파느냐'는 비아냥도 들었지만, 언젠가는 우리 시대의 〈마농 레스코〉가 나와야 하지 않을까요.

아바도와 말러 교향곡

선생님께서는 언젠가 잘츠부르크를 거쳐 루체른에 가서 클라우디오 아바도가 지휘하는 말러 교향곡 7번을 듣고서 그전까지 이해하지 못했던 말러에 개안하게 되었다고 쓰셨습니다. 제가 가진 실황 DVD를 찾아 보니 2005년이더군요. 아바도는 위암 수술을 받고 난 후 루체른에서 자신의 뜻에 동의하는 음악가들을 모아 페스티벌 오케스트라를 조직했고, 2003년 여름 말러 교향곡 2번 〈부활〉을 선보이면서 그야말로 '부활'했습니다. 반나치 성향이 뚜렷했던 아르투로 토스카니니가 1938년 바이로이트 페스티벌을 거부하고 트립센에서 오케스트라를 모아 공연했던 것이 루체른 페스티벌의 시작이라고 하니 아바도에게 이 무대는 의미가 컸을 겁니다.

iv 영국예술위원회의 자료에 의하면 로열 오페라는 최근 매년 약 2400만 파운드, 현재 한화로 약 380억 원을 위원회로부터 지원받고 있다.

말씀하신 대로 말러 교향곡은 아바도가 무척 잘하고 또 좋아했던 레퍼토리였습니다. 특히 교향곡 7번을 잘 연주하는 지휘자는 손에 꼽을 정도인데 아바도가 그중에서도 최고라는 것이 말러 전문가들의 평가이니, 선생님이 그의 연주로 이 곡에 개안하신 것은 그럴 만도 하다는 생각이 듭니다. "바그너나 브루크너처럼 어느 특정 종교관이나 철학에 의해 통일적으로 구성된 것이 아니라 콜라주되고 '조인트'되어 있었다. 이런 요소들을 거대한 음향에 콜라주한다는 건, 즉 분열되어 무너지던 제국 그 자체를 커다란 화폭에 그려 놓는 것과 같다. 거기에 일관된 메시지는 없다. 있는 것은 분열된 메시지다."(266) 사실 교향곡 7번은 말러의 모든 교향곡 중에서 가장 난해하고 인기 없는 곡이지요. 말러 연구자로 첫손에 꼽히는 앙리 루이 드라그랑주는 이 곡의 마지막 악장에 대해 "가장 놀랍고, 기이하고, 혼란스러운 그리고 말러의 교향곡 악장 가운데 가장 인기 없는 음악"이라고 하면서 "역설과 찡그림, 변덕과 기괴한 신고전주의 때문"에 "언제나 '괴물'이라는 냉혹한 시선"을 받는다고 쓴 적이 있습니다.[v] 저는 나중에야 DVD로 선생님이 직접 보셨던 공연을 보았습니다. 아바도는 건강이 좋아진 듯 얼굴에 웃음이 끊이지 않고, 조금의 망설임 없이 '괴물'의 갖가지 천변만화를 그려 내더군요. 선생님께서도 기립할 만한 명연이었던 게 분명하고 관객들의 반응도 무척 좋았습니다.

v 앙리 루이 드라그랑주, 「말러 교향곡 7번」, 『말러 교향곡 전곡 연주 해설집』, 정준호 옮김(서울시립교향악단, 2010), 157쪽.

지휘자란 참 신기한 존재입니다. 사이드는 1990년대에 카네기홀에서 아바도의 지휘로 말러의 교향곡 9번을 듣고서 찬사를 아끼지 않았습니다. "아바도의 지휘 동작은 소리를 물리적으로 끄집어내는 과정을 보고 듣는 것만 같은 착각을, 마치 말러의 두뇌 안으로 들어가 곡을 구상하는 뇌세포의 움직임을 재현하는 것만 같은 착각을 불러일으켰다."[vi] 영국의 평론가 톰 서비스 역시 2010년 루체른에서 아바도가 지휘한 말러 교향곡 9번을 보고 "말러의 악보에 표기된 음표들을 생생하게 구현하는 수준을 넘어 특별한 종류의 지식과 경험을 안겨 주는 연주"였다고 평했습니다.[vii]

사실 아바도는 리허설에서 거의 아무런 지시도 하지 않는 것으로 유명하지요. 지휘자의 이런 저런 지시에 따라 연주하는 것에 익숙한 단원들은 당혹스러울 수밖에 없습니다. 한 연주자는 "그는 그냥 내버려둡니다. 알아서 연주하도록 아바도가 음악가들을 내버려두고 있다는 것을 모두가 느낍니다. 그는 음악에 아무것도 하지 않는 놀라운 재능이 있습니다. (……) 누군가가 여러분에게 무엇을 하라고 말하지 않고 스스로 연주하게 합니다."라고 말했습니다.[viii] 톰 서비스가 참관한 어느 리허설에서 오케스트라는

vi 에드워드 사이드, 『경계의 음악: 에드워드 사이드 음악비평집』, 이석호 옮김(봄날의책, 2019), 310쪽.

vii 톰 서비스, 『마에스트로의 리허설: 무대 뒤 현장에서 본 음악의 탄생』, 장호연 옮김(아트북스, 2013), 280쪽.

viii 톰 서비스, 『마에스트로의 리허설: 무대 뒤 현장에서 본 음악의 탄생』, 장호연 옮김(아트북스, 2013), 297~298쪽.

드뷔시의 〈녹턴〉을 연습하다 파트 간에 호흡이 맞지 않아 어려움을 겪습니다. 그다지 어려운 부분도 아닌데 계속 맞지 않아서 여러 번 반복합니다. 하지만 아바도는 자신의 지휘 방식을 바꾸려 하거나, 구체적으로 누가 어떻게 하라는 지시를 하지 않고 계속 반복할 뿐입니다. 스스로 알아내라는 것이지요. 다섯 번째 시도 끝에 오케스트라 단원들은 결국 기가 막힌 소리를 만들어 냅니다.

20세기 후반의 중요한 작곡가이자 지휘자였던 피에르 불레즈도 레코딩과 실연을 통해 작곡가만이 가진 통찰이 드러난 말러 교향곡을 선보였다고 평가받습니다. 감정이 배제된 듯 차갑기 그지없는 말러 교향곡 5번이나 6번은 활화산 같은 레너드 번스타인이나 클라우스 텐슈테트의 말러에 익숙했던 이들에게 충격적인 경험이었지요. 그래서 신빈악파와의 연결 지점을 보여 준다는 교향곡 7번은 불레즈에게 더없이 잘 어울릴 거라고들 했습니다. 실제로 본인도 여러 녹음과 영상물을 남기기도 했습니다. 하지만 냉정하게 말해서 불레즈의 말러 7번은 아바도에 미치지 못합니다. 저는 그것이 작품을 읽어 내는 능력에 있어서 불레즈가 아바도보다 못해서라기보다는, '지휘자로서' 리허설과 공연에서 단원들로부터 음악을 이끌어 내는 능력이 아바도가 더 낫기 때문이라고 생각합니다. 리허설에서 자기의 요구 사항도 제대로 말하지 않는 지휘자가 가장 복잡하고 큰 편성의 음악인 말러 교향곡에서 최고의 해석자라니 불가사의한 일이 아닐 수 없습니다.

제가 루체른에 갔던 2012년, 아바도는 말러 교향곡 중에서, 아니 모든 교향곡 중에서 최대 규모의 작품이라고 할 만한 8번 교향곡을 지휘할 예정이었습니다. 하지만 그는 몇 달 전에 '예술적인 이유'를 들어 모차르트의 〈레퀴엠〉과 베토벤의 〈에그몬트〉로 프로그램을 바꾸었습니다. 많은 말러 애호가들은 낙담했지만 그의 건강이 이 대곡을 감당할 수 없었던 것이 아닐까 생각해 봅니다. 하지만 베토벤의 〈에그몬트〉에서 배우 브루노 간츠의 목소리를 들은 것이나, 말년에 아바도가 큰 관심을 보였던 모차르트의 〈레퀴엠〉을 들은 것 역시 잊히지 않습니다. 공연이 다 끝나고 음악가들이 퇴장해도 관객들이 박수를 그치지 않자 그는 텅 빈 무대에 나와서 피로하고 수척한 얼굴로, 하지만 세상에서 가장 행복한 표정으로 가슴에 손을 얹고 감사를 표했지요. 볼프강 슈라이버의 『아바도 평전』에도 잘 나와 있듯이 그는 매우 뛰어난 지휘자이면서 동시에 인격적으로도 훌륭하고 매사에 민주적인 태도를 지닌 인물이었습니다. 저도 선생님께서 여러 번 말씀하신 대로 예술의 수준과 그 작품을 만든 예술가의 인격이 비례할 수 없다는 것을 잘 알고 있지만, 둘 모두에서 최고인 경우를 만날 때 마음껏 그 인물과 그들이 펼쳐 내는 예술을 사랑할 수 있는 것 같습니다.

선생님에게 말러가 특별한 의미를 갖는다면 그것은 순음악적인 것만은 아닐 겁니다. 변방에서 태어난 유대인이었던 그가 소수자의 눈으로 베토벤, 브람스가 구축한 교향곡이라는 장르를 '탈구축'하며 20세기의 암울한 미래를 전망했기 때문이겠지요. 아시다시피 그의 교향곡은 흔히 '고난을 이겨 내고 영광으로'라는 베토벤적인 주제를 드러내기도 했지만, 주로 죽음과 비관의 정서가 지배하는 처절한 외로움을 표현했습니다. 특히 말년으로 갈수록 그러한 경향은 심해져서 아도르노가 말한 '말년의 양식'으로 진입한 시기라고 할 수 있는 〈대지의 노래〉의 마지막 악장인 〈작별〉과 9번 교향곡은 과장된 해석이 아니더라도 충분히 죽음의 정서를 감지할 수 있습니다. 베토벤이 이른바 홀수 번호 교향곡들로 운명에 대한 승리와 강인한 의지, 형제애를 힘차게 노래한 지 100년이 지나지 않아 말러는 여기에 어두운 그늘을 드리웠습니다. 교향곡의 전성기는 사실상 이렇게 끝나 버렸지요.

슈트라우스와 말러는 당대에 서로 교유하면서 서로의 음악 세계를 인정해 주던 관계였다고 합니다. 하지만 인생이 투쟁이고 비극인 말러와, 만사에 별 고민 없이 승승장구했던 슈트라우스는 인생과 세계에 대한 관점이 같을 수 없었습니다. 슈트라우스는 지휘자 오토 클렘페러에게 "내가 무엇으로부터 구원받아야 하는지 모르겠다."고 했다지요. 반대로 말러는 자신이 인정받지 못하는 것을 "그의 시대가 끝날 때 나의 시대가 올 것"이라는 유명한 말로 자위해야 했습니다.[ix]

아우슈비츠 이후의 음악

『나의 서양음악 순례』에서 가장 가슴 아픈 이야기는 말러의 조카딸 알마 로제와 아우슈비츠 수용소 이야기일 것입니다. 이

ix 알렉스 로스, 『나머지는 소음이다』, 김병화 옮김(21세기북스, 2020), 46~47쪽.

이야기는 선생님의 책을 통해 처음 알게 되었습니다. 알마 로제가 엄격하게 지도하며 이끌었던 수용소의 여성 수인 오케스트라는 교수형 집행장에서 행진곡을 연주하고, 벌거벗은 채 갇힌 수인들 앞에서도 연주를 했다고 하셨지요.(285)

히틀러와 좋은 관계를 유지하고 제국음악원의 원장까지 맡았던 슈트라우스도 수용소 앞까지 간 적이 있었습니다. 그의 며느리 알리스는 유대계였는데 그녀의 할머니 파울라 노이만이 테레지엔슈타트에 끌려가자, 슈트라우스는 직접 그곳에 가서 그녀를 빼오려 했지만 문전박대를 당했다고 합니다. 나치가 집권하기 전에 유대인 예술가들과 더없이 친했던 슈트라우스는 때로는 소심한 저항을 했지만 자신의 영화를 포기할 순 없었던 것 같습니다. 그렇게 우왕좌왕했던 슈트라우스가 나치가 패망할 무렵 작곡한 〈메타모르포젠〉은 말러 교향곡 9번의 마지막 악장이라도 되는 것처럼 느껴집니다. 그는 23명의 현악기 연주자라는 독특한 구성으로 죽음이라는 정조를 그려 내지요. 저는 '나이프와 포크도 (음악으로) 묘사할 수 있다'는 그를 '재승덕才勝德'한 작곡가의 표본처럼 생각하지만, 80세를 넘겨서 쓴 이 작품은 그가 진심으로 쓴 것처럼 느껴집니다. 만사 고민할 필요가 없었던 자기 인생과 찬란했던 독일 문화에 대한 조사弔辭라고나 할까요. 거기에 최고 수준의 기교가 녹아 있다는 것도 놀랍지요.

선생님은 '음악은 본디 좋은 것인데 나치가 이를 악용했다.'는 식의 사고를 재고하자고 말씀하십니다. 파스칼 키냐르의 『음악 혐오』를 인용하면서 음악이 얼마나 위험한 것인지도 이야기하셨지요. 키냐르도 인용하고 있지만 (선생님 덕분에) 국내에 번역된 프리모 레비의 『이것이 인간인가』에도 음악이 수용소에서 어떻게 쓰였는지가 묘사되지요. 발등을 무쇠에 찍혀 의무실에 누워 있는 레비에게 매일 아침저녁으로 들리는 행진곡이나 민요는 "수용소의 목소리이고 그 기하학적 광기를 지각 가능한 형태로 표현한 것"입니다. "먼저 인간으로서의 우리를 말살시킨 다음 나중에서야 서서히 우리를 죽여 버리려는 그들의 결단을 예리하게 표현"하고 있다고 말이지요.[x] 하지만 보기 싫은 것은 눈을 감아 회피할 수 있지만 음악을 듣지 않을 수는 없습니다.(290) 그래서 세이렌에 홀려 죽게 되는 것이죠. 하지만 선생님은 몸을 밧줄로 배에 묶어서 바다로 뛰어들지 않도록 하자고 하셨죠.

"아우슈비츠 이후의 음악은 도취와 각성 사이에 매달려 있는 불편함을 받아들이도록 요구하고 있다."(296) 매혹과 각성을 끊임없이 오가야 하는 것이 (최소한) 음악을 감상하는 이들의 자세라는 말씀이시겠습니다만 유감스럽게도 현실은 그렇지 못한 것 같습니다. 앞서 말했듯이 조금이라도 불편한 음악이나 연출은 관객과 지원자의 외면을 받는 것이 현실입니다. 아무 생각 없이 도취하고 싶어서 음악을 듣는데 왜 자꾸 나를 각성시키려 드느냐는 것이 노이엔펠스의 〈박쥐〉를 보고 분노했던 이들의 생각이었겠지요. 저도 골치 아픈 생각은 뒤로하고 카를로스 클라이버가 빈 필하모닉 신년음악회에서 들려주었던 절묘한

x 프리모 레비, 『이것이 인간인가』, 이현경 옮김(돌베개, 2007), 73쪽.

리듬감과 유려한 사운드만을 즐기고 싶을 때가 많습니다.[xi] 이 문제를 어떻게 해결할 수 있을까요. 음악가와 관객, 후원자를 잇는 일을 했던 제가 아직도 풀지 못한 숙제입니다.

스뱌토슬라프 리흐테르의 이야기를 꺼내야 할까 잠시 생각했습니다. 선생님께서도 『나의 서양음악 순례』 에필로그에서 리흐테르의 이야기를 쓰지 못해 안타깝다고 하셨지요. 『나의 영국 인문 기행』에서 벤저민 브리튼의 이야길 하시면서 슬쩍 꺼내긴 하셨지만 그에 대한 본격적인 말씀은 아끼셨습니다. 한참이나 고민해 보았는데 저 역시 리흐테르에 대해서는 아직 침묵을 지키는 게 좋을 거 같다는 생각이 들었습니다. 그의 음반이야 수도 없이 가지고 있습니다만 이 인물과 그의 음악에 대해 말하려면 다른 기회가 필요할 듯합니다.

길기만 하고 별 내용 없이 우왕좌왕하는 글을 드리게 되었네요. 무엇보다 건강하시길 바랍니다. F 선생님께도 안부 전해주세요. 사실 『나의 서양음악 순례』에서 F 선생님이 빠진다면 이 책의 매력은 반감된다고 생각합니다. :-)

xi 카를로스 클라이버가 1989년과 1992년 두 번 무대에 섰던 빈 필하모닉의 신년음악회는 1939년 제2차 세계대전을 일으킨 나치를 칭송하고 전쟁을 맞아 국민들의 사기를 진작하기 위해서 시작되었다. 이 시기에 빈 필하모닉은 유대인이나 좌파 성향의 단원들을 내쫓고 강제수용소로 보냈으며 1942년 당시 빈 필하모닉의 단원 123명 중 60명이 나치로 활동했다. 빈 필하모닉은 2013년 나치의 오스트리아 합병Anschluss 75주년을 맞아 문서를 공개하고 자신들의 과거를 밝혔다. 오스트리아의 지휘자 에리히 클라이버는 나치의 발호를 피해 1935년 부에노스 아이레스로 이주하였고, 아들 칼은 그곳에서 자라면서 스페인어 이름 카를로스를 얻었다.

양창섭

어릴 때 클래식 음악을 조금 들었던 것을 계기로 이른바 '공연 기획'과 관련된 일들을 비교적 오래 했다. 공부와 일을 핑계로 런던과 부다페스트에서 몇 년 동안 살면서 밤마다 열심히 음악회를 다녔고, 지금은 그 시절을 그리워하며 사무직 노동자로 일하고 있다.

최재혁

월경越境하는 미술

이 글은 2021년 1월 23일 도쿄경제대학이 주최한 학술 포럼 '현대 문화와 인문주의(휴머니즘)의 미래를 묻다 — 서경식의 비평 활동을 단초 삼아'(온라인 진행)에서 발표한 「월경하는 미술비평 — 미술사학자, 번역자로서 서경식을 읽다」를 가필·수정했다.

심정이 복잡해지는 독서가 있다. 대개는 읽다가 자주 멈칫대고 페이지가 술술 넘어가지 않는다. 그 문고본을 펼쳤을 때도 마음이 자꾸 헝클어졌다. 저자가 펼쳐 보인 그림은 하나도 아름답지 않아서, 신음하듯 내뱉는 고통스러운 문체는 이상하게 아름다워서 당황했다. 미술사를 업으로 삼게 될 줄은, 그의 책을 번역하고 만들게 되리라고는 상상도 못했던, 벌써 30년 가까이 지난 시절의 기억이다.

진보는 반동을 부른다. 아니 진보와 반동은 손을 잡고 온다. 역사의 흐름은 때로 분류奔流가 되지만 대개는 맥 빠지게 완만하다. 그리하여 갔다가 되돌아섰다가 하는 그 과정의 하나하나의 장면에서, 희생은 차곡차곡 쌓이게 마련이다. 게다가 그 희생이 가져다주는 열매는 흔히 낯 두꺼운 구세력에게 뺏겨 버리는 것이다. 하지만 헛수고처럼 보이기도 하는 그런 희생 없이는 애당초 어떠한 열매도 맺지 않는 것이다. 그것이 역사라고 하는 것이다. 단순하지도 직선적이지도

않다.[i]

성급한 열정으로 끓어올랐다가 사회의 더딘 변화에 이내 풀 죽던 사학과 신입생의 마음에 박혀 왔던 문장은 저런 것이었다. 낙관에 찬 전망으로 역사를 정의했던 어떤 경구보다 단단한 위로와 격려가 되었던 저 말을, 서경식 선생은 프라도미술관에서 고야와 벨라스케스의 그림과 만난 후 썼다. '고작 그림을 보면서…….' 미술을 그저 '아름다움을 보여 주는 예술' 정도로만 이해했던 나는 그런 생각도 했던 것 같다. 미술을 역사와 사회의 맥락 속에서 읽어내야 하는 인간의 창조 행위라고, 역으로 사회와 역사를 되비추어 보게끔 하는 힘을 가졌다고 믿는 지금의 나는, 아무래도 그 믿음의 시작점을 『나의 서양미술 순례』의 독서 체험으로 꼽아야 하겠다.

자기라는 경계를 넘어서는 미술 이야기
—『'나'의 서양미술 순례』

개인적인 소회로 이야기를 시작했지만, 수많은 독자에게 『나의 서양미술 순례』는 저마다 다른 기억과 감상으로 남아 있을 것이다. 출간된 지 30여 년 가까이 지난 지금도 곱씹어 읽는 책으로 꼽히는 공통된 이유는, 초판 뒷면의 추천사가 전하듯 "통상적인

i 『나의 서양미술 순례』(1992), 91쪽.

의미의 미술 기행 — 느긋하고 한가롭게 미술관을 돌아다니며 감상한다거나 전문적인 시각으로 작품 해설을 늘어놓은 책이 아니"었기(김윤수) 때문일지도 모른다. 유럽을 향한 낭만과 동경으로 가득 차 있거나, 그저 습득해야 할 지식을 설명하는 미술 '기행'과는 반대편에 놓인, 차라리 '고행'에 가까운 여정의 기록. '미술'과 '순례', 일견 어울리지 않았던 두 단어는 이 책 이후 한 쌍으로 맺어져 지금 우리에게 자연스럽게 받아들여지고 있다.

많은 독자와 평자가 '순례'라는 말에 주목하고 공명했다면, 그 순례길을 떠났던 '나'라는 주체에도 방점을 찍어 보고 싶다. 흔히 서경식 선생이 건네는 미술 이야기는 고통 속에서 폭력의 시대와 맞섰던 이들, 억압받고 추방당한 타자로서의 예술가를 향한 공감과 연대 표명으로 읽힌다. 당연히 동의하지만, 이러한 태도를 이해하기 위해서는 순서를 한번 확인할 필요가 있다. 즉 그렇게 해야 한다는 의무와 의지에서 출발했다기보다, 자기(의 고통)를 발견하고 그 처지를 벗어나고자 했던 처절한 몸부림이 먼저였다는 의미다. 진정한 미적 감수성은 타인이 가진 보편적 고통과 만나고 '참여'하는 일에서 비롯된다고 말하며, 그 모범으로서 서경식의 예술비평을 평가했던 철학자 김상봉 선생에게 서경식 선생은 이렇게 대답한다.

"보편적 고통에 참여하고 싶은 열망"이 저 자신에게는 없다고 생각합니다. 고통이라는 것은 주관적인 것이기에 자신의 고통과 타인의 고통은 비교할 수 없는 것이죠. (……) 저는 사실 어느 시점에선가부터 제 삶이 고통스럽다고 느꼈습니다. 하지만 벗어나고 싶었어요. 참여하고 싶은 것이 아닙니다. 보편적인 고통 같은 것에 저는 참여하고 싶지 않습니다. 그래서 선생님께서 '열망'이라고 하실 때, 저는 조금 다르다고 여겼어요. (……) '지하실'처럼 느껴지는 일본이라는 공간, 정치범의 가족이라는 처지, 이 모두에서 벗어나 조금이라도 '바깥공기'를 쐬고 싶다는 욕망에서 유럽으로 떠났습니다. 그런데 유럽의 미술관에서 위대한 예술작품들과 만나면서 이런 생각이 들었습니다. '형들이라면 이것을 어떻게 판단할까?' 이때 형은 하나의 상징이기도 합니다. 고통 속에 갇혀 있고 한순간도 바깥의 공기를 쐴 수 없는 그런 사람들의 표상이지요. 저와 같은 처지의 사람에게 유럽에 가서 그림을 보겠다는 것은 그저 은밀한 사적 욕망일 뿐이었지요. (……) 그런데 그런 욕망을 가지고 갔음에도 불구하고, 저는 거기서 고통과 만났습니다. '고통이 이렇게 보편적인 것이로구나'라는 것을 어쩔 수 없이 발견하게 되었어요."[ii]

보편적인 고통을 거부했지만, 그림을 통해 고통의 보편적인 측면을 '발견'하고야 마는 치열한 의식은 자신의 글을 그저 자기 연민이 담긴 감상성으로 끌고 가지 않게 했다. 자신의 고통에서 시작했지만 '나'라는 경계를 넘어서 외부의 타자로까지 확장되고, 다시 타자의 아픈 역사를 통해 스스로를 재발견하는 '월경'과 '순환'의 (미술)이야기는 그렇게 시작된다. 따라서 "그의 여행은

ii 『만남』, 356~357쪽.

'떠나기' 위한 것이 아니라 자신에게 '돌아가기' 위한 것"[iii]이라는 언급은 실로 적절하다. 나아가 서경식 선생으로 하여금 갇힌 '지하실' 너머를 보게끔 했던 미술이라는 '창'은 '나'의 고통 극복이라는 차원뿐만 아니라, '우리'가 속한 세계(내부)를 의심하고 새로운 세계(외부)를 인지하여 그쪽으로 '넘어가게끔' 하는 역할까지 담당하게 된다.

뛰어난 예술가의 예술을 통해서 우리가 닫혀 있는 이 세계의 외부, 혹은 바깥이 있다는 사실을 알게 된다는 것입니다. 그것은 결국 타자성에 대한 상상력이겠지요. 고통스럽고 어두운 지하실만이 닫힌 세계가 아닙니다. (……) 결국 신자유주의가 우리에게 강요하는 것도 그런 닫힌 세계, "이런 것이 성공적인 삶이다."라는 일원적인 가치관을 주입시키고 그 외부를 볼 수 없게 만드는 것이 아닌가 싶습니다. 그걸 넘어서서 굉장히 다양한 세계관이 있다는 것을 알게 하는 것, 저는 그것이 교양의 역할이라 생각합니다.[iv]

iii 박소현, 「옮긴이 후기」, 『고뇌의 원근법』, 368쪽.

iv 『만남』, 369~370쪽.

'우리'의 경계를 넘기 위해 그어 넣은 칼집 —『나의 조선미술 순례』

내가 처음 번역을 맡았던 서경식 선생의 책 『나의 조선미술 순례』(반비, 2014)의 일본어판은 『越境画廊 — 私の朝鮮美術巡礼(월경화랑 — 나의 조선미술 순례)』(論創社, 2015)라는 이름으로 출간됐다. 근사한 제목이라고 생각했다. 서경식 선생이 고른 여섯 화가의 전람회가 열리는 가상 갤러리. '조선미술'이라고 부제를 붙였으되 그는 이곳에 시간, 공간, 문화적 경계선으로 확연히 구획된 특정 민족의 미술을 모아 놓지는 않았다. 오히려 "그런 경계를 일탈하고, 경계에서 배제되고, 경계 자체를 문제시하며 뛰어넘고자 하려는 맥락context에서 생겨나는 작품"(일본어판 4쪽)이 모여 웅성거리는 화랑으로 꾸며 놓았다.

돌이켜 보니 한국어판도 제목을 둘러싸고 저자와 편집자, 번역자 사이에서 다양한 고민과 의견 교환이 이루어졌다. 후보 중 하나가 『나의 우리/미술 순례』라는 낯선 명칭(표기)이었다(시각적으로도, 함의로서도 뛰어났던 이 제목에 나는 찬성표를 던졌다). '우리'라는 개념을 고정시키고 점유하는 일, 그 뒤에 도사린 국수주의적 위험성을 이미 간파했던 서경식 선생이 마련한 장치가 바로 '빗금'이었다.

'우리미술'을 자명한 개념으로 생각하는 사람들은 '우리'라는 말에도 '미술'이란 말에도 의문을 품지 않을 것이다. 그렇지만 나에게 '우리, 미술'이란 의심투성이의 대상이다. (……) '미술'이라는 제도 역시 근대 국민국가의 산물이며 국가주의와 깊숙하게 연결되어 있다. 나치 독일도, 천황제 국가 일본도 저들이 이해하는, 저들만의 '우리미술'을 자민족 중심주의 이데올로기의 핵심으로 구축해 갔다고 할 수 있다. '우리미술'이라는 말에 굳이 칼집처럼 빗금을 넣어 '우리/미술'로 표기하려 했던 이유는 거기에 있다. 이 '빗금'을 통해 드러나는 것이 중요하다. 따라서 이 책에서 내가 말하고자 하는 바는 정통파 미술평론이나 미술사와는 꽤 거리가 있다. 나는 에드워드 사이드의 영향 아래 주류의 이야기에 대항적인 이야기를 대치하려는 태도를 견지해 왔다. 이 책 또한 동일한 입장을 취한다.[v]

그렇기에 이 책은 규정할 필요도 없는 소여所與의 존재로서 의심 없이 여겨지는 '우리'라는 개념을, '미술'이라는 매개를 통해, '누구인가?'라는 지난한 질문으로 전환하는 작업이었다. 서경식 선생은 '우리(의 미의식)'라는 아이덴티티identity는 고정된 고유한 것으로 추출할 수는 없다고 단언한다. 그러면서 우리를 구성하는 수많은 맥락, 즉 "우리 속으로 흘러 들어와 모순되면서도 뒤얽혀 있는" 콘텍스트를 강조한다. 그런 까닭으로 아이덴티티의 번역어인 '정체성'에도 위화감을 표한다. "너는 누구인가?"라며 '정체'를 묻고 즉각 답변을 요구하는 번역어이기 때문이다. 선생의 생각대로 아이덴티티를 자신이 무엇에 동일화identify하느냐에 대한 문제의식이라고 해석한다면, '하나의 국가'와 '단일한 혈통'과

v 『나의 조선미술 순례』, 11~12쪽.

'변치 않을 전통'만이 기거하기에는 '우리'라는 영토는 너무나 넓다. '나'의 아이덴티티가 '자신은 누구인가?'를 향한 끊임없는 질문과 대답이라면, '우리'의 아이덴티티는 자신이 귀속하고 있는 공동체의 자명성에 끊임없이 질문을 던지면서 서로의 답을 나눠 갖는 일과 다르지 않을 것이다.

'우리'의 미의식에 던진 문제 제기는 월북 화가 이쾌대를 다룬 장에서 첨예하게 드러났다. 이 글은 '이쾌대 탄생 100주년 기념 심포지엄'(대구미술관, 2013. 6. 19)이라는 아카데믹한 미술사학계를 발표의 장으로 삼았던 조금 특별한 케이스였다. 여기서 선생은 일본 근대 화가 후지타 쓰구하루의 '전쟁 기록화'와 이쾌대의 '군상'을 대면시킨다. 이쾌대의 〈군상-해방고지〉는 혁명적 로맨티시즘에 기반을 두고서 해방의 환희를 표현한 해방공간 미술의 걸작으로 평가받는다. 하지만 그 속에 드리워진 전쟁화의 그림자를 의심해 본 서경식 선생의 전복적 그림 읽기는 학계에 신선한 충격과 논란을 안겼다. 작품의 형식 분석이나 구체적 사료를 통해 영향 관계를 추적하는 미술사학의 기존 방법론에서 볼 때는 꽤 대담한 분석이었기 때문이다. 서경식 선생이 정통파 미술사 영역에 구애받지 않고 경계를 넘나들며 역사적 상상력을 발휘했기에 가능한 일이었다. 앞서 인용했듯 "주류의 이야기에 대항적 이야기를 대치"하려는 시도이자 방법론의 경계(한계)를 넘어 '우리/미술'을 보는 시야를 한층 확장·보완하는 역할을 수행한 것이 아니었을까.

그리하여 제국 일본의 문화적 식민 지배가 종언을 맞이한 시점에 그려진 이쾌대의 〈푸른 두루마기를 입은 자화상〉은 "민족으로서의 아이덴티티와 화가 개인으로서의 아이덴티티를 정면에서 문제 삼은 작품"으로서 다음과 같이 풍부한 의미를 갖게 된다.

이쾌대라는 화가를 하나의 '텍스트'로 독해하기보다 이 화가 안으로 들어가 서로 모순되면서도 뒤얽혀 있는 복수의 '콘텍스트'—이를테면 동양과 서양, 조선과 일본, 전근대와 근대, 식민지 지배와 피지배, 개인주의와 집단주의, 남북 분단과 대립—가 갈등하고 충돌하는 장으로 읽어 보려는 시도가 도움이 되리라고 생각한다.[vi]

전통 의상을 입은 화가가 서양식 중절모를 쓰고, 동양화용 붓과 유화 팔레트를 손에 들고 있는 모습은 과연 교차하는 콘텍스트를 있는 그대로 솔직히 표명하고 있다. 두루마기와 같은 민족적 소재를 다룬 점과 조선의 전통적인 묘사법을 구사했다는 사실보다도 이러한 자기분열적인 자기상을 화가 스스로가 직시하고 있는 점이야말로 오히려 이 작품에 대한 호감을 불러일으킨다. 이 자기분열적인 자화상은 분열을 강요당한 민족상의 반영임에 틀림없기 때문이다.[vii]

vi 『나의 조선미술 순례』, 187쪽.

vii 『나의 조선미술 순례』, 207쪽.

작가와 작품, 글과 그림이 넘나드는 세계

처음에 내가 그러했듯 그가 제시한 그림이 많은 독자에게 낯설게 다가왔던 이유는 미술에서 기대했던 위안과 아름다움을 배반하고 어둡고 처연한 쪽에 서서 죽음과 추방, 학살 등의 이미지를 떠올리게 만들었기 때문일 것이다. 그가 미, 혹은 미의식을 어떻게 파악하고 있는지 알려 주는 문장을 하나 옮겨 본다.

미술에서 '위안'이나 '치유'를 구하는 것을 일방적으로 비난할 필요는 없다. 확실히 그것도 미술의 가치 중 하나이다. 하지만 그것만이 미술의 가치라고 한다면 우리들이 오늘날 위대한 작품이라고 인정하는 대다수의 작품은 이 세상에 존재할 수 없었다. 뒤러, 그뤼네발트, 카라바조, 고야, 렘브란트, 피카소, 고흐……. 이 거장들은 '예쁜' 작품을 그려서 사람들을 위로하려 하지 않았다. 진실이 아무리 추하더라도 철저하게 직시해서 그리려 했다. 그것이 우리를 감동시킨다. 거기에서 '추'가 '미'로 승화하는 예술적 순간이 생긴다. (……) '미의식'이란 '예쁜 것을 좋아하는 의식'이 아니다. '무엇을 미라고 하고 무엇을 추라고 할 것인가'를 판단하는 의식이다. 자신의 미의식을 재검토한다는 것은 자신이 무언가를 '예쁘다'고 느꼈을 때, 그것을 당연한 것으로 간주하는 것이 아니라 왜 그렇게 느끼는지, 그렇게 느껴도 좋은 건지 되물어 보는 것이다. 그렇게 하면 우리의 미의식은 실은 역사적·사회적으로 만들어져 온 것임을 깨닫는다.[viii]

서경식 선생은 그림을 미와 추, 쾌와 불쾌라는 감각의 문제로 축소하는 관점에 저항하고, 역사적·사회적으로 만들어져 무의식적으로 작동하는 미의식의 재검토를 촉구한다. 물론 이러한 견해는 미학이라는 학문 분야가 성립하면서 이미 이야기된 바 있다. 하지만 선생은 딱딱한 이론적 해설이 아니라 자기의 미의식을 지키고자 고투한 작가가 남긴 작품 속으로 걸어 들어가 내면의 대화를 나누며 절실함을 생생히 전해 준다. 당대인에게 받아들여지지 않을지라도 자신의 미의식에 충실했던 미술가에게 경의를 표한다. 추한 것, 어리석은 것 모두를 포함해 우리가 외면한 것을 볼 수 있도록 해 줬던 이들에게 '천재적 예술가'라는 명칭을 부여하면서. 이런 견해와 결부되어 서경식 선생의 미술비평이 가진 또 다른 특징은 예술가의 삶과 작품을 분리해서 생각할 수 없다는 일종의 '전기적 해석'에 기반하고 있다는 점을 들 수 있다.

돌이켜 보면 나는 언제나 예술작품의 배후에서 예술가의 인생 이야기를 읽으려고 애썼던 것 같다. 나는 작품 자체에 가슴이 두근거리기보다, 인간으로서의 예술가에게 관심을 갖는다. 굳이 말하자면 나의 예술관은 '인간주의'적이다.[ix]

다만 오해하지 말아야 할 것은 단순히 미술가의 도덕성이나

viii 『고뇌의 원근법』, 6~7쪽.

ix 『청춘의 사신』, 11~12쪽.

정치적 올바름을 잣대로 삼는 설명이 아니라는 사실이다. 이러한 자세는 "비정치적인 것처럼 보이는 예술의 탈정치도 정치적인 것의 산물이며, 비정치성조차 정치적인 것에 대한 비판으로 볼 수 있다."라는 말에서 잘 드러난다.[x] 어느 인터뷰에서 "예술가의 주관적인 의지와 열정을 강조하는 내용 중심적인 해석에 반해 형식적인 해석은 부족하다."라는 문제가 제기될 수 있다는 질문을 받자 선생은 이렇게 답한다.

'예술가의 의지와 열정'을 가장 중요시하지는 않는다. 아무리 뛰어난 의지와 열정이 있어도 시시한 작품밖에 만들지 못하는 예술가들도 많다. 반대로 작가의 '의지와 열정'을 읽을 수 없는데도 작품에 이상하리만치 힘이 넘치는 경우도 적지 않다. 이것이 바로 미술이 가진 재미있는 측면이다. 어디까지나 중요한 것은 완성된 작품의 힘이다. 다만 그 작품의 힘은 예술가의 생활 배경과 그가 몸담은 사회의 역사적, 정치적 맥락과 무관하지 않다는 사실이다. 거꾸로 말하면 훌륭한 예술은 '언어'를 뛰어넘는 힘으로, 그런 맥락까지 우리에게 이야기해 준다는 점이다.[xi]

'내용 중심적'이라고 종종 지적되어 온 서경식 선생의 미술 글쓰기에 대한 비판은 뒤집어 보면 조형과 형식적 요소에 기초한

x 『만남』, 380쪽.

xi 「서경식 인터뷰 — 디아스포라의 삶과 기억, 그리고 예술」, 『경향 아티클』 25호(2013년 8월), 142쪽.

미술비평의 대안이자 보완이라는 점에서 오히려 적극적으로 평가할 필요가 있다. 예컨대 한 출판인은 "오랫동안 등한시해 왔던 작가의 인생사와 시대 상황을 적극 고려하며 감상할 수 있게 되어 작품에 더 밀착할 수 있게" 되었다고 덧붙이기도 했다.[xii]

미술을 대상으로 글을 쓰는 작업을 하고 있지만, 그가 결코 작품을 수단이나 재료로 삼지 않는 점은 자신이 미술에 끌렸던 이유를 설명할 때 잘 드러난다. "미술이 '언어'에 기대지 않는 예술 행위이기 때문에, '언어'만으로는 전부 건져 낼 수 없는 틈새를 '비집고 나오는 것'이기에 매료되었다."고 말한다. 언어를 매개로 한 사유나 표현이 지닌 한계로부터 일탈하여 인간관을 끊임없이 확장할 수 있는 미술이라는 장르를 향한 매료는 다음 언급으로 이어진다.

글쟁이인 나는 항상 '언어라는 감옥'에 갇힌 수인이라고 여겨 왔다. 게다가 식민지 지배자의 언어인 '일본어'라는 감옥에. '미술'은 내가 지닌 언어표현의 한계를 자각시켜 끊임없이 그 한계에 도전하게끔 재촉했다. 내 글에는 미술작품이 종종 등장하지만 미술작품은 글의 삽화가 아니며, 글도 미술작품의 해설이 아니다. 글과 미술 사이의 긴장감 있는 대화다.[xiii]

xii 정민영, 『미술책을 읽다 — 미술책 만드는 사람이 읽고 권하는 책 56』(아트북스, 2018), 230쪽.
xiii 「서경식 인터뷰 — 디아스포라의 삶과 기억, 그리고 예술」, 142쪽.

이 말에서는 서로를 종속하지 않는 글과 그림이 경계를 넘나들며 대화하게 만들려는 지향점이 드러나지만, '글쟁이'인 동시에 '디아스포라'로서 자신의 아이덴티티를 표명하는 언급이기도 하다. 서경식 선생이 한국 사회에 던진 가장 중요한 화두라 할 수 있는 '디아스포라'라는 삶의 양태는 그의 주요한 글쓰기 영역인 미술 분야와도 결합했다. 표면적으로 보면 서경식 선생으로 인해 우리는 펠릭스 누스바움, 민영순, 데이비드 강, 시린 네샤트, 니키 리, 자리나 빔지, 문승근, 나탈리 르무안-미희, 잉그리드 폴라드 같은 낯선 디아스포라 예술가의 목록을 갖게 되었다. 세계적 아티스트로 높은 명성을 얻고 있는 잉카 쇼니바레와 윌리엄 켄트리지의 예술을 디아스포라의 관점에서 깊이 읽어 낼 수도 있었다. 하지만 더욱 중요한 것은 서경식 선생이 제시한 예술과 디아스포라가 맺는 관계에 대한 성찰이다.

흔히 디아스포라는 예술가의 기질과 어울리는 말로 이야기되곤 한다. '거침없고 활달한', '경계 없는borderless' 삶의 방식이라던가, 정주를 거부하는 자유로운 유목민nomad' 같은 말로 소비되기도 쉽다. 그러나 디아스포라가 예술과 함께 이야기된다면, 그들이 말을 빼앗긴 자라는 사실을 우선 주목해야 한다. 예술이란 국민국가라는 강고한 장벽 아래 복수의 아이덴티티를 껴안고 살아가야 하는, 자기 분열 상태에 있는 이들이 몸으로 펼치는 자기표명의 수단이기 때문이다.

미술의 특징은 로고스(말, 논리)로 표현하지 못하는 부분, 말로 표현하면 잃어버리는 것을 미적으로 표현한다는 것입니다. 그래서 주변부에 있는 사람들은 미술과 깊은 관계가 있다고 볼 수 있어요. 주류에서 배제되거나 소외당한 사람들의 울분이나 슬픔은 말이 아니라 작품으로만 표현될 수 있습니다.[xiv]

그와 함께 떠날 음과 색의 세계

서경식 선생과 만나게 된 2011년 이후, 한국과 일본의 꽤 많은 미술관을 동행했던 것 같다. 작품 앞에서 환하게 웃거나, 재미있어 못 참겠다는 듯 개구진 소년의 표정을 짓는 그의 모습이 나는 좋았다. 그가 겨우 15세였을 때 자신을 약하게 만들지도 모를 것들을 거부하던 순간을 기억하기 때문이다.

> 또다시 음音의 세계와 색色을 즐기는 곳으로
> 돌아서서는 안 된다. (……)
> 나는 지금 이렇듯 강한 자신을 무너뜨려서는 안 된다.
> — 스즈키 기로쿠, 「용서해」 중에서

중학교 2학년이던 재일조선인 소년은 이 시를 읽으면서

xiv 「'나의 조선미술 순례' 출간한 서경식 교수, "시대·지역·성별 넘어 '우리' 미술에 대한 고찰"」, 『경향신문』, 2014년 12월 3일, 인터뷰에서의 발언.

'주위의 일본인 학생들에게 절대로 내 마음을 허락하지 않겠다.'고 결심했다. 그리고는 이렇게 말을 잇는다.

게다가 이 시의 마지막 행에는 "나는 사랑은 못 하겠다."고 씌어 있었다. 누군가를 좋아해버릴 것만 같은 그런 때에는 나는 언제나 마음속으로 이 시구를 읊조렸다. 그만큼 마음이 약했던 것이다.[xv]

그러나 소년은 자라 30대 초반이 되었고, "다른 차원의 세계"를 엿보고 말았다. 그는 첫 서양미술 순례 길에서 다시 그 시를 떠올리며 다음과 같이 고백한다.

내가 몸을 두어야 할 곳은 (……) 음도 색도 없이 치열한 투쟁만이 있는 그런 세계인 것이다. 원래 나는 그런 세계의 인간이고 그런 세계로 돌아가야 할 존재인 것이다. 처절할 정도로 고독했다. 다른 차원의 세계를 엿보고 말았기 때문이다.[xvi]

15세의 소년이 세웠던 목표에서 보면 실패이지만, 그런 실패가 있어 서경식 선생에게, 그리고 우리에게 얼마나 다행이었는가. 강해지고자 스스로를 다잡는 마음과, 어쩔 수 없이 드러나는 — 아니, 이내 솔직히 고백해 버리는 — 연약함. 색채와 음악에

xv 『소년의 눈물』 134쪽

xvi 『나의 서양음악 순례』, 87쪽.

오슬오슬 소름이 돋을 정도로 매료됐던 정직한 몸의 감각에 바로 뒤따르는 준열한 의식의 자기 강제. 어쩌면 나는, 저렇게 흔들리는 상반된 감정의 진폭에 이끌려 그의 글을 좇아 읽었는지도 모르겠다. 앞서 인용했던 것처럼 서경식 선생에게 유럽에 가서 그림을 보겠다는 것은 "그저 은밀한 사적 욕망일 뿐"이었음에도 불구하고 거기서 '고통의 보편성'과 만났다. 그리하여 처절한 고독감 속에서 보아 버렸던 "다른 차원의 세계"는 다행히도 그의 안으로 들어올 수 있었다.

최재혁

책을 쓰고 옮기고 만든다. 도쿄예술대학에서 동아시아 근대미술을 전공하고 제국 일본과 괴뢰국 만주국에서 펼쳐진 미술 활동을 주제로 박사논문을 썼다. 공저로 『아트, 도쿄』, 『美術の日本近現代史—制度·言說·造型』이 있으며, 2011년부터 서경식의 책 『나의 조선미술 순례』, 『나의 이탈리아 인문 기행』, 『나의 영국 인문 기행』, 『나의 미국 인문 기행』(근간), 『나의 일본미술 순례』(근간)를 비롯해 그의 미술 관련 글을 번역했다.

4

옛날에 탄광의 갱부들은 갱내 일산화탄소 농도를 알기 위해서 카나리아 새장을 들고 갱으로 들어갔다고 한다. 카나리아는 사람보다 먼저 고통을 느끼고 죽음으로써 위험을 알린다. 식민 지배의 역사 때문에 일본 사회에 태어난 재일조선인은 '탄광의 카나리아'와도 같다. (……) 재일 조선인은 그 역사적 경험 때문에, 국가주의의 허위성과 위험성에 가장 민감한 존재라고 말할 수 있으리라. (……) 조국의 독자들은 이 카나리아의 목소리를 어떻게 들을 것인가?

—『난민과 국민 사이』(2006), 10~11쪽

하마무 — 소녀의 눈물

좋아하는 어른

‘서경식’이라는 사람을 처음 만났을 때가 언제였을까. 아마도 고등학교 3학년 봄이었을 것이다. 나는 시골의 상업 고등학교를 다녔다. 친구들 대부분이 졸업하고 취직을 하는 상황이었으나 난 이대로 시골에서 ‘평범하게’ 취직하고 결혼하는 ‘정해진’ 인생만은 살기가 싫었다.

중학교에서 상고로 진학한 것도 자격증을 많이 따서 여자 혼자서도 먹고살 능력을 키워야 한다고 고작 열다섯 살 때부터 생각했기 때문이다. 지금 돌이켜 보면 내 이야기이면서도 짠하고 한편으론 너무 부끄럽기도 하다. 일본인 가정에서 오빠 둘에 막내딸로 태어난 나는 오빠들에게 자주 맞았지만 먹을 걸 뺏기지 않기 위해서라도 씩씩하게 자랐다. 그럼에도 ‘남자’가 될 수는 없었고, 여자아이지만 ‘여자답지 않은’ 아이였다. 엄마는 나에게만 집안일을 시켰고 난 그것이 그렇게 억울했다. 학교에서도 선생님들과 자주 다투고 엄마가 학교에 불려와 고개를 숙이는 일이 한두 번이 아니었다. 어릴 때부터 난 외로웠고 말로 표현할 수 없는 답답함과 분노를 안고 있었다. 이 세상에 나 혼자인 것만 같았다.

고등학교 졸업을 앞두고 더 배우고 싶은 마음에 도쿄의 여러 대학 안내서를 열심히 찾아 읽었다. 그때 어느 대학의 프로그램이 눈에 들어왔다. '21세기 교양 프로그램.' 4년 동안 교양을 배우는, 흔히 말하는 자유 전공 프로그램이었다. 고속버스를 타고 전철을 갈아타며 도쿄경제대학에 견학을 가 봤다. 그때 나와 일대일로 상담해 준 사람이 서경식 선생님이었다.

겨우 18년밖에 살지 않았는데 자신의 전공을 정하고 삶의 방향을 정하는 것이 두렵다는 이야기를 선생님에게 했던 것 같다. 나는 더 다양한 경험과 배움이 필요하다고 생각했다. 그러나 사회는 청소년을 보호의 대상이라 하면서 한편으로는 스스로 책임질 것을 요구했다. "여자가 공부해서 뭐하니?", "졸업한다고 해도 취직은 또 어떻게 할 생각이냐?"라고. 그때 나에게는 언어가 없었다. 사회를 향한 분노에 가득 찬 상태였고 사람들이 보기에는 입만 터는 '문제아'에 지나지 않았을 것이다. 억울한 경험과 서운한 감정은 쌓여만 가는데 그것이 모두 내 탓이 되어 버리는 사회적 분위기에 나도 모르게 스스로를 억압하며 무력해졌다. 아무도 나를 이해하지 못한다고 생각했다. 그런 이야기를 서경식 선생님과 나누다가, "난 이래도 괜찮아."라고 존재를 '인정'받는 경험을 처음으로 했던 것 같다. 지금 생각하면 '일본 사회의 소수자에게 위로를 받는 일본인'이라는 구조는 참 아이러니하며, 자칫하면 소수자를 소비하는 방식(소수자이기에 타인을 잘 공감해 준다든가 하는)으로 빠질 수 있기에 경계할 필요가 있다고 느낀다. 하지만 선생님은 내가 느끼는 그 고통을 있는 그대로 인정해 주셨고, 나는 내 고통의 맥락을 알아가야겠다고 결심했다. 처음으로 '좋아하는 어른'이 생겼다. 숨이 막히는 듯한 느낌은 그대로였지만 그때 왠지 희미한 빛이 보인다고 느꼈다. 집으로 돌아가는 고속버스에서 눈물이 났다. 밖에는 봄비가 내리고 있었다.

"누가 나를 지켜 줄 것인가"

학교에 입학한 후 관심이 있는 수업은 모두 들었다. 재일조선인 이야기도 일본군 성노예제 문제도 처음으로 배웠다. 관심 없이 살아온 자신에게 화가 났다. 그러면서 아프고 살기 힘들다고 서경식 선생님에게 징징댄 것이 너무나 부끄러웠다. 배우는 것이 정말 즐거웠지만 배우면 배울수록 세상에서 희망이 사라지고 있음을 깨닫고 절망했다. 동시에 내가 살면서 느끼는 언어화되지 않는 고통은 이 사회의 소수자를 억압하는 구조와 연결되어 있다고 느끼게 되었다. 누군가를 억압하는 사회는 또 다른 누군가에게도 억압적일 수밖에 없다.

선생님의 수업에서 프리모 레비의 이야기를 들으며 정의로웠던 사람들은 다 죽어 버렸다고 느꼈다. 내가 다수자이기에 살아 있다는 사실을 깨달았다. 레비는 수용소에서 살아남았지만 나중에 자택에서 자살했다. 수용소에서 빵을 나눠 주고 사람들에게 먼저 말을 걸어 주며 사람답게 살고자 했던 이들은 모두 죽임을 당해야 했고, 자신은 그러지 않았기에 살아남았다고 레비는 계속 자책했다. 나는 자신의 고통도 타자의 고통도 스스로의 눈을 통해 제대로 보지 않았고, 내가 억압자임을 의식하지 않으며 살아왔다. 권력은 일상 속 내가 하는 말이나 행동 속에 이미 스며들어 있었다. 나의 생각, 행동, 말 들이 어떻게 만들어져 권력과 공모하는지 고민하기 시작했지만 한편으로는 역사를 알아갈수록 인간의 잔인함과 반복되는 억압의 역사를 목격하고는 내가 무엇을 할 수 있을지 좌절감을 느끼기도 했다. 하지만 돌이켜 생각하면 그런 좌절도 인간이라는 존재를 일률적이고 단일한 존재로 재단한 탓이며, 자신의 위치를 진지하게 고민하지 않는 태도에서 비롯된 것이었다. "인간은 잔인하다."라고 단정하는 말은 억압과 착취의 구조를, 누가 어떤 폭력을 가하는지를 은폐한다. 내가 절망하며 허무주의에 빠질 수 있는 것 또한 권력이고, 투쟁을 할 수밖에 없는 상황에 처한 사람들의 목소리를 듣지 않으려는 힘과 공모하고 있기 때문이다. 서경식 선생님은 그렇게 싸울 수밖에 없는 수많은 사람 중 한 명이었다.

선생님은 몇백 명의 학생이 참여하는 '인권과 마이너리티'라는 수업을 담당하며 재일조선인의 역사나 나치의 유대인 학살에 관해 강의하셨다. 어느 날 선생님은 매번 익명으로 혐오 표현이 쓰인 수업 평가를 받는다고 이야기하셨다. 그럴 때마다 항상 두렵고 힘이 든다고. "항상 그래. 수업을 하면 꼭 몇 명씩 이런 사람들이 있더라고." 지친 듯 말씀하셨다. 그 이야기를 하시는 선생님의 표정과 연구실의 책 냄새가 잊혀지지 않는다. 난 선생님이 이런 말을 하게 만든 사회가 또다시 미워졌고 또 그런 사회에 대해 무관심하게 살아온 나에게 분노했다. 내가 절망하고 허무주의에 빠질 수 있는 것도 역시 내가 그럴 수 있는 위치에 있기 때문이다. 정말 절실하고 억압과 공포에 시달린다면 절망이니 희망이니 하는 것보다 살아남는 것이 중요하며 삶 자체가 투쟁이 될 수밖에 없을 것이다. 그런 삶에서는 자신의 존재를 고민할 수밖에 없으며 끊임없이 요구되는 '설명' 에 지쳐 갈 것이다(다수자는 선량한 얼굴로 소수자에게 모습을 드러내라고, 말하라고 요구하곤 한다). 여기서 또 나는 타자를 타자화하고 있는 것이 아닌지 고민에 빠진다. 타자를 생각한다는 것이 과연 무엇일까. 말하도록 요구하지도, 그들의 목소리를 지우지도 않고 어떻게 타자와 만날 수 있을까. 타자는 과연 누구인가. 가장 억압받는 사람은 누구인가. 누군가의 고통을 평가하며 비교할 수 있을까. 타자와의 관계 속에서 나의 고통은 어떤 의미를 가질 수 있는가. 그렇게 난 나의 고통에 대해서 생각하기 시작했다.

선생님은 수업에서 "타자에 대한 상상력"이라는 말로 소수자의 이야기를 이어 가셨다. "예를 들어서 간토대지진 때처럼 조선인을 죽이자고 이 강의실에 누가 들어왔을 때 이 방에 있는 학생 중 누군가가 나를 지켜 줄 것인가, 아니면 학생들도 조선인을 죽이자는 무리에 들어갈 것인가, 그런 생각을 늘 합니다. 이러한 걱정과 공포가 과도한 것인가요? 저는 그렇게 생각하지 않습니다. 일본 사회가 계속해서 낙하하고 있습니다. 아직 괜찮다, 아직은 내 이야기가 아니다, 그렇게 생각하다가 위험하다고, 내 차례가 왔다고 알아차렸을 때는 이미 다시 되돌릴 수 없습니다. 독일 시민은 나치가 한 짓을 몰랐다고, 자신들도 피해자라고 했습니다. 그런데 진짜 몰랐을까요? 이웃 유대인들이 사라지는 것을 몰랐을 리 없습니다. 자, 일본 사회는 어떨까요? 당신들은 정말로 몰랐습니까?"

나는 손에 땀을 쥐면서 생각해 봤다. 나는 선생님을 지키고 싶다. 그러다가 나도 죽으면? 아니다, 그래도 사람을 죽이는 일에 방관하면서 살고 싶지는 않다. 이런 생각을 떠올리다 갑자기 가슴이 뜨끔했다. 왜 내가 지켜 줄 쪽이라고 생각하는 거지? 순간 나는 내가 다치지 않는 위치에서만 상황을 상상할 수 있는 권력을 이미 가지고 있음을 깨닫고 알 수 없는 죄책감과 슬픔과 분노에 휩싸였다. 선생님은 현실적인 공포 속에서 산다. 누군가에게 조선인이라는 이유로 차별과 억압을 당할 위협을 항상 느끼면서 산다. 그 입장을 여성으로 바꾼다면? 퀴어나 장애를 가진 사람이라면? 여자를 다 죽이자고 한다면? 나는 누군가에게는 억압자이고 누군가에게는 피억압자이다. 상황과 맥락에 따라 위치는 계속 바뀐다. 사람들은 "같은 인간이다." "우리 모두 세계 시민이다." 이런 말을 한다. 억압과 차별을 은폐하는 권력이 만들어 낸 말이다. 권력은 위대한 누군가가 지닌 것이 아니라, 우리 속에 있고 내 속에 있다. 그때 나의 가해자성을 외면하고 싶지 않다고 생각했다. 선생님과 나는 삶의 경험도, 위치도 다르다. 그 차이에서 비로소 타자에 대한 이야기가 시작한다고 생각하게 되었다. 삶의 실천이 바로 저항의 일부이자 거점이 될 것이다.

우리는 '타자에 대한 상상력'을 의식적이든 무의식적이든 잊고 살아간다. 그리고 자신의 타자성 자체도. 그러고는 누군가의 지시를 기다린다. 어째서일까. 책임을 지기 싫어서, 생각하고 싶지가 않아서. 일본인 중 대다수는 전쟁 책임을 물으면 자신도 피해자라고 말한다. 몰랐다며. 그런데 그런 선택조차 못하는 것이 소수자의 위치에서 살아가는 삶이다. 선생님의 이야기를 들으며 학생과 교수라는 단순한 관계를 넘어 서경식이라는 타자와 내가 어떻게 만날 수 있는가 하는 고민이 들었고 또 두려웠다.

선생님의 말을 생각하면 지금도 두렵고 슬프다. 나에게 더욱 분노한다. 무엇이 선생님에게 그렇게 말하도록 만드는가? 이토록 공포스러운 사회를 어떻게 모르면서 살아왔을까? 이 숨 막힌 현실은 어떤 위치에 있는 사람들에게는 현실적인 공포로 다가간다. 누군가를 억압하고 차별하는 사회는 나에게도 억압적이며 차별적인 사회인 것이다. 이러한 당사자성을 느끼면서도 단순하게 소수자에게 외침의 몫을 돌리고 싶지는 않았다. 내가 어떤 위치에서 무엇을 해야 하는지 고민하고 또 고민한다. 세상은 절망적이고 희망이 없지만 그럼에도 내 자신의 고통과 마주해야 하며 또 타자에 대한 상상력을 의식하면서 직접 부대껴야만 한다. 정답은 없지만 할 수 있는 일도 그것밖에 없기 때문이다. 타자의 존재와 나의 고통의 실체를 처음으로 생각했던 대학 시절, 나의 가해자성을 깨닫는 것은 고통스러운 일이었다. 그러나 내가 거기서 아는 것을 멈춘다고 해서 그 '존재'들이 없어지지 않는다. 망각하면서 사는 것보다 나 역시 소수자를 억압할 수 있다는 점을 인식하고 그 구조를 파악함으로써 적어도 내가 그 가해를 멈추기 위해 무엇을 할 수 있는지를 고민하고 싶었다. 그래야 나의 고통에 대해서도 이해할 수 있기 때문이다. 누군가 한 명이라도 억압받고 차별을 당한다면 그것은 온전한 해방이 아니다. 해방의 날은 오지 않을지도 모른다. 오히려 상황은 더 악화되고 있을지도 모른다. 그럼에도 계속 외치는 것이다. 그것이 서경식 선생님이 말하는 '희망'일지도 모른다.

"좋네, 계속 그려요. 계속"

서경식 선생님은 나에게 특별한 어른이다. 지금의 나를 만들 수 있었던 말을 건네준 사람이기 때문이다.

나는 대학교에 들어가면 꼭 외국에 가 보고 싶었다. 학교가 비용의 일부를 지원해 주는 해외연수 프로그램 덕분에 1학년 여름, 각 분야 담당 교수님을 포함한 소수 인원이 네팔과 한국으로 가는 일정에 각각 참여했다. 출발 전에 세미나도 하고 미리 주제를 정해서 각자 공부도 했다. 네팔 연수의 경우 전체 주제가 '빈곤한 현실'이었다. 네팔의 몇몇 산골 마을을 다니면서 며칠씩 홈스테이를 했다. 그러나 나는 현지에서 계속 갈등했고 불편함을 느꼈다. 화장실, 학교, 수도가 없었던 마을에 일본(시민단체나 개인)의 지원으로 편의 시설이 마련되어 있기도 했다. 주민은 우리를 환영하는 것처럼 보였고 함께 사진을 찍기도 했다. 그런데 같이 갔던 멤버들이 "현지 아이들이 눈이 반짝거린다." "가난해도 아이들이 영어를 잘한다." "행복해 보인다."라고 이야기하는 것을 듣고 결국 나는 그들과 싸우고 말았다. 빈곤을 우리가 생각하는 스테레오타입으로 소비하는 듯 느껴져 너무 혐오스러웠다. 그러나 '스터디 투어' 명목으로 참여한 나 역시 그곳 사람들을 바라보는 제국의 시각과 공모하는 것은 아닐까, 하는 생각이 들었다.

병원이나 수도가 없으면 불편한 것이 현실이다. 그렇다면 도시화와 자본주의화를 무조건 나쁘다고 할 일은 아니지 않은가? 하지만 그것을 왜 외부인들이 이래라 저래라 하지? 빈곤의 현실? 일본에도 빈곤은 존재하고 홈리스나 기초생활수급자가 있다. 그들에게는 '자기 책임'이라고 몰아가면서 왜 해외의 '불쌍한 아이들'에게는 지원을 계속할까. 꼬리를 무는 이런 생각 속에서 내가 놓친 것이 있었다는 점을 깨달았다. 그렇다면 이런 상황을 만든 제국주의나 국제사회의 책임에서 일본은 자유로운가. 역사적, 사회적 맥락은 어떻게 이해해야 할까. 그들의 빈곤과 나는 어떤 관계로 이어져 있을까. 착취적인 시각으로 그들을 더욱 타자화하려는 의도와 결과는 또 무엇인가. 그때 나는 감정만이 앞서 타자의 존재와 맥락을 잘 보지 못한 채 답답한 마음만을 안고 집으로 돌아왔다.

네팔에서 돌아온 나는 바로 한국으로 떠났다. 이번에는 서경식 선생님과 함께 '나눔의 집'이나 수요집회, 매향리, 제암리교회 같은 여러 현장을 다니고 병역 거부자들과 만나는 등 일본의 식민 지배 흔적이나 한국의 운동 현장을 견학했다. 그때 정말 말로 표현할 수 없는 인상적인 체험을 했다. 지하철에서 어떤 할아버지가 일본어로 나에게 말을 거셨다. "일본 아가씨들, 여행 중입니까?" 자신은 일본어를 잘한다며 우리를 반가워하셨다. 나는 할아버지와 일본어로 짧은 대화를 나누었다. 또 다른 날에도 어떤 할머니 두 분이 일본어로 말을 거셨고, 자신들도 일본 이름이 있었다고 반가워하셨다. 나는 뭐라고 말해야 할지 몰라 당황했다. 눈물이 뚝뚝 떨어졌다. 선생님께 이 이야기를 전하니 "정말 아이러니한 상황이지요. 그분들의 청춘 시대가 일제 식민지 시기였으니 그분들에게는 일본어가 그리워하는 향수의 하나일 수도 있다는 점이 정말 아이러니하지요." 식민지 지배로 인한 폭력이 여전히 존재함을 그분들이 증명하고 있는 셈이었다. 나는 그때 언어라는 것을 생각했다. 왜 나는 영어로 1, 2, 3은 말할 줄 알아도 일본이 식민지 지배를 했던 사람들의 언어로는 1, 2, 3도 모를까? 왜 그들에게 아직까지 일본어를 사용하게 하고 있는 것인가? 이 경험을 계기로 내가 진정으로 대화하고 싶은 사람들이 누구인지 생각했고, 지금 이렇게 서울로 유학을 오게 되었다.

네팔과 한국에서 여름 연수를 마치고 난 뒤 더더욱 말로 표현할 수 없는 감정이 쌓이고 쌓여 갔다. 내 속의 답답함과 혼란, 불편함을 그림 그리기와 시 쓰기로 풀었다. 처음에는 오직 나만을 위한 것이었다. 어릴 때 나는 미술 시간이 그렇게 고통스러울 수가 없었다. 눈에 보이는 대상을 사진처럼 그대로 재현할 수 있는 사람이 그림을 잘 그린다고 여겼다. 나처럼 상상을 표현하거나 비현실적으로 그리면 인정받지 못했기 때문이다. 한번은 하늘을 분홍색으로, 친구 얼굴을 파인애플로 그렸더니 선생님이 잘 보고 그려야 한다며 다시 그리라고 했다. 그때부터 나는 그림 그리기가 싫었다. 그러나 연수에서 돌아와 너무 답답하고 말로는 풀어낼 수 없는 감정 때문에 몇 날 잠을 못 이루다가 머릿속에 떠오르는 이미지들을 표현하고 싶어졌다. 그 후 며칠 밤을 새고 미친 듯이 그림을 그리고 시를 썼다. 오직 나를 '위로'하기 위해서였다.

그 무렵 어쩌다 보니 서경식 선생님과 대화를 나눌 기회가 생겼다. 요즘 어떻게 지내냐는 선생님의 질문에 나는 솔직하게 우울하고 답답해서 무엇을 해야 할지 모르겠다, 일단 너무 힘들어서 그림을 그린다고 대답했다. 선생님은 한번 보여 달라고 하셨다. 나는 망설였다. 또 못 그린다고, 이상한 그림이라고 말을 들을까 두려웠고, 누군가에게 보여 준 적도 없었기 때문이다. 내 속을 보여 낱낱이 드러내는 것 같았고 솔직히 별로 내키지 않았다. 하지만 마음을 고쳐 먹고 며칠 후 선생님 연구실에 그림을 챙겨 찾아갔다. 나는 그림을 꺼내면서 우스꽝스럽게 웃으며 '밑밥'을 깔았다. "그림 진짜 못 그리는데 그냥 그리는 건데, 누구에게 보여 주려고 그리는 것도 아닌데……." 하면서 말이다. 선생님은 그림을 가만히 보더니 "좋아, 좋네. 계속 그려요. 계속."이라고 말씀하셨다. "나는 솔직히 재미없는 그림 그려올 줄 알았는데, 빤한 풍경화 같은. 그런데 좋네." 하며 웃으셨다. 함께 보여 드린 시도 조용히 읽고 맘에 든다 하시며 인쇄해서 연구실 문에 붙이셨다.

너 태어난 땅도 알지 못한 채

너 태어난 땅도 알지 못한 채
나는 입 다물고 네년을 처먹겠지
너를 낳은 어머니를 모른 채
나는 네년을 버리겠지

나는 네년으로 살 것이다
네년을 지킬 방법 알지 못하고
나는 네년을 죽일 것이다

나는 그런 짐승이네
나는 이런 짐승이네

짐승은 이렇게 살아왔네
짐승은 이렇게 살아가네
비루하게 살고
얼빠진 채 살고
작게 머저리가 되고 있네

머저리로 살고
찌부러져 살고
죽어서도 더러움 타는 짐승은

한 마디 남기며 죽어 가네

다행이네 아름답지 않아서
다행이네 아름답지 않아서

두려울 것 하나 없는 짐승은
누구 하나 아는 이 없는 짐승은
먹어도 먹어도 배 채우지 못한 채
모두들 그렇게 살아가네
모두 슬프고 또 슬퍼하며
짐승 눈물을 흘리고는
입다물고 네넌을 처먹겠지 (2012, 번역: 오하나)

나는 그것이 그렇게 좋았다. 집에 가는 길에 혼자 웃으면서 자전거 페달을 밟았다. 웃고 있는데 눈물이 날 것만 같았다. 가슴 깊은 곳에서 올라오는 뜨거움을 느꼈다. 그림을 더 그리고 싶다. 더 많이. 그리고 계속. 나 같은 사람도 그림을 그려도 된다고 누군가에게 처음 인정 받았고 처음으로 계속 그려야만 한다는 욕심이 생겼다. 여기서 말하는 '인정'은 그림을 잘 그리거나 못 그리거나 그런 평가가 아닌 있는 그대로의 나를 인정해 준다는 의미이다. 예술은 특별하고 재능 있는 이들, 미술대학을 다니는 사람들의 것이라고 생각해 왔다. 그런데 선생님은 그렇지 않다고 알려 주셨다. 그때 이후 나는 그림을 계속 그리고 있다. 무언가를 느끼고 고통스러울 때, 그 어쩔 줄 모르는 감정이 나를 그리게 만든다. 그림은 나에게 진통제였다. 여담이지만 내 그림을 처음으로 사 준 분이 서경식 선생님의 책에 자주 등장하는 F 선생님이다.

그림이 든 큰 봉투를 자전거 왼쪽 손잡이에 걸고 집에 가는 길에 봤던 노을을 지금도 기억한다. 그 거리의 냄새도 공기의 느낌도. 배우면 배울수록 혼자가 아닐 수도 있다는 것을 느끼게 된 소녀는 아직 페달을 밟고 있다.

"예술은 무엇인가?"

서경식 선생님의 강의 중에는 예술에 관한 수업도 있었다. 주말에 함께 미술관에 가거나 오페라 공연을 본 후 토론하고, 수업 시간에는 각자 관심 있는 작가에 대해 발표하고 이야기를 나누었다. 예술을 통해서 그 작가의 인생과 역사, 사회적 맥락을 함께 보았던 이러한 수업은 예술이 무엇인가를 항상 생각하게 만들었다. 어느 날, 어떨 때 예술이 전쟁을 멈추게 할 수 있는가에 관한 이야기가 나왔다. 선생님은 예술에 그런 일을 요구하는 것 자체가 잘못이라고 하시며, 다만 예술은 전조前兆를 느끼게끔 하는 역할을 가진다고 말했다. 3·11 후쿠시마 원전 사고 이후 예술을 하는 것은 어떤 의미가 있을까? 이러한 질문은 아도르노가 "아우슈비츠 이후에 시를 쓰는 것은 야만"이라며 문화를 비판했던 언급을 떠올리게 만든다. 문화, 그리고 예술이 사회의 권력구조와 영합해 온 역사에 관해서 선생님은 이야기했다. 전쟁화를 그렸던 일본의 화가들은 누구 하나 전범으로서 책임지지 않았다.

"아우슈비츠 이후"는 연속된 역사 속에 지금도 진행 중이다. 2021년 도쿄올림픽은 후쿠시마의 원전 사고를 은폐하기 위해 개최되었고 수많은 사람들의 생명과 삶을 억압했다. '아트'는 노숙하는 사람들을 쫓아내는 일에 공모했고(눕지 못하는 벤치를 만들고 노숙자의 거처를 정리하여 벽화를 그리고 갤러리를 만드는 '배제'의 아트) 성소수자의 존재도 자본주의와 내셔널리즘 서사 속으로 끌려 들어갔다. 그들의 인권이나 다양성을 상업적·정치적으로 이용해 억압된 자의 존재를 은폐하는 핑크워싱이 횡행하며, 노숙자를 배제했던 도쿄도가 다양성을 강조하는 모순도 드러났다.

선생님은 나치가 퇴폐예술로 취급하며 박해한 화가들이나, 고흐와 동생 테오의 이야기, 펠릭스 누스바움, 케테 콜비츠, 윤석남 등 사회적 규범이나 요구를 거부하며, 가난하거나 차별을 받아도 끈질기게 자신만의 예술을 찾아간 이들의 삶과 작품에 대해서 알려 주셨다. 또 전쟁에 참여한 일본인 화가나 베를린 올림픽 기록 영화를 만든 레니 리펜슈탈의 영상을 보여 주시기도 했다. 그때 어떤 학생이 "솔직히 나치의 제복이 멋지다고 생각할 수도 있지 않습니까? 그런데 그 멋지다고 느끼는 생각마저 부정하는 것은 좀……."이라고 말했다. 나는 그 말에 무서움을 느꼈다. 선생님도 곤혹스러워하셨다. "자, 여러분, 이 이야기를 어떻게 생각하나요? 레니 리펜슈탈의 영화는 예술적이라며 엄청나게 좋은 평가를 받았습니다. 그리고 본인은 수용소의 존재를 몰랐다고 했고요. 오직 영화에만 집중했다며. 그렇다면 이 영화가 예술적 가치가 있을까요?"

'독일적' 아름다움과 힘을 강조하기 위해 흑백의 영상미를 완벽할 정도로 계산해서 만든 이 영화에서 나는 광기를 느꼈다. 나치가 무슨 일을 벌이고 있는지 몰랐을 리 없다. 레니는, 그리고 이 영화를 보는 사람들은 의도적으로 무관심했고 타자에 대한 상상력을 닫아 버렸을 뿐만 아니라 나치즘에 적극적으로 참여했다. 나치 제복이 멋질 수도 있다는 생각은 자신이 안전한 위치에 있기에 가능하다. 자신이 학살의 공포에 떨지 않아도 되는 위치에 있다는 전제는 다수자이기에 가능한 상상이다. 나치 제복을 멋지다고 느끼는 그 감정에 공감하고 싶지 않다. 왜냐하면 그 제복은 결코 '단순'할 수가 없기 때문이다. 예술은 늘 프로파간다이며 사회적 행위다. 단순하고 순수한 예술 표현이란 존재하지 않는다. "순수할 수 있다."라고 생각할 수 있는 그 지점과 위치를 되물어야 한다. 아돌프 아이히만은 '명령에 충실'하여 '효율적'으로 일을 진행했고, 그렇게 수많은 상상력의 차단이 홀로코스트를 가능하게 했을 것이다.

내가 하는 일, 말, 행동, 모든 것이 단순하고 순수할 수 있다는 상상 자체가 권력을 은폐한다. 모든 것이 늘 정치적인 것이다. 일본에서는 예술이 '정치적'이면 엄청난 비판에 노출된다. 천황제나 사회구조를 비판하는 일 자체가 금기이며, 예술가가 그런 일을 하려면 목숨을 걸어야 할 정도이다. 그러나 그 '정치적'인 것이 무엇인가를 판단하는 일도 이미 정치적이다.

그럼에도 그릴 수밖에 없는 충동은 도대체 무엇일까? 예술을 하려면 돈은 필수적이다. 즉, 예술은 자본주의 사회에서 쓸모없다. 돈이 되는 예술은 권력이나 자본이 인정해 주는 예술이어야만 한다. 그런 것을 거부하면서도 오직 자신만의 표현을 해 온 예술가도 있다. 그러나 예술가의 삶 역시 사회 속에서 이루어진다면 인정이나 돈과 무관할 수 없고 타인의 평가는 상관없다는 건 거짓말이다. 고흐도 자신의 그림이 팔리지 않아 불만에 빠지고 낙심했지만 그리는 것을 절대 그만두지는 않았다. 또 누스바움은 게슈타포로부터 숨어서 생활하면서 발표할 수 있을지도 모르는 그림을 계속 그렸다. 목숨에 위협을 느끼면서도 계속해서 그릴 수밖에 없는, 안 보이는 미래와 공포 속에 살면서 그리는 그림. 쓸모 없음, 생산성 없음을 긍정하는 예술. 나에게도 그러한 충동과 열정이 있을까?

수업의 일환으로 미술관에 가면 각자 자유롭게 돌아다니며 감상한 후 다 함께 차를 마시면서 선생님과 이야기를 나누었다. 그럴 때 선생님은 꼭 질문을 하나 던지셨다. "만약에 하나만 가질 수 있다면 어떤 작품을 고르겠어요?" 나는 지금도 미술관에 가면 그 질문을 떠올리면서 관람한다.

선생님과 만나서 나의 예술과 만날 수 있었고, 나에게 예술은 무엇인가 하는 문제를 항상 생각하게 되었다. 대학 시절의 배움을 통해 삶의 원칙이 생겼다. 배제와 착취의 예술에 가담하지 않으며, 자본과 권력에 저항하는 정신을 잊지 않겠다고. 나에게 '전조'를 표현할 능력이 있을지 모르겠다. 그러나 나의 예술은 은폐된 권력을 보여 주고 사람들의 가슴에 침을 놓는 '징그러운' 것이고 싶다. 아름다운 그림은 싫다. 사람들이 보고 싶지 않은 것, 뭔가 무섭지만 끌리는 힘이 있는 그림. 내가 그것을 보여 주려면 내가 그것을 봐야만 한다. 그렇기에 나는 계속해서 배워야 한다고 생각하게 되었다. 배우면 배울수록 눈을 돌리고 싶은 현실밖에 없지만 그럼에도 불구하고 나는 그림을 그리고 싶다.

삶

나는 2011년 3월 8일 서울로 어학연수를 떠났다. 3·11 지진이 일어나기 사흘 전이었다. 어학연수가 끝나고 돌아와 2년 남은 대학 생활을 보내면서 일본 사회가 계속해서 낙하하는 것을 목격하고 '안 좋은 예감'을 느끼면서 살았다. 방사능의 존재를 아무렇지 않은 듯 무감하게 대하는 주변 사람들 속에서 나만이 공포에 떨고 있다는 고독감. 슈퍼에 진열된 후쿠시마산 야채를 보면 영화나 드라마 속 디스토피아인 것만 같았고, 스트레스로 인해 매일 가위 눌리는 밤이 두려웠다. 졸업하면 꼭 탈출하겠다는 마음은 그나마 나에게 희망을 주었다. 그러나 지금 생각하면, 그것도 비장애인이고 일본 국적자이며 어느 정도 경제적인 지원을 받을 수 있는 환경이기에 가능했다. 조용한 살육은 지금도 계속되고 있다.

나의 한국어가 어느 정도 능숙해졌다고 선생님이 좋아하셨다.

그러나 '나'라는 존재가 누군가에게는 폭력적일 수도 있다고 또다시 생각한 적이 있다. 선생님과 세미나에 참여한 학생들과 함께 우토로 마을에 방문했을 때의 이야기다. 우토로 마을에 거주하는 할머니는 어릴 적 조선에서 일본으로 오셨고, 대화를 할 때는 거의 일본어를 사용하며 가끔씩 조선말을 섞어 말씀하셨다. 그러나 학교에 다니지 못해 글씨를 읽지 못한다고 말씀하셨다. 어떻게 보면 할머니는 일본어도, 한국어도 아닌 또 다른 언어를 사용하고 계신 셈이다. 내가 서울에서 배운 한국어를 쓸 수 있다고 해도 그들에게는 '그들의 언어'가 아닌 셈이다. 식민지 지배가 한 사람의 언어를 빼앗고 지금도 빼앗고 있다(사실 이러한 생각 역시 식민지주의적인 시각일 수 있어서 조심스럽다).

한번은 어떤 재일조선인 친구가 나에게 말했다. "너 같은 일본인이 제일 눈꼴사납다." 재일조선인 중에는 경제적 이유나 일본 사회의 분위기 때문에 이름이나 출신을 숨기는 경우가 많고 자신의 언어나 문화를 배우는 것조차 어려운 경우가 대부분이다. 그런데도 '일본인'인 내가 한국어를 잘한다며 '한국인'에게 칭찬을 받은 적이 있다. 정확한 발음, 정확한 문법이라는 것은 폭력을 내포하고 있는 장치이다. 재일조선인 친구들은 한국 사회에서 '한국인 되기'를 요구받거나, 한편으로는 '외국인임'을 요구받는다. 그들 중에는 어떤 사회 활동가에게 "왜 한국어를 못하냐?" 등의 말을 들은 적도 있다고 한다. 어떤 친구는 속상해하거나 분노했고 또 다른 친구는 웃으면서 넘겼다. 그런 친구들에게 나는 눈엣가시 같은 존재였다. 나는 그들의 고통과 아픔을 이해할 수 있을까?

가능하다고 하면 위선이다. 하지만 그 고통에 공감하고 함께하려고 노력할 수는 있을 것이다. 지금 서울에 거주하면서 나는 국민이 아닌 삶에 대해서 늘 생각하고 있다. 이러한 일화의 주체는 내가 아니라 그 친구들이다. 그의 경험을 내가 해석하여 이렇게 글로 쓰는 일이 그들의 목소리를 빼앗는 것이 될 수도 있다. 고민하고 더 고민하고 싶다.

사람들은 말이라는 불확실한 매체를 통해서 내 속 깊은 곳에 있는 무언가를 해석하려고 했다. 그러나 그것이 진짜 나일까? 지금의 나는 어떤 행위나 사건의 반복과 수행을 통해서 드러나는 한 순간의 나일 뿐이다. 나는 그런 나를 어떻게든 표현할 수단을 모색하기 위해 언어를 재구성하는 방식, 즉 그림이나 시라는 방법을 쓰게 되었다. 내 속에 깊이 내재한 것, 날것을 표현하고 싶은 충동이 생겼다. 선생님은 나의 날것 그대로를 괜찮다고 해주셨다. 그래서 나는 그림을 그리고 있다. 선생님은 나의 삶, 특히 나의 사고에 큰 영향을 주었다.

타인의 고통과 나의 고통은 차이가 있지만, 억압의 구조에 있어 공통점도 있기에 연대의 가능성도 있다. 피해와 가해가 복잡하고 맥락에 따라 유동적이므로 상황에 따라 내가 권력을 가질 수도 있고 억압을 받을 수도 있다. 권력은 무언가 커다란 것이 아닌 우리 속에 있다. 그렇기에 늘 경계해야 한다.

일본 사회는 식민지 지배의 책임을 다하지 않은 채, 천황제를 극복하지 못한 채, 3·11 이후의 사회를 마주하게 되었다. 도쿄 올림픽으로 3·11을 망각하며 방사능 피해를 덮어씌우고 또 다른 억압 장치를 강화한다. 모든 억압과 차별은 연결되어 있다.

코로나19 사태가 덮치자 노숙자는 생활 공간이었던 거리를 빼앗기고 있지도 않는 집에 머물 것을 강요당한다. '불법체류자'가 된 외국인들은 출입국관리소에 의해 '합법적'으로 수감되어 국가 폭력 아래 죽어 간다. 예컨대 2021년 3월 출입국관리소 수용시설에서 스리랑카 여성이 사망했지만 언론에서는 "일본을 좋아하는 죄 없는 외국인"으로 등장하는 모습에 나는 분노가 치민다. 출입국관리소는 외국인의 신체를 선별하며, 트랜스젠더 여성은 또 다른 폭력의 대상이 된다. 신체는 선별되고 또 선별된다. 노숙자 여성은 맞아 죽고, 성매매에 종사했던 외국인 여성도 살해당했다. 장애인 시설에서 생활한 이들은 '의사소통'이 안 된다는 이유로 죽임을 당했다(2016년 사가미하라 야마유리원 사건). 이러한 사건들은 한 개인의 잘못으로 간주되고 죽은 이들은 시간이 지나면 잊혀진다. 하지만 우리는 알고 있다. 이러한 심각한 증오 범죄 역시 일상생활에 스며든 억압의 연장선상에 있다는 것을.

조선반도(한반도)의 분단 현실도 이러한 역사적 맥락에서 벗어나지 않는다. 친일파 문제부터 반공주의와 빈곤 문제. 코로나19 이후 세계에서 수많은 여성/퀴어/장애인/홈리스 등 취약한 상황에 있는 사람들의 신체는 더 취약성을 띠게 되었다. 질병의 공포와 폭력에 시달리며 살고 싶다고 외치고 있다. 육식은 이미 젠더화된 권력 구조이며, 질병의 원인으로도 꼽히는 대량의 공장식 축산은 비인간 동물과 인간의 삶을 동시에 박탈하고 있다.

지금도 서서히 죽어 가는 사람과 동물이 고통 속에서 아우성치고 있다. 우리는 그 목소리를 들을 준비가 되어 있을까? 그들은 쉬지 않고 외치고 있다. 우리는 그 목소리를, 냄새를, 느낌을 기억하고 있을지도 모른다. 또는 나도 모르게 언어가 아닌, 몸이 저항의 목소리를 내고 있을지도 모른다.

사람들은 희망에 대해서 묻는다. 희망이라는 것은 없을 수도 있고 있을 수도 있다. 그런데 그 자체가 그렇게 중요한 질문은 아니다. 서경식 선생님은 루쉰의 이야기를 하시면서 희망에 대해 말씀하셨다.

생각해보니 희망이란 본시 있다고도 없다고도 할 수 없는 거였다. 이는 마치 땅 위의 길과 같은 것이다. 본시 땅 위엔 길이 없다. 걷는 이가 많아지면 거기가 곧 길이 되는 것이다.

—루쉰, 「고향」에서

절망 속에서 나는 무엇을 할 수 있을까? 고통과 절망에서 시작을 하자. 철저히 절망하자. 우선 그것부터다. 그래야 나중에 사람들이 그것을 길이라고 불러 줄지도 모른다.

하마무

일본에서 태어났다. 2011년 3·11 동일본대지진 이후 방사능 오염에서 피난을 와서 현재 서울에 거주하며 페미니즘을 공부하고 있다. 어릴 때부터 말로 표현할 수 없는 감정이 많아서 그것을 드러내는 한 방편으로 시, 영상, 그림, 사진 등의 작업을 하기 시작했다. 끊임없이 변화하는 몸에 관한 이야기에 관심을 두고 흩어진 몸의 조각을 줍는다. 페미니즘을 공부하는 사람으로서, 또 미술을 전공하지 않은 사람으로서 할 수 있는 예술 또는 표현 실천의 가능성을 모색 중이다.

유유자

안으로부터의 굴레, 밖으로부터의 굴레

서경식 선생님과는 『재일조선인은 어떤 사람?』(平凡社, 2012; 한국어판 『역사의 증인 재일조선인』, 반비, 2012)의 디자인을 맡게 된 인연으로 만났다. 역사나 예술을 그저 학문 분야로 한정하지 않고 '인간의 행위'라는 넓은 시야로 바라보게끔 가르치는 선생님은 "괜찮으면 제 강의에도 들어와 주세요."라며 사회인인 나에게 따뜻하게 말을 건넸다. "무리하실 건 없고, 오실 수 있을 때만 와도 좋아요."라고 문턱을 낮춰 주셨다. 그렇게 나는 사반세기 만에 다시 대학 강의실에 발을 들여 놓게 되었다.

선생님은 '인권과 마이너리티'와 '예술학'이라는 제목으로 강의를 진행했다. 두 수업을 들은 이후 나는 선생님 주변에 모인 해외 유학생이 포함된 다국적 세미나에도 참가하면서 지금까지 인생에서 만날 수 없었던 귀중한 동료를 얻었고 많이 배울 수 있었다. 내게는 절실한 시간이었고 행운이라고 부를 법한 경험이었다. 그 후 연구 조교로 일하게 되어 서경식 선생님이나 다른 선생님이 주관하는 다양하고 흥미로운 강의와 강연을 보조하며 청강할 기회도 가졌다. 봄에는 벚꽃이 아름답게 피어나고 가을에는 선명한 노란색으로 물든 커다란 은행나무가 하늘로 뻗어 가는 도쿄경제대학 교정을 단속적이긴 하지만 7년 정도 다닐 수 있었다.

'인권과 마이너리티' 수업에서 서경식 선생님은 '나치의 홀로코스트'와 '재일조선인' 문제를 다뤘다. 350명까지 수용 가능한 대형 강의실에서 진행되는 수업에서는 매주 배포되는 프린트 자료 이외에도, 강의실 앞쪽 커다란 스크린과 뒤쪽 곳곳에 고르게 설치된 모니터를 통해 영상 기록이 증언으로 소개됐다. 이런 자료를 통해 그 시대 정치·사회적 배경과 더불어 당시 사람들이 처해 있던 상황까지 알아 갈 수 있었다.

어느 날은 스크린 위로 속옷 차림을 한 여성 몇 명이 따분하고 무심한 듯 늘어서 있는 사진이 비쳤다. 서 있는 곳은 황량한 대지였고 제복을 입은 남성도 찍혀 있었다. 이상한 한가로움이 느껴지는 사진이었다. 여성들의 허무한 듯 보이는 표정이 유독 눈에 띄었다.

"자, 이건 어떤 사진이라고 생각하나요?" 서 선생님은 학생들에게 물었다. 사진을 보고는 있지만 아무도 대답하지 않았다. 선생님이 설명을 이어 갔다. 겉옷이 벗겨지고 몸에 걸친 소지품 전부를 빼긴 후 구덩이로 떠밀리게 될, 목숨을 잃기 바로 직전의 여성들이라고. 그들의 얼굴에 떠오른 표정은 딱히 특별해 보이진 않았다. 지금 우리가 보내는 일상과도 쉽게 연결되는 표정이었다. 당시 나치는 유대인으로 불렸던 사람 외에도 소수민족이던 집시와 나치 반대자, 포로, LGBT, 장애인, 매춘부 등을 배척했고 목숨을 빼앗았다.

어느 날은 동영상을 보았다. 이발사 한 명이 손님의 머리를 자르면서 인터뷰에 답하는 중이었다. 경쾌하게 가위를 놀리며 이야기하는 그 남자는 과연 누굴까. 학생들은 좀처럼 추측하지 못했다. 그는 나치의 지시 아래, 소각로로 던져질 죄수의 머리를 깎는 작업을 했던 이발사였다. 프랑스의 다큐멘터리 영화 〈쇼아Shoah〉의 한 장면이었다. 1985년 공개된 이 영화는 9시간 27분에 달하는 증언의 기록이다. 취재를 위해 11년이 걸렸다고 한다. 이 남자가 깎은 머리카락은 의복이나 융단 제조 회사에 팔렸다. 나치는 죄수가 지닌 물건뿐만 아니라 금니, 머리카락, 몸뚱이가 불타고 남은 재마저 비료로 이용했다고 한다. 이런 일에 관계했던 수많은 사람은 당시도, 그리고 그 이후 지금까지도 영상에 나온 남자처럼 '보통의 얼굴'로 살아가고 있다.

또 어느 날은 미래를 똑바로 응시하는 듯 반짝반짝 빛나는 눈동자를 지닌 아이들의 영상을 보았다. 나라를 잃고 일본인으로 살아야 했던 조선인이 해방을 맞아 자신의 말이나 문화를 배울 장소를 갈망하며, 이미 생활의 터전이 되어 버린 일본에서 학교를 만들었다. 그때까지 그들은 오로지 일본어밖에 배울 수 없었다. 1955년 일본에서 제작된 영화 〈조선의 아이朝鮮の子〉의 한 장면이다.

현재 일본 정부가 정한 '고교 무상화' 대상에는 국제 학교를 비롯하여 한국, 중국, 인도, 브라질 등 많은 외국계 학교도 포함되어 있다. 하지만 '조선학교'는 제외됐다. 고등학교뿐만 아니라 조선유치원 역시 '유아교육·보육 무상화'에서 배제됐다. 문부과학성이 내걸은 유아교육·보육 무상화 정책의 기본 이념에는 "모든 아이가 건강하게 성장할 수 있도록 지원한다."라는 말이 명기되어 있음에도 불구하고.

어느 날은 재일조선인 젊은이가 일본인과 똑같은, 혹은 그 이상의 노력을 한다고 해도 기업에 취직할 길이 막혀 있고, 공무원 시험을 볼 자격조차 얻을 수 없는 현실을 취재한 TV 다큐멘터리 〈힘 내라! 재일3세〉(프로듀서: 고레에다 히로카즈, 1990)를 보았다. 취직 시험에 합격했지만 일본 국적이 아니어서 취소되는 일에 과연 정당한 사유가 있는 걸까. 공무원 수험 자격조차 주어지지 않는 이유가 '국적 조항'이라고 하지만 과연 정당한 이유일까. 이러한 논리에는 '재일조선인'이라 불리는 사람이 어떤 경위로 생겨날 수밖에 없었는지를 둘러싼 역사적 관점은 고스란히 결락되어 있다.

영상 속에서는 담당자가 "상황이 상황이니까……"라든가 "이번은 아쉽지만……"라는 식으로 말하며 재일조선인을 배제한다. '보통의 얼굴'을 하고서. 이 다큐멘터리는 한 청년이 포기하지 않고 몇 년 동안 끊임없이 원서를 제출하고, 그를 지지하는 시민의 성원 속에서 끝내 공무원 시험을 치러 내는 모습을 담았다.

나는 주로 대형 강의실 맨 뒷자리에서 선생님의 강의를 들었다. 교실 뒤쪽에는 스마트폰으로 게임이나 딴짓을 하거나, 책상에 엎드려 자는 학생이 드물지 않게 보였다. 친절한 선생님은 스크린에 영상이 상영되는 동안, 교실을 천천히 걸으며 그런 학생들 한 사람 한 사람에게 부드럽게 주의를 주기도 했다. 스마트폰 화면에 빠져 있던 학생은 선생님이 옆에 다가온 것도 모르다가 갑자기 자기 앞을 내려다보는 그림자에 순간적으로 반응한다. 주의를 받고 몸을 움츠리며 겸연쩍다는 듯 일단 스마트폰을 가방에 집어넣지만, 선생님이 사라지고 나면 다시 아무렇지 않게 스마트폰을 꺼낸다. 옆 친구와 눈빛을 나누며 어깨를 들썩이고 웃는다.

바로 그 장면이 스크린 위로 비치고 있는 '증언의 기록'과 나 사이에서 존재하는 21세기의 '일상 풍경'이었다. 그 학생은 그나마 교실에 앉아 있으니 다행인 편일지도 모른다. 수업이 시작되기 전에 일단 교실에 들어와 주위를 살피다가 친구와 나란히 앉을 자리가 없다는 이유로 나가 버리는 학생도 있었다.

또 다른 수업인 '예술학'도 '인권과 마이너리티'와 마찬가지로 대형 강의실에서 열렸다. 화가의 이름은 알 수 없는 성상화에서 시작하여, 북방 르네상스를 거쳐 서서히 현대 작품으로 이어지는 강의였다. 만든 이의 이름 같은 것은 필요하지 않았던 예술작품에서 차차 작가라는 개인이 등장한다. 선생님은 종교나 국가를 위해 존재했던 예술부터 개인이 느끼는 갈등 자체가 표현된 작품에 이르기까지 시대 배경과 여러 에피소드를 곁들여 가며 소개했다. 얀 반 에이크, 피터르 브뤼헐, 히에로니무스 보스, 카라바조, 프란시스코 고야, 에밀 놀데, 빈센트 반 고흐, 케테 콜비츠, 오토 딕스, 펠릭스 누스바움, 그리고 일본 화가 아이 미쓰와 하마다 지메…….

서 선생님은 작품을 소개할 때, 늘 미리 설명하지 않는다. 작품을 스크린에 띄우고는 학생에게 먼저 묻는다. "이 작품을 보고 여러분은 무엇을 느꼈나요?" 넓은 강의실 뒤쪽 자리에서 딴짓을 하는 학생에게도 그때만큼은 교실의 공기가 '순간적'으로 바뀌는 것이 전해지는 듯하다. 시선을 떨구고 있던 학생이 문득 머리를 들고 눈망울을 굴린다. 하지만 많은 학생은 지목당하지 않으려고 이내 시선을 떨구고, 조용히 숨을 삼킨다. 선생님은 마이크를 들고 넓은 강의실을 천천히 돌아다니며 "당신은 어떻게 생각합니까?" "괜찮다면 이야기해 주지 않을래요?"라고 학생에게 마이크를 건넨다.

평소 '모두 똑같아지는' 것이 편하고 좋다고 생각하며, 자신만이 특별하게 여겨질까 봐 부담을 느끼는 일본 특유의 '동조 압력'이 강하게 뿌리내린 학생들. 특히 학기 초에는 선생님이 마이크를 가져다 대면, 강의실 분위기는 얼어붙고 학생 대부분이 움츠러든다. 당혹스럽다는 듯 겨우 한마디만 하는 학생이 있는가 하면, 생각하고 있던 말을 실없이 쏟아내지만 (자신의 말에 책임을 지지는 못하겠다는 듯) 멋쩍게 웃으며 얼버무리는 학생도 있다. 자기에게 시선이 쏟아지는 것이 꽤 힘든 일인지, 수업이 끝나고 선생에게 찾아와 마이크를 건네지 말았으면 좋겠다고 눈물을 흘린 학생도 있었다고 들었다.

"당신은 어떻게 생각합니까?"라며 자신에게 마이크가 향할 때 자신을 응시하는 타자의 시선이 무서웠는지도 모른다. 아니면 지금까지 자기도 스스로의 마음을 샅샅이 살필 기회를 가지지 못하고 살아왔기 때문일지도. 그래서 무엇을 생각하고 무엇을 느끼는지를 자기 스스로도 잘 알지 못하는 학생도 있을 것이다. 지금껏 '나는 어떻게 생각하는가?'보다 그저 남과 비슷해지기를 한결같이 바라 왔던 탓이다.

남과 같아지기 위해서는 자기와 타자의 경계는 필요 없다. 그때그때 현장의 공기에 '동조'하는 일에 익숙해지면 그만이다. 그때그때 현장의 분위기가 자신에게 무엇을 요구하는가를 잘 파악하는 힘을 가진 사람이 높은 평가를 받는다. 그리고 어떤 때는 타자에게 동조하고, 또 어떤 때는 타자의 위세를 빌려 온다. 그런 식으로 잘 처신할 수 있으면 자신을 바라보는 일 따위는 하지 않아도 그만이다. 그렇게 다수의 흐름에 몸을 맡겨 눈에 띄지 않는 것이 평온하게 잘 살아가는 기술이다. 그런데 서 선생님은 "당신은 어떻게 생각합니까?"라며 여러 사람 앞에서 마이크를 들이민다. 그리고 힘겹게 겨우 돌아오는 대답에 선생님은 "그건 무엇 때문입니까?"라고 되묻는다.

교실 안에 흐르는 공기 속에서 대답을 찾으려는 학생도, 자기는 아무리 생각해도 예술이 무언지 모르겠다고 대답하는 학생도 적지 않다(사회인 청강생이 특히 그렇다). 작가나 작품에 대한 지식이 부족함을 그저 부끄러워하는 사람도 있다(이 역시 사회인에게서 적지 않게 보이는 경향이다). 하지만 선생님은 "예술을 느끼는 일에 지식은 필요 없습니다."라고 말하며 "당신은 어떻게 느낍니까?"라고 반복해서 묻는다.

수업이 거듭되다 보면 자신의 감상을 차분히 말하는 학생이 늘어 간다. 말해도 괜찮다는 확신을 얻었나 싶기도 하다. 평소 사는 게 버겁다고 느꼈거나, 사회의 분위기에 휩쓸리지 않고 멈춰 서서 자신의 속마음을 향해 솔직히 묻고 싶다는 생각을 했던 학생은 수업에 열심히 참여한다. 선생님의 수업이 계기가 되어 물 만난 고기처럼 자신감을 찾아 가는 학생도 보았다. 그들은 그동안 겪어 온 경험을 되돌아보고 자신의 이야기를 풀어놓는다. 매번 수업이 끝나면 제출하게 되어 있는 감상 리포트에는 한두 줄만 겨우 채우는 학생이 많지만, 한 장 가득, 또는 뒷면까지 감상을 빽빽하게 적어 내는 경우도 있었다. 친구에게 할 수 없는 이야기를 선생님께라면 말할 수 있다며 수업 시간 이외에도 개인적으로 대화를 나누러 오는 학생도 매년 보았다.

'인권과 마이너리티'와 '예술학', 서 선생님이 담당한 각각의 강의는 하나로 이어져 있었다고 생각된다. 어떤 강의라도 다수자가 만들어 내는 공기와, 거기에 담기지 못하고 누락된, 또는 그 공기에서 배제된 사람을 수업의 재료로 삼았다. 강의 중에는 "당신은 어떻게 생각합니까?"라고 질문함으로써 "대체 '당신'은 누구인가?" "지금 '당신'은 어디에 서 있는가?"를 묻고 '당신' 스스로를 똑바로 바라보고 '당신이 속한 사회'를 제대로 응시하라고 학생에게 말을 건넸던 것이다. 이는 공기에 휩쓸림 없이, 그 공기를 자아내는 사회를 똑바로 응시하며 그런 사회 속에서 자기 힘으로 생각하고 행동하라고 이끄는 권유다.

대학이라는 직장에서 선생님의 마지막 1년은 코로나19 사태 때문에 평소처럼 대면 수업이 이루어지지 않았다. 대형 강의실에서 함께 모여 강의를 듣는 방법이 아니라, 어쩌면 1대 1이라고도 말할 수 있을 원격 수업에서 학생들은 무엇을 배웠을까.

도쿄경제대학에서는 매년 연말, 퇴직하는 교수가 동료 앞에서 강연을 할 기회를 준다. 선생님은 21년 동안 근무했던 대학의 동료 앞에서도 첫머리에 자신이 마이너리티라는 사실을 알기 쉬운 말로 이야기했다. 그러고는 예전 어느 시민단체로부터 강연 의뢰를 받았을 때 하지 못했던 주제를 선택하여 본 강연을 시작했다. 함께 일했던 대학의 동료라면 전달될 수 있을까 하는 마음에서 선택한 내용, 바로 음악가 아놀드 쇤베르크와 화가 바실리 칸딘스키 사이에서 있었던 '어긋남'의 이야기였다.

제1차 세계대전부터 제2차 세계대전 사이에 작품을 통해 서로 공감하고 깊은 친교를 맺었던 두 예술가. 유대계였던 쇤베르크는 나치가 대두하는 사회에서 오히려 유대인이라는 강한 자의식을 가졌다고 한다. 예술가로서 쇤베르크를 존경했던 칸딘스키는 그의 예술을 높이 평가하고 깊이 공감했다. 하지만 유대인을 핍박하던 사회 분위기에 관해서는 무관심하다고, 그래도 나는 그런 이유로 당신을 차별하지는 않겠다고 이야기했다. 그때 쇤베르크는 "칸딘스키! 당신이 관심 없노라고 말한 것은 사회 분위기에 동조하고 있는 일이나 다름없소. 그게 무엇을 의미하는지 당신조차 알지 못하는 거요?"라며 칸딘스키의 태도를 지적했다. 그러고는 인연을 끊었다고 한다.

코로나의 여파로 강연장을 찾은 인원은 꽤 제한되었지만, 선생님은 그날도 청중으로 모인 대학 동료의 감상을 물었다. 아무도 손을 들지 않았다. 서 선생님이 지명하여 마이크를 쥔 몇 명의 동료는 모두 조금은 곤혹스러운 모습으로, 선생이 이야기했던 주제에 관해서는 거의 언급하지 않고 그저 선생님이 대학에서 남긴 공적을 기리며 감사의 말을 전했을 따름이었다. 마지막 한 사람만이 대학에서 만난 서경식이라는 존재로부터 자신이 지금까지 받았던 영향을 진지하게 언급했다.

한편 학생을 대상으로 한 고별 강연도 예정되었지만 코로나로 인해 성사되지 못하자 많은 사람들이 아쉬워했다. 체념하고 있었는데, 선생님의 동료 교수 중 몇몇이 힘을 모아 온라인을 겸해 대면으로도 퇴임 기념 고별 강의를 준비했다. 학기가 끝나기 바로 며칠 전의 일이었다. 강연장으로 직접 참가하는 인원을 줄이기 위해 공지조차 제한했지만 재학생과 졸업생 및 대학 관계자 중에서 출석을 희망하는 자가 예상을 훌쩍 뛰어넘어 예정된 장소보다 넓은 강의실로 변경했다. 최종 강의로 '예술학'을 택한 선생은 '인문 교육으로서의 예술학'이라는 제목으로 자신과 미술과의 만남이 어떻게 시작되었는지 지금까지 걸어온 발자취를 더듬어 가며 열과 성의를 다해 전했다.

강의가 끝나고 마련된 질의 응답 시간에는 강연장 여기저기서 재학생과 졸업생이 질세라 손을 들고 릴레이 경주에서 배턴을 주고받듯 마이크를 이어받았다. 누구나 힘차고 또렷한 목소리로 생생하게 이야기하는 모습에서 무척 강렬한 인상을 받았다.

연구 조교를 맡았던 기간을 포함해 도쿄경제대학을 오갔던 7년 동안 나는 될 수 있으면 선생님의 외부 강연에도 참석하려고 애썼다. 시민단체의 요청으로 강연을 할 때 선생님은 반드시 재일조선인이라는 자신의 출신을 알기 쉽게 먼저 설명했다. 소수자에게는 자신을 설명할 책임이 항상, 그리고 끊임없이 부과된다고 말할 수 있다. 일본의 청중은 한국보다 더 연령대가 높아서 선생님과 동세대나 그 이상인 분도 많다. 강연이 끝나고 청중으로부터 "좋은 깨달음을 얻었습니다. 앞으로도 좋은 말씀 많이 해 주세요."라는 감사 인사나 "조금이라도 이 세상을 바꾸고자 한다면 어떻게 하면 좋을까요?"라는 목소리를 몇 번이나 들었다.

하지만 강연장을 찾은 많은 이가 당연하게 누리는 권리를 온전히 가지지 못했다는 점에서 서경식 선생님은 그들보다 사회적 약자이다.

선생님은 항상 "저는 50년 동안 한결같은 이야기를 하고 있습니다."라고 말했다. 그리고 "이런 이야기가 필요 없어질 시대는 언제쯤 오게 될까요?"라고도.

선생님이 마음껏 '새로운' 이야기를 할 수 있는 시대가 오기를 간절히 바란다. 그런 세상에서는 사람들이 모두 '공기'의 지배에서 해방되어, 자기와 타자가 허물없이 이야기를 나눌 수 있으리라. 버려지고 내동댕이쳐진 약자가 더 이상 없을 것이다.

유유자

재일조선인 3세, 그래픽 디자이너. 조부모 네 명 모두 경상북도 출신. 도쿄에 거주하고 가족으로는 남편과 아들, 딸이 있다.

리행리

만남을 통해 확장된 질문

닿게 할 방도가 없는 목소리를, 들을 이조차 없는 곳에서 간신히 내뱉으려 할 때 생기는 물속으로 머리가 처박혀진 듯한 고통. 그 아픔을 상상할 수 있는 사람이 얼마나 있을까.

창조적 행위

서경식 선생님의 글과 처음 만난 때는 내가 아직 일본식 이름을 사용하던 고등학교 2학년 무렵이었다. 일본인 아버지는 재일조선인[i] 2세인 어머니와의 결혼을 부모에게 허락받지 못하리라는 생각에 어머니를 일본 호적에 올리지 않았다.

i 나는 조선민족/한민족 전체를 지칭하는 용어로 '조선인'을 사용한다. 일본어권에서는 때때로 '조센(조선)'이라는 말만으로 차별의 뉘앙스를 띠는 경우가 있지만 일부러 '조선인'을 자칭하여 의미를 환기하려는 시도의 일환이다.

'우리말'도 하지 못하고 친척도 '거의 일본인'이 대부분이었던 나는 국적이 한국이라는 사실에 위화감을 느낄 수밖에 없었다. 어머니의 친구 집에 얹혀 살았기 때문에 '홈리스'라고 놀림을 받았던 오빠는 구직 활동을 앞두고 형제 모두가 일본 국적을 취득하게끔 서둘렀다. 일본에서 나고 자란 우리가 조금이라도 나은 환경에서 생활하기 위해서 귀화는 당연한 선택지였다. 마침 당시 학교에 계셨던 동포 교사 고화정 선생님께 귀화를 상담하러 찾아갔더니 『분단을 살다(分断を生きる)』라는 책을 빌려주셨다.
이 책에 실린 글 「재일조선인의 위기와 기로에 놓인 민족관」에서 서경식 선생님은 식민지 지배와 냉전으로 생겨난 분단 상황과, 조선 민족이 전 세계적 규모로 흩어져서 발생한 문제가 극복되지 않는 한, 진정한 탈식민지화는 불가능하다고 썼다. 그리고 다음과 같이 말했다.

> 재일조선인 대다수는 현재 일본어를 모어로 사용하고 '일본국'이라는 영역 안에서 생활하며, 경제 활동 역시 일본의 국민경제권에 구석구석 포섭되어 있다. (……) 재일조선인은 조선인이라는 민족으로서의 자격을 주장하면 할수록, 자기 자신은 그 '민족'의 틀에서 분리되고 마는 모순으로 찢겨 있는 셈이다.ii

'우리말'과 '우리 역사'도 알지 못하고, 한국에 친척도 없었기에 '민족으로서의 자격'도, 흔적도 희미했던 나 같은 존재가 '재일조선인의 대다수'라고 말해 주는 서경식 선생님의 서술에서 어쩐지 관대함이 느껴져 숨통이 트이는 것 같았다.

지금까지 '민족'은 영토, 언어, 문화라는 어떤 고정적인 '민족' 관념을 전제로 했고, 이를 어떤 '자격'처럼 말하는 사고방식에 얽매여 있었다. 제국주의와 식민지주의로 인해 본래 속해야만 할 공동체에서 분리되어 버린 경험은 제3세계 사람들이 가진 보편적인 공통점이라고 선생님은 말했다. 재일조선인 같은 존재가 전 세계에 살고 있으며, 나 혼자만이 아니라는 말에 시야가 확 열리는 듯한 느낌이 들었다. 바꿔 말하자면 일본의 한쪽 구석에서 끝나 버리지 않는, 나 자신과 세계를 이어 주는 만남이었다.

재일조선인의 체험은 '조선인' 전체가 지닌 역사적 경험을 이루는 중요한 한 부분이다. 재일조선인이 스스로 경험한 차별이나 소외의 원인을 깊이 파악하고, 여기에 저항하며 자기를 표명해 나간다면, 그러한 투쟁은 탈식민화와 분단 극복이라는 과정 속에서 투쟁해 왔던 '본국'이나 다른 지역의 동포들과 서로 연결될 것이다.[iii]

조선 민족의 역사로부터 뿌리째 뽑혀 나간 이산자의 경험이

ii 徐京植, 『分断を生きる』(影書房, 1997), 113쪽 ; 『난민과 국민 사이』, 141쪽. 이 글은 「'재일조선인'의 위기와 기로에 놓인 민족관」이라는 제목으로 『역사비평』 통권 35(1996년 여름호, 역사비평사)에 처음 게재되었고, 『난민과 국민 사이』(돌베개, 2006)에 「새로운 민족관을 찾아서」라는 제목으로 재수록되었다. 발표 지면과 판본에 따라 표현에 다소 차이가 있으므로 이 책에서는 필자가 인용한 일본어판 출처에 따라 필요한 경우 새로 번역하고 국내판에 해당하는 페이지를 함께 기재했다.

iii 『分断を生きる』, 115쪽 ; 『난민과 국민 사이』, 142쪽.

존재한다는 사실. 헤이트 스피치가 만연하고 한국적·조선적을 가진 자는 집을 구하는 일에도 일자리를 얻을 때도 가혹한 조건이 따라붙는 일본 사회. 이러한 차별과 소외의 모습 뒤편에는 경찰과 법무 행정 같은 국가 기구뿐만 아니라 일반 시민에게까지 침투한 구조적인 식민지주의가 가로놓여 있다. 일본의 위정자는 점점 더 역사수정주의를 공언할 뿐만 아니라, 일본군 위안부 생존자의 인간성을 끊임없이 짓밟고 있다. 타자의 존엄을 부정함으로써 인간성을 파괴하는 일에 힘을 쏟는 사회가 어디로 향해 갈지 알 수 없다.

서경식 선생님이 주장하는 새로운 민족관과 만남으로써 나는 차별과 소외의 원인에 대해, 그리고 이에 맞서는 저항에 대해 깊이 생각하게 되었다. 일본인인 내 할아버지는 아시아태평양전쟁에서 일본이 베트남을 침략했을 때 참전하여 등에 포탄을 맞은 커다란 상처가 남아 있다. 세대 간에 연쇄적으로 일어났던 가정폭력, 그리고 조선인이었던 어머니가 느꼈을 고뇌. 혈통주의적인 '민족'만을 축으로 세워 말한다면 거기서 또다시 누락될 수밖에 없었던 이 같은 경험 또한 제국주의가 만들어 낸 역사의 소산이라고 말할 수 있다. 내가 대학에 갈 수 있었던 경제적 기반에는 침략자의 자취가 남아 있다는 사실, 식민지 출신자로서 겪은 분열을 단순화하거나 망각하지 않는 삶의 방식이 가능하다는 점을 서경식 선생님의 글을 통해 배웠다.

그리고 순혈주의 같은 "고정관념에서 스스로를 해방하고 (……) 이를 대신하는 우리 스스로의 생생한 민족관을 제대로 만들어

내야만 한다."[iv] 라는 언급은 정체성을 확정하지 않고 언제나 새로운 '공동성'을 드러내 주는 창조적인 행위로서 읽을 수 있었다. 지금껏 차별을 당하는 것이 두려워 출신을 숨겨 왔던 나 역시 민족에 대한 고정관념을 전제로 삼아 일본민족중심주의를 강화해 왔던 것은 아닐까. 서경식 선생님의 글을 읽으니 그런 생각이 나 자신을 아프게 찔러 들어왔다.

『디아스포라 기행』에는 다음과 같은 구절이 있다.

> 조선말도 조선 문화도 모르고 자라나, 자신이 조선인이라는 점을 실감한 적도 없는 재일조선인 2, 3세 중에는, 그래도 '조선 사람'임을 받아들이며 살아가고자 하는 이들이 있다. 민족의식이나 애국심이 강하기 때문이 아니라 스스로의 존엄을 주장하기 위한 반항이다. 그 길은 쉬운 것이 아니다.[v]

애국심이나 민족에 대한 집착이 강하기 때문에 조선인이라는 사실을 표명하는 것이 아니라 스스로의 존엄을 지키기 위해서 표명한다고. 이 말은 내게 어떤 일을 떠오르게 한다. 어머니가 인쇄공장에서 일했을 때, 같이 근무하던 A 씨가 또 다른 동료 B 씨를 험담할 요량으로 어머니에게 "B 씨는 조선인 같아요."라고 수군거렸다고 한다. 어머니도 B 씨도 통칭명(정식 이름은 아니지만

iv 『分断を生きる』, 115쪽 ; 『난민과 국민 사이』, 142쪽.

v 『디아스포라 기행』, 179쪽.

외국 국적인 사람이 일본에서 사용하는 이름)으로 근무했기 때문에, A 씨는 어머니도 조선인이라는 사실을 알지 못했다. 어머니는 그에게 동조하지 않고 입을 다물었다. 집에 돌아와 그 이야기를 나에게 전하며 어머니는 "조선인이 뭐가 나쁘니?"라고 말했다. 어머니의 그 말이 『디아스포라 기행』의 서술과 맞물리며 떠올랐다. 그때 어머니는 자신의 마음을, 존엄을 지키는 것이 가능했었구나, 라고. 이 일이 결정적인 계기가 되어 나도 '본명 선언'을 해야겠다는 생각에까지 이르게 되었다.

문제의 현재성

'인간' 서경식을 처음 만난 곳은 'NPO 전야前夜'에서 주최한 이진우에 관한 강연회에서였다. 1958년 일본인 여성 두 명을 살해한 용의자로 체포된 재일조선인 청년의 이야기다. 이진우는 물적 증거도 없는 상태에서 자백을 강요당했다. 이 사건은 조선인 부락 출신인 수상쩍은 '괴물'이 저지른 범죄라는 스토리로 음산하게 표상되었다. 결국 석 달이 채 못 되는 심리 기간을 통해 사형이 확정되고, 신속하게 집행됐다. 이후 「괴물의 그림자: 고마쓰가와 사건과 표상의 폭력」이라는 제목으로 발표된 서경식 선생의 글은 억울한 죄명인가 아닌가에 대한 검증을 넘어, 사건의 배후에 어떤 사회적 배경이 자리하고 있는지를 묻는 질문으로 관철되었다. 무엇이 이진우를 용의자로 몰아갔는지 그가 나고 자란 환경과 직접 썼던 편지를 통해 분석했을 뿐만 아니라, 그를 바라보는 일본 사회의 시각까지 파고들었다.

'고마쓰가와 사건'이라는 표상은 1950년대부터 1960년대에 이르기까지 정치적으로 매우 큰 효과를 지녔다. 그 뒤로 그 기억은 억압되어 이제 새삼스레 이 사건을 문제 삼는 사람은 거의 없다. 그러나 '조선인'이라는 '괴물'의 어렴풋한 모습은 그 표상이 어떻게 만들어지고 어떤 효과를 지녔는지에 대한 기억이 상실된 채, 사람들 심리 밑바닥에 응어리져 맺혀 있다가 불쑥 끈끈하게 되살아난다. 그리고 까닭 모를 두려움 같은 감정으로 계속 남는다.[vi]

재일조선인이 처해 왔던 환경이나 일본 사회에서 일탈할 수밖에 없는 이유로 시선을 돌리지 않는다면 이들은 그저 괘씸하고 사형 받아 마땅할 존재가 된다. 인터넷 공간을 비롯해 재일조선인을 '범죄자'나 '잠재적으로 불법을 저지를 수 있는 자'로 표상하는 담론은 지금까지도 끊이지 않고 모습을 드러낸다.[vii] 사회의 울타리 밖에 놓인 아웃사이더가 왜 범죄 주변에 존재하는가. 이진우라는

vi 徐京植, 「怪物の影 : 「小松川事件」と表象の暴力」, 『植民地主義の暴力』(古文研, 2010), 59쪽. 이 글은 『継続する植民地主義 -ジェンダー／民族／人種／階級』(青弓社, 2005)에 처음 수록되었고, 국내에서는 『난민과 국민 사이』에 「괴물의 그림자 : 고마쓰가와 사건과 식민주의의 표상」이라는 제목으로 번역되었다.

vii 2020년 8월에도 NHK히로시마 방송국의 기획 '1945 히로시마 타임라인'의 트위터 계정에 차별 표현이 반복적으로 게시됐다. 이곳에서는 어느 피폭자가 2009년에 출판했던 수기에 근거해 조선인이 열차에서 "승객을 창 밖으로 집어 던졌다."라는 식의 이야기가 사실 검증도 없이 확산됐다.

한 인간과 마주하여 그 마음의 벽 안쪽 깊은 곳까지 뒤흔드는 듯한 문체로 육박해 가는 서경식 선생의 예민한 감성과, 정교한 이야기 방식에 압도당했다.

그리고 나는 2006년 도쿄경제대학에 입학했고, 서경식 선생님의 수업이나 그가 꾸리는 독서 모임에 참가했다. 졸업 후에는 다른 대학원에 진학하여 일본에서 '외국인 범죄'를 표상하는 단서인 재일조선인이 만드는 '밀주密酒' 문제를 연구 테마로 정한 이유도, 여성사에 대한 관심과 더불어 앞서 말한 서 선생님의 관점에 이끌렸기 때문이었다.

패전 후 일본에서는 조세 수입을 확보하고 식량난을 해소하기 위해 '밀주' 단속이 강화되었지만, 객관적 증거도 없이 인종에 근거한 프로파일링을 통해 조선인 부락을 수색 대상으로 삼았다. 이런 사건이 언론 보도를 비롯하여 공적 담론에도 영향을 미쳤고, 패전 후 일본에서는 특정 민족과 범죄를 결부시키는 프로세스가 형성되었다. 여성을 포함한 많은 재일조선인이 수색을 방해하는 형태로 단속에 저항했다. 식민 지배를 행하던 옛 제국이었던 일본이 현재의 재일조선인을 겨냥하여 새로운 조세 수탈과 주조 통제, 경찰 폭력을 사용한 '규율화'를 도모했을 때 이들은 반항하는 신체로서 직접 행동을 펼쳤다.

서경식 선생님의 집필 활동은 재일조선인의 저항을 세계사의 과제로 자리매김하려는 의미를 가지며 다음의 두 가지 인식에 기반하고 있다.

첫 번째는 앞서 말했던 대로, 제국주의와 식민지 지배는

지구상의 무수히 많은 사람을 본래 속해야 할 공동체로부터 강제로 뜯어내듯 분리해 버렸다는 시대 인식이다.

두 번째로 제3세계에서 전개되고 있는 탈식민지와 분단 극복을 추구하는 목소리와 함께, 이에 대한 반발로서 배외주의가 발호하는 상황은 옛 종주국과 제국에서 공통적으로 일어나는 현상이라는 인식이다. 2001년 더반 회의는 식민지와 제3세계의 대표가 가해국의 부정과 책임을 추궁하고 평화적으로 배상을 요구한 장이었지만, 미국과 이스라엘이 회의 자리를 떠나면서 결론을 맺지 못했고 그 후 9·11이 일어났다. 2000년대 일본에서 '북한 때리기'와 재일조선인 단속이 속출한 상황도 이 같은 세계 정세와 연동한다.

이런 상황 아래 있는 지금이야말로 서경식 선생님의 질문은 더욱 유효하다.

1990년대 이후 일본에서 다문화공생이 강조되었다고 하지만 그 후로도 한국적·조선적을 가진 이의 불안정 고용률은 여전히 높으며 입주 차별이나 직장 내 인종 차별 사례도 끊이질 않는다. 예컨대 후지주택의 회장이 주도하여 회사 내에 혐오와 역사 왜곡 내용이 포함된 문서를 배포한 사건이 일어났다. 파트타임 종업원이던 재일한국인 여성이 소송을 제기했고 공방 끝에 승리해 손해배상을 받게 되었다. 이처럼 일본의 기업 문화나 공적 공간에서는 차별적인 의도가 의식되지 않은 채, 사회적인 배제가 이루어지고 있다. 그 결과, 많은 재일조선인은 안정된 직장이나 경제적 성공과는 멀어질 수밖에 없었다. 이들은 헤이트 스피치 같은 명시적인 차별보다 암묵적으로 축적된 차별이 횡행하는 일본 사회에서 살아가고 있다.

일찍부터 서경식 선생님은 "패전 후 일본은 상징천황제나 전후 책임 부인 같은 '기정사실'을 겹겹이 쌓아 올리며 성립해 오지는 않았나?"라는 문제를 제기한 바 있다. 그리고 기정사실이 공고해진 이후를 살아가는 많은 젊은 재일조선인이 겪는 고통은 이루 말할 수 없이 힘에 겨울 것이라고 말을 건네 줬다. 식민지주의와 천황제, 국민주의가 당연하다는 듯 강화되는 일본에서 일본어를 통해 이를 문제시 삼는 논자는 점점 줄어들고 있다. '자기 보신' 때문인지 많은 논자가 천황의 전쟁 책임과 일본의 식민지 지배 책임에 대해서 침묵한다. 이러한 외면이 역사적으로 일어난 불의에 관한 인식을 왜곡하고 헤이트 스피치와 배외주의를 허용케 한다고 말할 수 있다.

이런 일본에서 서경식 선생님은 용기 있고도 드문 존재다. 식민지 지배의 역사를 극복하는 일은 단지 마이너리티를 구제하기 위해서가 아니다. 일본인 다수자가 국가나 자본이 초래하는 소외와 착취, 폭력을 제대로 응시하고, 사회구조의 속박에서 풀려나기 위한 행위라고도 말할 수 있다. 또한 그 변혁의 실마리를 얻기 위해서는 한국 민주화투쟁의 역사나 여러 시민운동, 각국에서 동시대적으로 일어나는 미투 운동, 장애인 운동과 환경운동으로부터도 배워야 할 것이 많다. 이 모두가 차별과 폭력을 초래했던 근대 자본주의의 왜곡을 원인으로 공유하고 있기 때문이다.

나는 서경식 선생님이 제기한 문제를 통해 가부장제, 우생주의, 환경 파괴에 기반을 둔 제국적 생활양식에까지 근원적인 질문을 던지면서 새로운 탈식민지와 반차별의 논리를 만들어 나가고 싶다. 왜냐하면 『99% 페미니즘 선언』이 지적하는 대로, 인종적 폭력도 젠더 폭력도 단순히 혼란스런 질서에서 비롯되었다기보다, 구조 속에 편입된 조건이기 때문이다. 민족 차별에 반대하는 태도는 성차별에 반대하는 행위로 이어짐으로써 비로소 철저해지고 급진적일 수 있다. 또한 사회 질서에 심각하게 뿌리내린 이 같은 폭력을 이해하고 시정하려고 한다면 경제적 폭력, 시장과 경찰이 결부된 국가 폭력, 입국 관리 체제와 제국주의적 군대가 자행하는 국경을 뛰어넘는 폭력, 환경적 폭력까지 집어삼킨 근대 자본주의를 향한 총체적 비평이 더욱더 요구되기 때문이다.

나는 서경식 선생님과의 만남을 계기로 어머니나 내 자신의 경험이 조선인일 뿐만 아니라 여성이라는 이유로 겪는 고뇌라는 점을 뼈저리게 깨달았기에 일본의 인종주의적인 가부장제에도 의문을 제기해 나가고 싶다. 일본군 '위안부'나 기업 '위안소'의 역사가 말해 주듯 일본의 식민주의는 본래적으로 가부장제적 폭력을 포함해 왔기 때문이다.

반식민주의를 지향하는 재일조선인의 소모임 속에서도 성차별과 성희롱 때문에 그곳을 떠나는 사람들을 몇이나 봤다. 식민주의뿐만 아니라 성에 기반하여 이루어지는 다른 처우나 무시 또한 "타자를 계통적으로 부정"(프란츠 파농)하는 일이다. 재일조선인을 둘러싼 담론을 심화해 나가는 데 있어서는 재일조선인 내부에서 발생하는 차이, 복합 차별, 교차성의 시점이 필요하다.

마지막으로 식민지주의와 분단을 극복하려는 시도에는 사회에서 내버려진 사람들을 향한 끊임없는 상상력이 필요하다. 2021년 3월에는 일본에 난민 신청을 했던 위시마 라트나야케라는 스리랑카 여성이 출입국 관리 시설에서 적절한 치료를 받지 못해 사망한 사건이 일어났다. 파트너로부터 받은 가정 폭력을 피하고자 도움을 청했지만 그 가냘픈 목소리조차 묵살당했다. 이주자가 처한 가혹한 노동환경은 개선될 여지가 없으며, 행방불명자가 증가하고 출입국관리소 수용과 본국 송환이 끊이질 않고 있는 지금 일본에서 디아스포라가 처한 괴로운 처지는 조선인 강제 연행이나 강제 소환의 역사와 연속성을 보인다. 식민지 지배를 당한 역사의 증인으로서, 이민과 난민을 향한 차별과 배외주의까지 문제 삼는 근원적이고도 보편적인 비평이 요구되는 상황이다. 이민자와 난민을 사회적으로 "살아갈 가치가 없다."고 취급하는 자의적인 법 제정으로 수많은 디아스포라가 입국 관리나 배외적인 법 집행 제도에 구속된다. 뿐만 아니라, 그러한 폭력과 수용의 기술은 사회 전체로 파급되어 간다. 일본이건 한국이건, 이주자를 향한 배외주의를 방치하면 이와 잇닿아 '내국인' 사이에서도 서열화와 선별이 진행되어 모든 사람들의 생존이 위협받게 될 것이다.

리행리

도쿄경제대학의 서경식 세미나에서 공부한 뒤 히토쓰바시대학 대학원에서 재일조선인 생활사('밀주'-탁주투쟁)에 대해 연구하고 박사학위를 받았다. 논문으로 「탈식민지와 재일조선인여성들의 교란」, 『젠더사학』 13(2017)이 있다.

5

죽어가는 증인들의 경고에 귀를 기울이고, 모든 불길한 징조에 최대한 민감하게 반응해 방죽이 무너지는 것을 막지 못하는 한, 홍수는 반드시 일어날 것이다. 그렇게 생각하는 쪽이 이치에 맞는다.

— 『시대의 증언자 쁘리모 레비를 찾아서』(1996), 287쪽

박태근

이름을 전하는 사람

1

서경식에 대해 써야 하는데 나부터 소개해야 하는 상황이 당황스럽긴 하나, 그러지 않고서는 내가 이 글을 쓰는 이유를 설명할 수도 납득시킬 수도 없을 듯하다. 나는 2010년대 10여 년 동안 온라인 서점 알라딘에서 인문사회 분야 담당자로 일했다. 한국의 인문사회 분야 독자를 다 모아도 수효가 크지 않을 텐데 그중 상당수가 유난히 이 서점을 찾았고, 그러다 보니 유독 알라딘에서 주목을 받고 호응을 얻는 해당 분야 저자가 여럿 있었다. 그 가운데 한 명이 서경식이고, 다른 저자들은 서경식을 찾아 읽는 이들일 가능성이 높다(물론 반대 방향의 관심과 독서도 성립할 거라 짐작한다. 또한 이 책 역시 알라딘에서 가장 많은 독자를 만날 거라 확신한다).

서점은 책을 파는 곳이니 독자가 반기는 저자 그리고 그 저자의 책은 언제든 환영이다. 나 역시 그러한 책 가운데 여럿을 가장 눈에 띄는 자리에 소개 글과 함께 올렸다. 그중 한 권이 『디아스포라의 눈』인데 내가 이 자리에 초대받은 이유라 생각한다. 그때 쓴 소개 글 때문은 아닐 테지만 혹시나 싶어 찾아보니 글의 제목은 「경계에서 띄운 따스한 연대의 시선」이고, 첫 문장은 “서경식, 그와 그의 가족이 겪은 삶은 그 자체로 하나의 지표다.”였다. 그런데 글 뒷부분에서 뜬금없이 “실례가 아니라면 볼을 꼬집어 주고 싶을 정도다.”라며 만난 적도 없는 이에게 실례를 저지르고 말았다. 찾아보기 전에는 이런 문장이 있었는지도 기억나지 않았으니 이 글 때문은 아닌 게 확실하지만, 인연은 분명 이 책에서 시작되었다.

출간 즈음 한국을 찾은 서경식은 책을 알리고 이야기를 나누는 기회로 인터뷰를 진행했는데, 귀한 시간 함께 대화를 나누는 행운이 나에게도 찾아왔다. 인터뷰를 충만하게 마친 다음 날 저녁에는 출간 기념 강연이 진행되었고, 볼을 꼬집어 주기는커녕 만질 수도 없겠지만 볼을 한 번 더 볼 수는 있겠다는 생각으로 그곳을 찾았다. 그런데 볼과는 비교도 할 수 없는 일이 일어났다. 나에게 이름이 생긴 것이다. 당시 그 책의 편집자였던, 지금은 (역시 서경식의 책을 펴낸) 나무연필 출판사의 대표를 맡고 있는 임윤희는 그날을 이렇게 기록한다.

이미 알고 계신 분들도 있는 이야기겠지만, ‘바갈라딘’이라는 이름은 서경식 선생님이 얼떨결에 지어 주셨습니다. 출판사를 운영하기 전에 서경식 선생님 책을 펴낸 적이 있어요. 정동의 프란치스코 교육회관에서였던 걸로 기억하는데, 선생님과 바갈라딘,

그리고 제가 함께 엘리베이터를 탔던 것 같습니다. 선생님이 이름을 물으시며 "박알라딘인가요?" 하셨지요. 예, 그렇게 바갈라딘이라는 이름이 탄생했습니다.[i]

사유의 물꼬를 열어 준 존경하는 작가가 (의도하지는 않았으나) 별명을 지어 주다니, 친필 사인을 받는 일과는, 아니 볼을 꼬집는 일과는 비교할 수 없는 멋진 일이 아니겠는가. 나는 이를 운명으로 여겨 이후 모든 소셜 미디어의 닉네임을 '바갈라딘'으로 바꾸었고, 팟캐스트 등 여러 활동 영역에서도 스스로 바갈라딘이라 부르고 그렇게 불리기를 원했다. 직업이 직업이니만큼 어디에서든 책 이야기를 자주 나누었는데, 일하는 서점의 이름과 연결된 닉네임이라 다들 인상적으로 기억해 주었다(물론 회사의 노예가 아니냐는 오해는 지금까지도 해소되지 않았다. 이 책이 널리 알려져 진실이 밝혀지길 바랄 따름이다). 이 정도 구구절절한 이야기라면 내가 왜 이 글을 쓰게 되었는지 충분히 소명되지 않을까 싶다. 그런데 이야기는 이제 시작이다. 이름에서 비롯되고 이름으로 이어지고 이름으로 남는 이야기 말이다.

i 나무연필 출판사 페이스북 2018년 10월 25일 게시물
https://www.facebook.com/woodpencilbooks/posts/2265437183693471

2

서경식이 나에게 이름을 주기 전부터 그는 나에게 이름을 전해 주는 사람이었다. 그가 전해 준 이름 가운데 가장 강렬한 이름은 바로 프리모 레비다. 나는 서경식을 거쳐 프리모 레비를 만났고, 한글로 그 이름을 만난 이들 다수도 그러할 것이라 짐작한다. 책으로는 2006년 한국어판이 출간된 『시대의 증언자 쁘리모 레비를 찾아서』가 본격 출발점이다(물론 앞서 나온 서경식의 다른 책에서도 프리모 레비의 이름은 만나 볼 수 있다). 그는 한국어판 서문에 이렇게 적었다. "나는 이 책이 한국 사람들에게 읽히기를 염원한다. 『나의 서양미술 순례』(창작과비평사, 1992)가 출간된 이래 현재까지 15년 동안 이 책을 포함해 나의 저서 7권이 한국에서 번역되었지만, 그중에서도 이 책은 그동안 내 사유 활동의 핵심을 가장 잘 드러내고 있기 때문이다." 다른 이의 이름이 앞에 드러나는 책이 자신의 사유 활동의 핵심을 담은 책이라니, 그 사람이 누구인지 의아하고 궁금하지 않았겠는가.

다행히 서문에는 궁금증을 풀어 줄 반가운 소식이 담겨 있었다.

독자 여러분이 이 책과 함께 레비의 저작을 읽고 이 상상 속의 대화에 참가해 주길 기대한다. 그의 저작은 이제까지 한국에서 번역되지 않았는데 다행히 대표작인 『주기율표』와 『이것이 인간인가』가 곧 출간된다.[ii]

두 책이 나오기 전에 이 책을 끝까지 읽어야겠다는 혼자만의 다짐으로 내처 달렸다. 그렇게 도착한 후기에서 그에게 프리모 레비가 무엇인지, 그가 프리모 레비로 독자에게 전하고픈 의미가 무엇인지 확인할 수 있었다.

최근 2, 3년 나는 수없이 쁘리모 레비의 경험을 참조하면서 사고하고 발언해 왔다. 그러는 동안에 그를 자살로 이끈 사고와 감정의 세세한 변화가 나날이 현실감을 더하며 내 몸을 결박해 오는 것을 느끼기 시작했다. 붓을 놓으려는 지금도 앞으로 이 감각이 지워져 갈 것이라고는 생각되지 않는다. 쁘리모 레비는 나에게 점점 중요한 '척도'가 될 듯하다. 이 책을 읽고 몇 사람이라도 더 그 '척도'를 공유할 수 있게 된다면 필자로서 이보다 더 큰 기쁨은 없으리라.[iii]

그의 안내대로 이듬해 초에 『이것이 인간인가』와 『주기율표』가 돌베개 출판사에서 함께 나왔고 두 책은 지금까지도 널리 읽히는 스테디셀러로 자리 잡았다. 서경식은 두 책을 시작으로 이후 같은 출판사에서 펴낸 프리모 레비의 『휴전』, 『가라앉은 자와 구조된 자』까지 빼놓지 않고 작품 해설을 붙였다. 앞서 내가 서경식을 거쳐 프리모 레비를 만났다고 말했지만, 실상 프리모 레비를 한국어로

ii 『시대의 증언자 쁘리모 레비를 찾아서』, 8쪽

iii 『시대의 증언자 쁘리모 레비를 찾아서』, 287~288쪽

읽은 대다수 한국 독자도 그를 거쳐 프리모 레비를 만난 셈이다. 그는 『이것이 인간인가』를 "우리 시대에 누구나 참조하고 기준으로 삼을 수 있을 만한 증언 문학의 고전"이라 칭했고, 『주기율표』는 "단일한 맥락에서 단성적單聲的으로만 서사되어 온 역사상歷史像과는 비교할 수도 없을 정도로 다성적多聲的이고 풍요로운 역사상을 우리들에게 보여 준다."라고 설명하며, 두 권의 책을 겹쳐 읽기를 권했다. 아우슈비츠에서 해방된 이후 귀향하기까지 이야기를 자전적 소설로 그려 낸 『휴전』은 "프리모 레비가 작가로서 쓴 최초의 작품이라 해도 무방할 것"이라 평했고, 레비의 마지막 저작으로 사실상 유서에 해당하는 『가라앉은 자와 구조된 자』에 대해서는 "나치즘이나 유대인 학살에 관한 서적은 셀 수 없을 만큼 많지만, 개중에 굳이 딱 한 권만 꼽으라고 한다면 나는 주저 없이 이 책을 권할 것이다."라 말하면서, 프리모 레비 저작의 지형도를 친절하게 그려 그의 이름을 한국어 독서 세계에 깊이 새겼다.

알려지지 않은 작가의 사상이나 작품은 늘 누군가를 거쳐 새로운 곳에 이르기 마련이지만, 어떤 작가를 총체적으로, 그의 작품 대다수를 한 사람을 통해 만나게 되고 이해하게 되는 일은 드물고 귀하다. 근래 프리모 레비를 만나는 이들은 서경식의 존재를 프리모 레비보다 뒤늦게 알아차리게 될 가능성이 클 텐데, 서경식-프리모 레비의 경로와 프리모 레비-서경식의 경로로 두 사람의 글과 삶을 만난 이들의 감각이 어떻게 같고 다른지, 나누고 새길 기회와 시간이 충분하길 기대하고 기다린다.

3

서경식이 전한 이름 가운데 프리모 레비만큼 널리 알려진 이름은 아직 없다. 그가 전한 이름을 모두 세어 보거나 전부 기억하지는 못하는 터라 그 수효가 수천에 이르는지는 알 수 없지만 수십을 넘어 수백에 이른다는 점은 확실하다. 그 이름만 나열해도 이 글의 분량이 가득 찰 테고, 어쩌면 그렇게 이름을 적는 게 이 글을 이어 가는 일보다 뜻깊겠다는 생각도 든다. 그가 전한 수백의 이름이 여전히 무관심 속에서 차차 흐려지고 있고 어쩌면 영영 잊힐지도 모른다는 염려 때문이다. 물론 이런 염려는 기우에 불과할 것이다. 그가 20세기를 온몸으로 살아간 49인의 초상을 담아낸 책의 제목이 『사라지지 않는 사람들』이니 말이다.

시간은 무서운 속도로 흘러간다. 시간의 흐름은 많은 사람들의 희망, 싸움, 고뇌, 환희를, 다시 말해 사람들이 살아온 흔적을 빠르게 과거의 것으로 만들어 간다. 그러나 그것만큼 인간에게 위험한 것은 없다.[iv]

이런 시간의 흐름을 그대로 인정하는 태도는 부당한 권력을 용인하는 것이고, 그래서 이를 절대 용납하지 않는 정신 '노스탤지어'를 권력에 저항하는 무기로 삼자는 주장이다.

iv 『사라지지 않는 사람들』, 6쪽

“이 책은 20세기를 대표하는 이들의 초상집”으로, 47편의 짧은 평전으로 이루어진다. 앞서 49인의 초상이라 했는데 왜 47편의 평전인지는 궁금증으로 남겨 두는 대신, 다루는 인물 가운데 어떤 경우는 실존 인물이 아니라 소설의 주인공이라는 흥미를 더해 본다. 다 적을 수는 없겠지만 그가 전한 이름 가운데 몇몇이라도 이곳에 옮겨 보려 한다. 앞서 언급한 프리모 레비는 ‘미래를 위한 증인’으로 소개되고, 파블로 네루다는 ‘독재에 맞서 삶을 긍정한 시인’으로, 프란츠 파농은 ‘인간에게 절망하지 않기 위해’라는 제목으로 자리한다. 문제(?)는 다음부터다. 이 책은 애초 일본에서 이루어진 ‘20세기 인물 1000명 평전’ 기획의 일환으로, 서경식은 “1990년대라는 시대에, 일본이라는 장소에서, 나라는 한 사람의 재일조선인”으로서 인물을 골랐고, 그 결과 한국 독자에게는 익숙하지 않은 일본 관련 인물이 여럿 등장한다. 그래서인지 서경식도 “예를 들면 잭 시라이, 마키무라 고우, 가네코 후미코, 하세가와 데루, 오자키 호쓰미 등을 이 책에서 처음 접하는 독자도 적지 않으리라 짐작한다.”라며 한국어판 서문에 설명을 붙여 두었다.

일본 사회의 사람을 대상으로 하는 책이라는 점을 고려하면 한국 독자에게는 익숙하지 않을지라도 어렵지 않게 수긍이 가는 목록이다. 오히려 안중근, 홍범도, 윤동주가 포함되어 있다는 점이 놀랍지 않은가 싶다. 안중근은 ‘아시아의 평화’를 외친 인물로, 홍범도는 ‘중앙아시아에서 스러진 항일의병장’으로, 윤동주는 ‘죽는 날까지 하늘을 우러러’라는 제목으로 소개된다. 이 역시 반대로 생각하면 오늘날 한국인에게 이토 히로부미가 널리 알려졌듯 앞선 이름들도 역사로 전해질 법하다는 결론에 이를 수는 있겠다. 그렇다면 마지막으로 이 이름들은 어떤가. 김지하, 박노해, 윤이상, 이진우, 양정명, 오기순. 널리 알려진 인물도 포함되어 있지만 안중근, 홍범도, 윤동주와 비교하면 한국에서도 지명도는 낮은 편이고 이름만 들어서는 어떤 인물인지 짐작조차 할 수 없는 이름도 보일 것이다. 이 가운데 이진우는 재일조선인, 양정명은 일본 국적으로 귀화한 재일조선인, 오기순은 재일조선인인데, 마지막 인물로 꼽힌 오기순은 서경식의 어머니다. 그는 "재일조선인 1세 여성으로서 차별과 빈곤"을 겪었고 정치범으로 투옥된 서경식의 두 형 서승, 서준식의 출옥을 보지 못하고 세상을 떠났다.

일본에 밝지 못해 일본 사회에서 서경식의 역할과 의미를 충분히 알지 못하지만, '이름을 전하는 사람'으로서 그의 활약은 한국에서와 다르지 않을 거라 생각한다. 그의 저작 가운데 일본에서 먼저 출간되고 이후 한국에서 번역 출간되는 경우를 떠올려 보면 충분히 예상할 수 있는 모습이 아닐까 싶다. 그중에서도 『사라지지 않는 사람들』은 경계를 넘어 이름을 전하는 모습을 대표하는 책이라 생각한다. 서경식의 저작이 한국에서 대체로 꾸준히 읽히는 편인데도 유독 이 책이 품절 상태라는 점은 왠지 모순 같기도 하고 운명 같기도 하여 씁쓸하다.

이렇게 해서 나는 내 나름의 묘비명 새기기를 끝내기는 했지만,

여전히 문제는 남아 있다. 말없이 죽어 간 이들, 빈민, 서민, 병사, 유민, 선주민, 경계인, 피차별자, 비합법활동가 등에 대해서는 그들 자신이 남긴 기록이 거의 전무하다. 더 나아가 매일 기아와 전쟁으로 죽어 가고 있는 제3세계의 민중들 역시 마찬가지다. 바로 이런 사람들이야말로 '난민의 세기'의 주인공이다. 이들의 '묘비명'은 누구의 손으로, 어떻게 새겨질 것인가?[v]

20대에 접어들며 독자로서 서경식을 만났으니 대략 20년, 출판인 그리고 서점인으로 그의 책을 만난 시간도 어느새 15년 남짓하다. 덕분에 그 시간 동안 재일조선인과 디아스포라를 배웠고 민족, 국가, 국민을 감각했고 타자, 고통, 연대를 고민했으며 읽고 쓰고 저항하는 삶의 근처에서 살아올 수 있었다.

이 책들이 이 땅에 살고 있는 사람들에게 무언가 새로운 관점을 제시하고, 새로운 생각을 하게 했다면 저자로서 그보다 큰 기쁨은 없다. 더할 나위 없이 기쁜 일이다.[vi]

강연집 『고통과 기억의 연대는 가능한가?』에서 전한 기쁨의 증거가 되어 뿌듯하다. 그런데 이 뿌듯함은 그간 알지 못한 이름을 알게 되었다는, 마치 이름만 알고도 친한 척을 하며 득을 보려는

v 『사라지지 않는 사람들』, 333쪽

vi 『고통과 기억의 연대는 가능한가?』, 6쪽

이들처럼 허세로 가득한 마음 아니었을까 싶어진다. 다행히 서경식이 공들여 찾고 세심히 새긴 묘비명으로 몇몇 이름을 알게 되었지만, 그 묘비명이 놓인 현장에 가 보지도, 그 이름과 연결된 다른 이름을 찾아보지도, 묘비명조차 만들어지지 않은 이들의 이름은 당연히 떠올려 보지도 않았으니 말이다. 그저 서경식 덕분에 그가 전한 이름을 만났을 뿐이다.

조금 더 솔직하게 말하면 이 글을 쓰기 위해 그의 모든 책을 순서대로 다시 읽어 보려 했지만 나는 그조차도 완수하지 못했다(부끄러운 일이다). 지난 20년 동안 읽으며 표시해 둔 문장과 기록해 둔 대목을 중심으로 살피며 몇몇 이름을 다시 만나거나 확인했고, 그 과정에서 당시에는 크게 깨달으며 기억해야겠다고 생각한 이름이 마치 이번에 처음 보는 듯한 느낌으로 다가와 당황하기도 했다. 서경식처럼 이름을 전하는 사람이 당장 될 수는 없겠지만, 그저 이름을 전해 받기만 해서는 무엇도 바뀌지 않을 거라는 생각에 정신이 번쩍 들었다. 기억하겠다는 말은 왠지 자신이 없다. 당장 행동하며 확인할 수 있는 게 아니기 때문이다. 그렇다면 나는 이름으로 무엇을 할 수 있을까, 무엇을 해야 할까.

서경식은 세계 곳곳에서 벌어지는 기억의 투쟁에 우리 한 사람 한 사람이 어떻게 공헌하고 참여할 수 있는지 깊게 고민했고, 이름을 전하는 자신의 방법으로 투쟁해 왔으며, "지금껏 있어 온 표현 수단이라든가, 상투화된 문장을 넘어서 어떻게 해서든 우리가 이 싸움에서 이 투쟁에서 이겨 내야만 한다는 지혜로운 생각"을 하기 바란다[vii]며 참여와 연대를 독려했다. 더불어 나처럼 머뭇거리는 이들을 격려하며 마지막까지 함께하겠다는 다짐을 전하기도 했다. "이런 옛 기억이 되살아나는 낡은 책들을, 나는 기회가 있을 때마다 꺼내 다시 읽는다. 젊은 시절과 기본적으로 달라지지 않았다는 사실을 확인하는 경우도 있고, 늦으나마 새로운 측면을 발견하여 젊은 시절 자신의 무지나 몰이해를 부끄러워하기도 한다. 누군가의 말을 빌리자면, 나는 툭하면 추억에 잠기는 '돌아선 인간'인 셈이다. 이제 슬슬 입을 다물고, 붓을 내려놓을(컴퓨터를 닫을) 때가 오고 있다. 하지만 지금 세상은 나와 같은 '돌아선 인간'을 그냥 두질 않는다. 아니, 오히려 점점 더 퇴장하기 어려워진다고 느낀다."[viii]
한 사람으로서 그에게도 돌아선 인간의 시간은 필요할 터, 그가 돌아서기 전에는 거리가 너무 벌어져 잊지 않도록 열심히 좇아가야겠다. 그리하여 그가 잠시라도 돌아섰을 때 가까이에서 마주 보며 서로의 이름을 나지막이 부를 수 있다면 좋겠다. 정말로, 좋겠다.

vii 『시의 힘』, 274~275쪽.

viii 『고통과 기억의 연대는 가능한가?』, 234~235쪽.

박태근

출판사에서 편집자로, 온라인서점 알라딘에서 인문MD로 일했다. 알라딘에서 지내는 동안, 서경식이 우연히 지어 준 별명 '바갈라딘'으로 활동했다.

김희진 — 다시 만난 『만남』

서경식 선생과의 만남 : 『만남』의 기획 배경

서경식 선생은 책이 만들어지는 과정에 관한 사사로운 기록이 독자에게 얼마나 중요한 정보가 될 수도 있는지 가르쳐 주신 분이다. 그래서 서경식 선생이 당신의 책들뿐 아니라 기획에 도움을 준 책들의 경우, 번역자나 편집자에게 그 책과 관련된 기록을 남기도록 권하시곤 했다. 나는 이를 선생의 탁월한 편집자적 면모가 발현된 것으로 이해해 왔다. 잘 들리거나 보이지 않는 무대 뒤편의 경험을 세세하고 구체적으로 기록하는 것이 언젠가 독자들에게 중요한 '흔적' 혹은 '표지'가 될 수도 있다고 상상하도록 독려하셨던 분이다. 선생에게 배운 것을 곱씹으며 나는 『만남』이라는 책이 기획되고 만들어진 과정에 대한 사소하고 자잘한 기억들을 떠올려 기록해 보기로 마음먹었다. 그리고 그 기억은 어쩔 수 없이 서경식 선생과 처음 작업을 시작한 2004년으로 거슬러 올라간다.

2004년 봄 돌베개 출판사에 입사해 맡은 첫 작업이 서경식 선생의 원고였다. '어린아이의 눈물'이라는 가제가 붙어 있던 이 원고는 요약하자면 '서경식을 만든 유년 시절의 책들'에 관한 이야기다. 이미 실력 있는 동료 편집자가 깔끔하게 교정을 진행해 놓은 상태였는데, 한국 독자들에게 낯선 일본 책과 저자들이 많이 등장하고 문장이 다소 거칠어서 기대보다 어렵게 읽힌다는 점이 마음에 걸렸다. 1992년 초판이 나오고 2002년 컬러 개정판이 나온 『나의 서양미술 순례』는 20대 시절 내가 가장 감명 깊게 읽은 책 중 하나였다(나는 이 책의 초판과 컬러 개정판을 모두 가지고 있는 열혈 독자다). 그런 책의 저자와 작업을 하다니, 그 기쁨과 흥분은 편집자 생활 20년을 통틀어 가장 큰 것이었다고 짐작한다(이후로는 오히려 이런 '성덕'의 기회가 너무 잦아져 기쁨과 흥분을 잃어버린 것이 아닌가 반성해 본다). '기본은 없지만 열정은 많았던' 3년차 편집자로서 주어진 대로 마무리하기보다는 뭔가 더 힘을 보태고 싶었다.

저자에게 조심스럽게 메일을 보냈다. 저자의 어린 시절을 독자들이 조금 더 생생하게 체감할 수 있도록 책이나 저자의 사진을 받을 수 있을지 여쭤 보는 내용이었다. 저자는 본인과 형제들의 사진 외에도 원고에 등장하는 소중한 책들을 모두 정성껏 포장해서 해외 특송으로 보내 주셨다. 한 권 한 권 사진을 찍고 잘 다듬어서 책에 실었다. 저자와 번역자이신 이목 선생께 양해를 구하고 문장도 많이 다듬었다. 책이 나오고 한참 후에 저자는 번역본의 문장이 너무 매끄러워져서 당신 문장 같지 않다고 말씀하시기도 했다. 그 후로는 일본어와 한국어, 모어와 모국어 사이의 긴장에 유의하는 저자의 의도를 훼손하지 않기 위해 최소한만 수정하는 쪽으로 작업하려고 해 왔다.

2004년 8월 드디어 출간 기념 기자간담회를 위해 저자를 초청했고 김포공항으로 마중을 나갔다. 검은색 차이나칼라 양복 차림이 그간 소통해 온 선생에 대한 인상과 달리 조금 위압적(?)으로 보였던 기억이 나고, 6개월 가까이 영어 이메일을 주고받았던 터라 소통에 아무 무리가 없는 선생의 한국어를 접하고 속으로 뜨끔했던 기억도 난다. 영어는 한국어보다 수평적인 언어였고 서경식 선생 내외도 그런 분들이셨다. 생리적으로 권위에 대한 반감이 큰 편집자의 악의 없는 무뚝뚝함이나 무례를 늘 이해해 주셨고, 오히려 내가 작업에 보이는 열심을 높이 평가해 주셨다. 파트너이신 후나하시 유코 선생의 유쾌하고 다정한 면모는 첫 만남에서도 진가를 발휘했다. 후나하시 유코 선생은 그 후로도 편집자의 입장에서 저자를 설득하는 일에 늘 진심이셨는데, 당시에는 미처 깨닫지 못했으나 지금은 그것이 얼마나 고마운 배려였는지 잘 알고 있다.

메시지를 전하는 일에 특별한 책임감을 갖고 계셨던 선생은 홍보에도 무척 적극적이셨고 그에 호응해 독자의 반응도 매우 좋았다(여러 인터뷰와 방송 노출 중에서도 〈TV 책을 말하다〉 테마도서로 선정되어 촬영했던 일, 류송희 피디와의 협업이 즐거운 기억으로 남아 있다). 우리는 자연스럽게 다음 책들을 계약하게 되었다. 『디아스포라 기행』과 『난민과 국민 사이』를 동시에 진행했다. 디자인은 고심 끝에 모두 민진기 실장에게 부탁드렸다. 『디아스포라 기행』의 경우

판형, 제본 형태, 지종, 제목의 타이포그래피, 이미지와 제목과 부제의 배치, 면지의 색과 별색, 인하우스 디자이너가 작업한 본문 디자인까지 완벽히 마음에 드는 상태로 낼 수 있었다. 지금 다시 펼쳐 봐도 그런 생각이 드는데, 이런 경우가 흔한 것은 아니다. 『난민과 국민 사이』는 서경식 선생이 한국에 꼭 소개하고 싶어 하셨던 '재일조선인'과 관련된 글들(민족(주의), 식민주의, 국가(주의), 국가 폭력에 관한 글들)을 가려 뽑아 펴낸 것으로 연구자들에게도 조금 더 진지하게 읽혔으면 좋겠다는 바람을 담아 일본학 연구자인 임성모 선생께 번역을 부탁드렸다(후에 일정 문제로 임성모 선생이 이규수 선생과 나누어 번역하겠다고 하셔서 공역이 되었다). 패키징(콘셉트와 제목)이 전반적으로 무거워지긴 했지만 디자인 완성도는 역시 지금 보아도 흠잡을 데가 없다고 느낀다. '난민'을 둘러싼 서구 정치철학의 언어들이 한국에 수입되던 시기였는데, '재일조선인' 문제를 그런 논의들과 연결시켜 조금 더 생생하게 현재의 문제, 우리의 문제로 끌어오고 싶었다. 무엇보다 내가 개인적으로 무척 좋아하는 선생의 어머님에 대한 글, 위안부 문제에 관한 글들이 실려 있어 애착이 가는 책이었다.

『만남』 이전에는 프리모 레비의 책 두 종을 펴냈다. 프리모 레비라는 이름은 이전에 어느 철학서에서 얼핏 지나치듯 읽은 기억이 있다. 짧은 인용과 논평이었지만 충분히 인상적이었다. 첫 직장인 새물결 출판사에서 일하던 시절 이미 프리모 레비의 책들이 전부 계약되어 있다는 사실을 확인한 터였다. 하지만 아무리 기다려도 책이 나오지 않던 차에 서경식 선생과 이야기를 나누면서 그 책들이 하루빨리 국내에 소개되기를 염원하게 되었다. 원저작권사에 연락해 보니 기존 한국어 판권의 계약 기간이 이미 종료된 지 오래라 새로이 계약이 가능하다고 했고 그렇게 대표작 다섯 종을 전부 계약했다(국내 유일의 프리모 레비 번역자였던 이소영 선생께 번역을 모두 맡기고 싶었지만 중간에 연락이 단절되어 2010년 퇴사할 때까지 이현경 선생의 번역으로 두 종밖에 내지 못했다. 지금은 모두 출간되어 있다). 새물결 출판사에는 조금 미안한 마음이 들기도 했지만, 그래도 서경식 선생의 책들과 함께 소개한 것이 한국의 독자들에게는 유익한 일이었다고 생각한다. 비슷한 시기에 창비에서 서경식 선생의 『시대의 증언자 쁘리모 레비를 찾아서』가 번역, 출간되어 책을 만들고 알리는 과정에서 협업할 수 있었던 것도 행운이었다.

『만남』과 동시에 진행했던 『사라지지 않는 사람들』은 팀의 후배 이상술 씨가 작업했다. 일본어에 능숙할 뿐 아니라 어법도 사실관계도 신속하고 완벽하게 확인하고 바로잡는 편집자라 든든했다. 『만남』 이후에도 서경식 선생과의 작업은 계속되었다. 다만 선생이 한국에 머무신 2년의 기간 동안 많은 출판사에서 서경식 선생이 쓰거나 해설하거나 추천하는 책들이 쏟아져(?) 나왔던 터라 오히려 우리가 선생과 소원해진 듯한 기분이 들기도 했다. 2009년 『고뇌의 원근법』을 출간하고 2010년 출간 예정이던 『언어의 감옥에서』를 출간하지 못한 채 나는 민음사로 자리를 옮겨 '반비'라는 브랜드를 만들었다.

2012년 재일조선인 문제의 개론서/입문서 성격을 지닌 『역사의 증인, 재일조선인』을 후배 김선아 씨가 작업했다. 반비가 론칭을 한 2011년부터 『나의 조선미술 순례』를 기획하고 진행하게 되어 특별히 서경식 선생과 호흡이 잘 맞는 미술 에세이 번역자를 찾아야 했다. 『만남』 때만큼은 아니어도 제주건 서울이건 함께 작가를 만나고 이야기를 나누러 다니는 길에 번역자가 동행해 주셔야 했기 때문이다. 편집자 출신에 좋은 기획자이자 번역자시고 일본 근대미술을 전공하신 적임자 최재혁 선생이 떠올라 연락을 드렸고 그 후로 『나의 조선미술 순례』, 『나의 이탈리아 인문 기행』, 『나의 영국 인문 기행』, 『나의 미국 인문 기행』(근간)을 계속해서 최재혁 선생(+ 박현정 선생)이 번역해 주셨다(이 글을 쓰게 된 인연의 시작이다). 그사이에 동일본대지진과 후쿠시마 원전 사고가 일어나 『후쿠시마 이후의 삶』, 『다시 후쿠시마를 마주한다는 것』 등의 좌담집을 펴내기도 했다.

『만남』 이야기로 돌아와서, 『만남』의 기획이 시작된 것은 서경식 선생이 한국행(안식년)을 결정하신 때쯤이다. 『디아스포라 기행』 출간 후 책을 알리기 위해 한국을 방문한 저자와 여러 이야기를 나누다가 한국 사회에 대해 외부에서 던지는 가벼운 발언이 아니라 조금 더 밀착된 발언을 듣고 싶다는 욕구가 생겼다. 서경식 선생과 대등하면서도 전혀 다른 색깔로, 친근하면서도 날카롭게, 무엇보다 창조적인 방식으로 도움이 될 만한 이야기를 나눌 수 있는 연구자, 활동가, 정치인, 저자, 작가, 예술가가 누구일까 고민하면서 수많은 저자들을 소개하고 함께 만났다. 박노자 선생, 서동진 선생, 김상봉 선생……. 그 외에도 더 많았던 것 같지만 지금 당장 떠오르는 만남은 그 정도다.

선생과 여러 아티스트, 활동가, 연구자 분 들을 만나고 다니다 보니 신기하게도 선생과 나 사이에 겹치는 친구들이 많이 있다는 사실을 알게 되었다.일본의 지인에게서 소개받으셨다는 (당시 시향에서 일하던) 양창섭 선배야 그렇다 치더라도, 입양인 아티스트인 나탈리 르무안과 선생의 친분은 다시 생각해도 미스터리다. 최근에는 심지어 이반지하 님이 서경식 선생과의 특별한 인연을 언급하셔서 또 한번 놀랐다. 서경식 선생의 글이 얼마나 많은 독자들을 매혹시켰는지는 익히 알려져 있지만, 남녀노소를 막론하고 친구로서 서경식+후나하시 선생의 매력에 빠진 사람들이 얼마나 많은지는 잘 알려져 있지 않다. 교양 있고 위트 있고 다정하고 호기심 많은 여행자로서의 이런 정체성은 저자 서경식의 글쓰기와 긴밀하게 연결된 정체성이라고 이해하고 있다(후나하시 선생과 늘 세트로 다니셨기 때문에 커플의 정체성이라고 해야 온당할 것이다). 이 책(『서경식 다시 읽기』) 기획 과정에서 수많은 필진들을 통해 가장 강조하고 싶었던 것도 바로 선생의 그런 특징이었다. 이것은 서경식만의 고유한 여행 에세이를 가능하게 만든 중요한 조건 중 하나이기도 하기 때문이다(다른 하나는 잘 알려진 대로, 생생하고 깊은 역사의식이다. 이에 대해서는 독자들이 더 잘 알고 있을 것이기 때문에 굳이 더 언급하지 않기로 한다).

2012년에 선생이 김대중학술상을 수상하셨을 때 축하 파티를 한 적이 있는데, 그 자리에는 내로라하는 지식인들, 연구자들, 번역자들, 기자들, 출판인들 외에도 수많은 학생, 직장인 들이 서경식 + 후나하시 선생의 절친으로 참석해 자리를 빛내 주었다. 몇몇 어르신께서 왜 수상 기념식이 이렇게 권위가 없는가 하는 불만을 토로하시기도 했는데, 당시에도 말씀드렸다시피 그 행사는 내가 아니라 서경식 선생이 기획한 것이었다(물론 함께 상의하면서 준비하기는 했다). 거물들이 모여 근엄하게 축사를 주고받는 자리로 알고 오신 분들께는 죄송하지만 사실 그 행사는 진짜로 '파티'였다. 그리고 초대받은 다른 분들 역시 방청객이 아니라 모두 선생과 개인적으로 특별한 인연이 있는 귀한 친구분들이었다. 한국 생활 2년 만에 그렇게 축하와 반가움의 진심을 담아 먼 길을 달려올 친구를 나이 불문 성별 불문 직업 불문, 한 트럭 보유하시게 된, '핵인싸' 커플의 면모를 다시 한 번 강조하고 싶다.

『만남』은 이루어졌는가

『만남』은 출판 기획으로서는 꽤 야심 차고 호방한 프로젝트였다. 두 분이 어느 정도 안정적으로 독자층을 확보하고 있는 저자들이셨기에 가능한 일이었다. 대담자 두 분, 그리고 두 분의 매니저 격이라 할 후나하시 선생과 전남대 철학과의 박정민 선생, 통역자 서은혜 선생, 사회자 한보희 선생, 박대성 디자이너, 후배 이상술 편집자까지 열 명, 때로는 그 지역의 지인까지 합세해 그 이상의 대부대가 차 두세 대를 나누어 타고 전국 곳곳을 다니며 대담을 했다. 대담 내용을 준비하는 것만큼 큰 일이 일정을 짜고 식당을(때로는 숙박 시설까지) 예약하는 일이었다. 지역에 자리 잡고 계신 수많은 분의 도움을 받아, 함께 학술 행사를 참관하고 근처의 식당에서 식사를 하고 말씀 나누기 좋은 곳에서 대담을 하고 합리적인 가격대의 숙박 시설을 이용할 수 있었다(최현덕, 신경호, 권영민 선생 등 도움을 주신 분들을 이루 헤아릴 수가 없다).

어느 정도 초안과 구성안을 잡은 상태에서 오랫동안 알고 지내온 선배인 한보희 선생에게 사회를 부탁했다. 내가 뭉뚱그려 던진 질문들을 정교하게 다듬어 표현할 수 있는 분이라는 신뢰가 있었다. 박대성 디자이너가 표지와 본문 디자인, 사진을 맡았다. 박대성 디자이너는 이미 사진 작업을 그만둔 후였지만 편집자인 나의 간곡한 부탁을 뿌리치지 못하고 촬영까지 맡아 주었다. 대담은 구어로 이루어지기 때문에 텍스트로 옮길 때 현장의 비언어적인 에너지가 생략되기가 쉽다. 두 사람의 시선, 호흡, 그리고 말들 뒤로 배경처럼 깔리는 표정들, 당시의 장소와 시간이라는 물리적 조건이 만들어 내는 분위기, 주변의 경청이 만들어 내는 집중과 몰입의 에너지 등을 모두 책으로 담는 일은 불가능하다. 그래서 더욱 상상력을 필요로 한다는 점이 대담집(구어를 토대로 만든 텍스트)의 재미이기는 하지만, 『만남』은 사진들 덕분에 무수한 감각의 일부를 정확하게 담아낼 수 있었다(박대성 디자이너는 이제 정말로 사진을 안 찍는데 가끔은 그가 이런 결을 포착해 낼 수 있는 드문 촬영자인 것 같아 아쉽기도 하다).

애초에 대담자들과 상의 후 기획 의도를 정리하면서 큰 질문들이 담긴 구성안을 뽑았고, 사회자의 검토를 받아 다듬었다. 대담

1~2주 전에는 시의성을 고려해 다시 한 번 수정한 구성안을 선생님들께 보내드렸다. 그럼에도 불구하고 대담은 현장에서 늘 새로운 길로 뻗어 나가기 일쑤였다. 그러면 나는 남은 대담의 주제와 질문들을 그에 맞춰 다시 고쳐 써야 했다. 하지만 그런 모든 일이 공연한 헛일들로 생각되지는 않는다. 오히려 그렇게 말들의 관계가 살아 움직이는 것이 신기하고 경이로웠다.

책에도 흔적이 많이 남아 있지만 간혹 치열하게 묻고 답하고 다시 묻고 답하다 보면 대담은 근본적인 차이를 드러내며 가치가 충돌하는 격정적인 무대로 바뀌곤 했다. 하지만 이내 두 사람의 이야기는 자아와 자아의 격돌을 넘어서서 공통의 가치를 향해 다시 방향을 잡았다. 이런 장면을 지켜보는 것은 근심스럽기는 해도 그 어떤 수업보다 생생한 공부의 순간들이었다. 대담이 얼마나 많은 어려움을 예상하며 조심스럽게 시작되었고, 두 분이 얼마나 용감하게 곤란한 대화를 피하지 않으려 노력했는지에 대해서는 서경식 선생이 서문에 쓴 글의 일부를 통해 확인할 수 있다.

지금까지 몇 번인가 한국의 진보적 인사들을 만난 적이 있는데 상대방이 별생각 없이 "그 시절, 저도 좀 고초를 겪긴 했지만 별것 아니었죠." 하고 말문을 열어 군부독재 시대의 투쟁 경험이라든가 옥중 경험, 혹은 군대 생활 등을 입에 담기 시작하면, 내 쪽에서는 기가 죽어 입을 다물어 버리는 것이 보통이었다. 김상봉이라는 인물이 그런 타입인지 아닌지 나는 짐작할 수 없었다. 게다가 그때까지의 경험으로, 나와 만나고 싶다든가 대담을 하고 싶다는 사람이라도 막상 만나 보면 나에게는 아무런 관심도 없이 자기 이야기만 늘어놓는 이들이 있어서 그런 상대와의 대담이라면 성공하지 못할뿐더러 나 자신이 회복이 불가능할 정도로 소진되어 버린다는 것도 나는 알고 있었다. 요컨대 나는 소심하고 겁이 많은 사람이다.[i]

만약 대담자가 형식적이고 사교적인 대화만을 원한다면 어려움이 없는 대신 재미도 없었을 것이다. 그런 점에서 김상봉 선생은 이상적인 대담자였다고 할 수 있다. 그는 끈질기고 정열적이었다. 이 책을 읽는 이들은 그의 발언 가운데 '그러나' 혹은 '그럼에도 불구하고'라는 접속어가 빈발하는 것을 발견할 수 있을 것이다. 대담을 계속하면서 나는 그가 나의 발언에 동의하고 고개를 끄덕이고 있는 동안에조차 바로 그다음에 '그럼에도 불구하고'가 이어지리라 예상하며 마음을 다잡곤 했다.

(……) 김상봉 선생은 상처 입기를 전혀 두려워하지 않는 대담자였다. 그것이 그의 개성인지 아니면 어느 정도 한국 지식인들의 공통된 특성인지 잘 모르겠지만 어쨌든 현재 일본에서는 보기 힘든 유형의 지식인이다.

김상봉 선생은 '거리의 철학자'라는 별명을 갖고 있다는데 나는 차라리 '벌거벗은 철학자'라고 부르고 싶다. 그는 아카데미즘이라는 닫힌 세상을 무난히 헤엄쳐 건너는 일 따위엔 관심이 없고

i 『만남』, 13~14쪽.

상처투성이로 시행착오를 거듭하며 포복 전진하듯이 자신의 사색을 심화해가며 진리에 다가가려 하고 있다. 아무나 할 수 있는 일이 아니다. 나는 그의 이와 같은 태도에 처음엔 무척 당황했지만 마침내 존경의 마음을 품게 되었다. 우리의 대담이 흔해 빠진 외교적 언사의 영역을 넘어서서 독자에게 지적 흥분을 줄 수 있다면 그 공적은 대부분 그의 이와 같은 자세 덕분이라고 할 수 있다.[ii]

두 분이 근간으로 삼는 언어가 달라 부딪치는 지점들 외에도 문제가 있었다. 두세 시간 분량으로 준비해 간 구성안은 실제 대담이 되면 네다섯 시간을 넘기기 일쑤였고, 어떤 날에는 저녁 식사를 하고 나서 다시 시작되어 깊은 밤까지 이어지기도 했다. 그러다 끝내 서경식 선생이 건강을 상하고 입원을 하게 되셨다. 당시에 서경식 선생을 아끼는 분들에게 원망을 많이 샀고 스스로도 선생께 무척 죄송스럽게 생각하고 있다. 이렇게 한쪽의 에너지를 따라가는 흐름을 방치하는 것이 얼마나 무리한 일인지 지금은 잘 알고 있는데 당시의 나는 거칠고 미숙하며 과도한 편집자였다(변명하자면 애초에 김상봉 선생의 에너지가 가장 지나쳤다).

서경식 선생은 앞서 언급했듯이 낯선 사람에게서 재미있는 이야기를 이끌어 낼 수 있는 탁월한 여행가인 데다가 능수능란한 이야기꾼이다. 그리고 글의 서두에서 고백한 것처럼 나보다 훨씬 훌륭한 편집자시기도 했다. 『만남』이 지식인들의 나르시시즘적인

ii 『만남』, 19~20쪽.

탁상공론과는 거리가 먼, 두 인격의 대화가 될 수 있었던 것은, 서경식 선생이 현장에서 중요한 순간을 포착해 즉흥적으로 대담의 구성안을 뛰어넘는 인터뷰어 역할을 자청하셨던 덕이 크다. 가령 이런 대목들이다.

서: 선생님께선 현재 전남대학교에서 근무하시고 어제는 5·18 기념행사에서 발표도 하셨는데, 1980년 5·18 당시에는 어디서 어떻게 지내셨는지 궁금합니다.

김: 5·18 때는…… (잠시 침묵) 도망갔죠. 네, 도망을 갔습니다.

서: 비유적으로 하신 말씀인가요?

김: 비유적인 게 아니고 정말로 도망을 갔어요. (……)

서: 그 이야기를 좀 해 주세요.

김: 별로 특별히 드릴 말씀도 없고, 또 하고 싶은 이야기도 아닙니다만, 제가 그때 대학 졸업을 못하고 있었습니다. 1980년 5월엔 대학교 5학년이었죠.

(……)

하지만 저 개인에게는 5·18 이후 좀 조용한 상태가 찾아왔습니다. 그렇게 된 계기 중 하나는, 1981년에 감옥 갈 각오로 데모를 모의했다가 실행 이틀 전에, 제 결정에 의한 것은 아니었지만, 계획이 무산되고 다시 피신을 하게 된 사건이었어요. 대학 6학년 때였는데 그때 이젠 공부를 해야겠다는 생각을 하게 됐습니다. 당시엔 현장으로 많이 들어가던 때였으니까 친구들과는 다른 길을 걷게 된 거죠. 그때부터 전문적인 학자의 길로 들어섰다고 할 수 있겠습니다.

서: 자연스럽게 제가 듣고 싶은 이야기가 나오는군요. 말씀하셨듯이, 그 무렵엔 현장으로 들어가는 경우가 많았는데 학자의 길을 걷기 위해 유학을 가셨다니, 심하게 말하면 변절이 아닙니까? 현장을 좀 떠나서 정세를 관망하자든가, 조금 시간을 두고 분석하자는 태도는, 분명 필요하기는 하지만 많은 경우 자기 정당화의 구실이 되잖아요.

김: 물론이죠.

서: 그런 걸 알면서도 유학을 가셨고, 거기서 독일 관념론도 공부하고 그리스 고전들도 공부하고, 돌아와서는 이렇게 5·18의 역사를 철학을 통해 증언하고 해석하면서 나름의 신념을 지키고 계십니다. 유학 중에 어떤 심정이었는지, 신념이라는 것을 어떻게 유지해 갔는지, 그런 것들이 궁금하군요.

김: 개인사나 내면에 관한 이야기는 피하고 싶은데요.

서: 그런데 그것이 중요해요. 지금 선생님의 철학 세계가 어떤 식으로 이루어졌는지 따져 보는 것 말입니다.

김: 좋습니다. 그럼 그런 식으로 한번 이야기를 해 보도록 할게요. 저는 대학에 와서 남들보다 좀 늦게 운동권에 들어갔어요. 들어가서 제일 크게 느꼈던 게 이론이 없다는 것이었습니다. (……) 이를테면 민중에 대한 신뢰라든가, 프롤레타리아가 진리의 담지자라는 이야기도 그랬습니다. 그런 소리를 들으면 속에서 이런 불만이 꿈틀거리는 거예요. '당신들은 프롤레타리아를 본 적이 없느냐? 나는 봤다. 내 식구, 일가친척들이 다 프롤레타리아고 민중이다. 나는 그런 사람들이 진리의 담지자라고 결코 생각할 수가 없다.'

서: 흥미로운 이야기가 나왔네요.

김: 제가 그 시절부터 이론이든 뭐든 권위 앞에 머리를 조아리고 '아멘!' 할 수 있는 종류의 사람이 못 되었던가 봐요.

(……)

한마디로 종교와 형이상학을 자기편으로 만들지 못한다고 느꼈어요. 종교와 형이상학은 내내 지배계급의 전유물이다시피 했습니다. 인간은 종교와 형이상학 없이는 못 삽니다. 그래서 민중들이 지배계급이 내놓는 종교와 형이상학을 냉큼 삼키고 중독이 돼 버린단 말이죠. 우리가 이 싸움에서 이기지 못하면 궁극적으로 승리할 수 없다고 생각했습니다. 당시 제가 배웠던 사회과학적 이론에 이런 이해가 없었어요.

(……)

이렇게 말을 맺도록 하지요. 저는 학자는 '우는 사람'이라고 생각합니다. 이것은 제 말이 아니라 함석헌 선생의 말입니다. 울고 싶어도 울 수 없는 씨울들을 위해 대신 울 수 있는 사람이 시인이고 학자라고 함석헌 선생은 말해요.

(……)

여기서 '대신'이란 말에 괄호를 쳐야만 합니다. (……) 그 '대신'이라는 말은 먼저 울어 주었다는 것, 그러니까 실은 일종의 선창이었습니다. (……)

서: 잘 들었습니다. 고맙습니다.[iii]

iii 『만남』, 91~102쪽.

사람이 사람을 만나서 달라지는 것. 동서고금의 모든 종교, 예술, 문학, 철학, 역사, 과학이 다종다양하게 설명하고 표현하고 입증하는 인간 성장의 기본 원칙을 한 줄로 요약하면 이런 것이 아닐까. 『만남』은 우리 시대의 중요한 물음을 묻고 있는 스승들, 선배들 중 서로 비슷하면서도 다른 방식으로 묻고 답을 찾아 나아가는 두 분을 만나게 함으로써, 우리 안의 그 답 없는 물음들, 때로 상충하는 듯한 물음들을 통합시키고자 했던 야심 찬 기획이었다. 동일성에 갇힌 시선이 지닌 맹점(사각지대)을 보려는 시도이자, 타자성에 대한 존중이 규범적인 지적에 머물지 않고 수용을 통한 창조로 이어질 수 있음을 입증하고자(목격하고자) 하는 시도였다. 이 만남을 통해 무엇보다 내가, 우리가 성장하고 싶다는 욕심이 있었다.

이제 와서 보니 '만남'이 그다지 좋은 제목이었다는 생각은 들지 않지만(사실 책이 생각보다 적게 팔린 데에는 제목 탓이 크다는 점을 인정하지 않을 수 없다), 그럼에도 불구하고 이 말은 기획 의도와 내용을 정확하게 요약하는 단어였다. 그래서 '만남'이 이루어졌는지 묻는다면, 우리 모두가 이 책을 만들면서 (정도의 차이는 있겠지만 어떤 의미로든) 이전과는 달라졌다는 말로 답을 대신하겠다.

K를 생각하며 '우리'에 대해 묻기

이 글을 쓰기 위해 15년 만에 『만남』을 다시 읽는 것은 독특한 경험이었다. 10년 전, 15년 전에 출간된 책들을 읽는 것이 본질적으로 어색한 일은 아니다. 하지만 이 책은 그랬다. 그사이 한국은, 일본은, 동아시아는, 세계는 변했다. 사람도 변하고, 사회도 변하고, 기후도 변했다. 무엇인가를 '소비할' 권리밖에 지니지 않게 된(생산조차 소비를 통해서 하게 된) 듯한 세대의 눈으로 보면 이 책의 일부 이야기들은 자의식과 피해의식 과잉으로 오해될지도 모르겠다. 당시 두 분이 나누었던 한국 사회에 대한 진단이 매우 날카롭고 통찰력 있는 것이었음에도 불구하고, 당시의 문제들이 다 해결된 것도 아님에도 불구하고, 그 문제들이 지금 우리가 살고 있는 세계의 문제들과 상당 부분 겹쳐 보임에도 불구하고, 이 책은 낯선 외국어로 된 것처럼 읽히는 것이 사실이다. 왜 그럴까?

책의 핵심적인 물음 중 첫 번째는 '우리는 누구인가?'라는 것이었다. 이 질문은 2021년에 우리 주변에 회자되는 'K를 생각한다'는 문장과 어떻게 다르고 또 같은가? 2021년 코로나의 한복판에서 이런 질문을 하는 것은 도대체 무슨 의미일까? 전 세계가 동시에 K 콘텐츠를 소비하고 개인 주식 투자자가 1,000만에 육박하는 유동성의 시대에, 이렇게 노동과 국경과 자본과 소비의 의미가 15년 전과 달라진 오늘날, '나라'가 무엇인지, 심지어 '씨올'이 누구인지 묻는 것은 어떤 의미일까? 세월호 이후, 팬데믹 이후, 기후 위기로 인한 재난들이 앞선 재난의 충격들을 모두 갱신해주리라 예측되는 상황에서 이런 질문을 하는 것은 어떤 의미일까?

『K를 생각한다』는 '공정성'에 대한 강력한 청년 세대의 요구가,

국가를 늘 예측 가능한 수준에서 작동해 온 '시스템'으로 인지하는 90년대생(밀레니얼 세대)의, 오작동에 대한 극렬한 반감 그 이상도 이하도 아니라고 설명한다.

따라서 90년대생이 '공정'에 민감한 이유는, 그들이 느끼는 불안 속에서 유일하게 예측 가능성을 제공해 주는 국가 시스템, 즉 정서적 안정의 최소한의 기반이 흔들리는 것을 원치 않기 때문이다. 다른 가치를 고려할 만한 정서적 여유가 남아 있지 않은 상황에서, 시스템의 예측 불가능성을 늘리는 모든 행위는 그들의 불안을 키우는 방향으로 작동한다. 여기에 고도의 심리적 압박이 만들어 낸 90년대생 전체에 걸친 피해의식이 더해지면 2010년대 후반을 수놓았던 여러 공정 논란의 성격은 더욱 명확해진다.[iv]

이는 그러한 요구가 어느 때보다 경쟁적인(신자유주의적) 환경에서 양육된 세대의 불안이 투사된 것이라는 좀 더 일반적인 설명과 함께 꽤 설득력이 있다. 『K를 생각한다』가 시스템 사용자, 콘텐츠 소비자, 팬덤으로 정체화한 이들을 우리는 어떤 공동체성으로 이해할 수 있을까?

물론 이런 낯섦에도 불구하고 선명하게 감지되는 반복의 리듬도 있다. 2007년 당시는 참여정부의 마지막 시기였다. 2008년 대선을 앞두고 있었고, 참여정부에 대한 실망과 냉소가 가득한

iv 임명묵, 『K를 생각한다』(사이드웨이, 2021), 86쪽.

시기였다. '민주화 이후의 민주주의'에 대해서, 비정규직에 대해서, 외국인 노동자에 대해서(또 이라크 파병에 대해서), 그리고 이 모든 문제들을 책임질 '공화국'에 대해서 질문하던 시기였다. 물론 당시 우리가 눈앞에 닥친 2008년 리먼브러더스의 파산을 예상한 것은 아니었으나 전 지구적인 신자유주의의 가속화가 어떤 변화를 심화시키고 있다는 생각을 하지 못한 것은 아니었다. 심지어 서경식 선생에게는 당시의 변화 과정이 일본에서 이미 경험했던 1960년대의 1980년대적 몰락과 겹쳐 보였던 것 같다. 책 안에 이미 반복의 리듬이 존재하는 이유다. 역사는 두 번, 한 번은 희극으로 또 한 번은 비극으로 반복되는 것이 아니라 어쩌면 영원히, 그러나 매번 한 단계 복잡해진 채로 반복되는 것이 아닐까 하는 생각이 들기도 한다. 서경식 선생이 대담 중에 언급한 "노스탤지어는 우리의 무기다."라는 말은 마치 이런 낯선 감각을 예견이라도 한 것처럼 읽힌다.

우리가 과거를 기억하고 과거에 매달리는 것을 두고 누군가 '그것은 향수일 뿐이다. 퇴행적인 노스탤지어다.'라는 식으로 공격을 해요. 제가 미셸 클레이피라는 팔레스타인 난민 영화감독에게서 들은 이야기인데, "노스탤지어야말로 우리의 무기다."라는 말을 장 주네가 했다고 해요. 국가가 우리 기억에 가한 폭력(국가의 폭력은 신체에만 가해지는 것이 아니니까요), 교육이나 문화를 모두 동원해 저지르는 폭력에 저항하는 우리 기억의 투쟁이 있지 않습니까? 그때 노스탤지어야말로 마지막 무기가 된다는 이야기를 했습니다.

『소년의 눈물』 같은 책을 보고, 제가 의도한 것과 다르게 향수를 느끼는 분도 있어요. 하지만 저는 역사에, 과거에 매달리는 사람이라는 것을 부끄럽게 생각하지 않습니다. 누군가 저더러 '과거의 망령이 되살아온 듯한 느낌'이라고 했을 때도 수긍했습니다.[v]

다시 앞의 물음으로 돌아와 보자. 2021년에 우리가 누구인지, '씨올'이 누구인지 묻는 것은 무슨 의미일까? 권력이 없고 그래서 지배적인 언어를 갖지 못하고 충분히 존중받지 못하는 이들, 별 볼 일 없지만 녹록지 않은 현실에서 하루하루 일상을 살아가는 이들, 그럼에도 불구하고 자기만의 강력한 가치(감정)를 선택하며 살아가는 이들, 자신들만의 가치를 마침내 자기들만의 '뜻'으로 만들어 내고 다듬어 가는 이들. 어감과 달리, '씨올'은 어쩌면 민족이나 국민은 물론이고, 인민, 시민, 민중, 대중 그 어떤 단어보다 더 동시대적으로 들리기도 한다. 왜냐하면 '씨올'이라는 단어는 국가주의적, 민족주의적 함의를 갖지 않을 뿐 아니라 (반쯤 농담 삼아 말하자면) 심지어 인간 종의 특성을 넘어서까지 확장될 수 있을 것처럼 들리기 때문이다.

서경식 선생은 처음에 김상봉 선생이 꺼낸 '씨올'이라는 말이 1970년대 민중신학의 한계를 고스란히 간직한 개념이 아닌가 문제 제기하기도 했지만, 두 사람의 대담을 통해 이 말은 보편적인 소수자성의 정체성과 연관되는 말로 바뀌었기 때문이다. 이 말은

v 『만남』, 233쪽.

두 분이 대담에서 처음으로 부딪쳤던 대목이자 거의 유일하게 합의하고 공유하게 된 것처럼 들리는 대목이기도 하다. 이 말은 결국 다양하게 교차하는 소수자성이 담길 수 있는 그릇(보편성)으로 변모했다.

서: 씨울에 대한 그런 개념화의 요구는, 솔직히 말씀드려서, 제게 너무 어렵게 느껴집니다. 지금 당장 그것을 해 보라면, 저는 못하겠습니다. 지금 말씀드릴 수 있는 것은 그런 구체적 일화들뿐입니다. 물론 빨갱이의 가족, 교도소 마당이라는 봉쇄된 공간, 그 공간만 벗어나면 자신이 (빨갱이라 낙인찍힌) 누구의 어머니라는 사실조차 숨겨야만 하는 상황, 이런 것들로부터 '극한적으로 주변화된 사람들'이라는 개념을 뽑아낼 수 있겠고, 그런 사람들이 만나 '아, 이이도 나 같은 사람이구나'라고 직감적으로 느끼는 상호적 공감의 힘에서 민중 연대의 능력을 추상화해 볼 수도 있을 겁니다.[vi]

서: 어떤 집단적인 사건이 일어난 순간, 아무것도 아닌 사람이 한꺼번에 주체가 되는 초월적 순간이죠.[vii]

김: 하지만 분명한 것은 쌀독에 쌀이 얼마나 남았느냐는 걱정을

vi 『만남』, 131쪽.

vii 『만남』, 134쪽.

늘 뒤통수에 달고 다녀야 한다는 사실이 사람을 타인과의 연대로 데려가지는 않는다는 사실입니다. '내 쌀독, 내 쌀독' 하게 되기가 쉽지요. (……) 그런 경험을 일반화시켜 '의식의 존재 구속성'을 과장해서는 안 된다는 것이죠. 동일한 조건에 놓인다고 누구나 똑같이 처신하는 것은 아니잖아요. 저는 그런 정신의 힘을 믿습니다. 의식이 존재에 구속되지만 동시에 그 존재가 잠정적인 것이고 변화 속에 있다는 점 또한 의식되어야 합니다. (……) 그들에 비해 틀림없이 혜택을 많이 누리는 제가 '나는 씨올이다.'라고 말한다면 교만한 소리겠죠. 그러나 '그래, 나는 씨올이 아니다, 나는 그들을 모른다, 나는 그들과 무관하다.'고 해서도 안 되죠. 씨올을 그런 방식으로 자기 밖의 타자로 그룹화하고 게토화하는 것은 또 다른 교만이고 거짓일 겁니다. 저는 계층, 계급의 구성원으로서는 씨올이 아니지만 씨올이 담지하고 있는 보편적인 인간성에는 같이 참여할 수 있고, 참여해야만 하고, 또 참여하고 있다고 감히 말씀드릴 수 있습니다.[viii]

서: 자신에게 던져지는 그런 (씨올로부터의 비난의) 시선으로부터 벗어나거나 도망칠 수 없는 사람, 저에게 지식인이란 그런 존재입니다. '나는 고통 받는 씨올과는 아무 상관없다.'고 주장할 수 있다면 차라리 속 편할지 모르겠습니다만, 저로서는 그런 것은 불가능하다고 생각해요. 그런 불가능성을 인식한 사람이라야 지식인이라 할 수 있겠죠. 씨올로부터의 시선을 의식하지 않을 수

viii 『만남』, 141쪽.

없는 존재, 지식인은 그런 사람들입니다.[ix]

국가 폭력, 식민지 폭력의 당사자로서(혹은 가까운 관찰자로서)의 개인적 경험을 글에 전부 녹여 내는 서경식 선생이 당신은 '씨올이 아니다.'라고 부인하고, 오히려 철학과 형이상학의 언어로 사유해 온 김상봉 선생이 당신은 '씨올의 일원'이라고 주장하는 대목은 아이러니하면서도 흥미롭다. 이 두 가지 태도를 모두 견지할 때, 우리는 타자성(혹은 차이)에 대해 존중하면서도 절대화하지 않고, 연민하지 않으면서 보살피고(상호 의존), 착취하지 않으면서 연대할 수 있지 않을까? 당시에도 그렇게 믿었지만, 15년이 흘러 이 책을 다시 읽은 지금은 더더욱 그렇게 믿고 있다.

착종하는 고통들에 응답하기

온갖 차이들로 인해 존중받지 못하고 경멸당하고 증오당하고 차별받아 오고 착취당해 온 소수자들이 당사자의 목소리로 말하고 있다. 어떤 소수자성들은 교차하고 어떤 소수자성들은 만나지 않기도 해서 이들을 단순히 '소수자'라는 말로 하나로 묶어버릴 수는 없다. 다만 이들의 경험은 자연스럽고 보편적인 것으로 표현되지 않고, 그렇기 때문에 이들의 목소리는 정상성에

ix 『만남』, 144쪽.

대해 비판적인 태도를 취한다. 하지만 한편으로 이런 목소리는 다른 소수자성과 연대하기 위해서 보편성에 기대야 한다. 서경식 선생은 다른 책(가령 『언어의 감옥에서』)에서도 이런 보편과 특수, 중심과 변방의 딜레마에 대해 종종 언급해 왔지만 『만남』에서 특히 진지하게 이 문제를 소통하려고 하고 있다.

서: 그런 문제로 고민하고 고뇌하고, 또 함께 기다리고 있는 '우리'는 잘못된 보편주의의 자리에 서 있는 사람들로부터는 '너는 너무 개별적이다, 너무 민족주의적이다.'라고 비판을 받게 되고, 또 고유성에 집착하는 사람들로부터는 '너는 너무 보편주의적이다.'라는 비판을 듣게 되지요. 그 경계선에 서서 앞으로 나아갈 길을 찾고 있는 것이 '우리'가 아니겠습니까?[x]

서: 우리가 고난의 공동체라는 (새로운 바벨의) 탑을 세운다는 목적을 가지고 만나 함께 일하기 시작하면, 하나의 언어가 다른 언어와 소통하고 각자의 고유한 언어가 무너지면서, 피진 잉글리시처럼 새로운 소통의 수단이 나타날 거라고요. 고난의 공동체라는 탑을 세우는 일은 바로 이처럼 새로운 소통의 기법을 발명하는 일과 병행되어야 하며 둘은 사실상 같은 일이라고 말입니다.[xi]

x 『만남』, 46쪽.

xi 『만남』, 77쪽.

2020년 한국에 소개된 『짐을 끄는 짐승들』은 (비장애 성인 유럽 남성을 규범화하고 효율과 이윤의 극대화를 추구하는) 비장애중심주의와 인간중심주의, 종차별주의, 신경전형주의, 인종주의, 식민주의, 자본주의, 가부장제, 이성중심주의, 능력주의가 얽혀서 차이들을 위계화하고 차별을 자연화(상식화)하는 것에 대해 페미니스트-장애운동가-동물권운동가로서 문제 제기하는 책이다. 이 책을 읽으면서 "고통을 통한 연대"라는 『만남』의 또 다른 핵심 주제가 떠올랐다.

타자와 윤리적 관계를 맺는다는 건 부분적으로 타자의 필요, 이해관계, 욕망, 취약성, 희망, 관점을 이해하고 그에 응답할 수 있는 것과 관계된다. 이때 이해와 응답이란 단순히 자기 관점에서 그것들에 대해 추측하거나 확신하는 바를 정립하는 것을 뜻하지 않는다. 이해와 응답은 타자의 관점에서 그것들을 파악하고자 노력하는 일이다.[xii]

'목소리 없는 자'란 존재하지 않는다. 오직 침묵을 강요받았거나, 듣지 않으려 하기에 들리지 않게 된 자들이 있을 뿐이다.[xiii]

특정한 고통이나 차별의 당사자로서 어떻게 말해야 하고, 다른

xii 수나우라 테일러, 『짐을 끄는 짐승들』, 이마즈 유리·장한길 옮김(오월의봄, 2020), 그루엔의 재인용, 347쪽.

xiii 『짐을 끄는 짐승들』, 아룬다티 로이의 재인용, 127쪽.

종류의 고통과 차별에 있어서 당사자가 아닌 존재로서 어떻게 들어야 하는가 하는 이 문제는 오늘날 더없이 중요한 주제가 되었다. 말하는 자는 보편의 언어에 지나치게 함몰되어서도 안 되고(지나치게 친절해져도 안 되고) 듣는 자는 타자의 요구를 너무 쉽게 단순화해도 안 된다. 그렇다고 양쪽 모두 타자와의 소통 불가능성을 말하며 너무 쉽게 포기해도 안 된다. 그리고 아마도 그것은 규범이나 비판, 혹은 죄책감을 통해서뿐 아니라 '사랑'을 통해서 가능할 것이라고 생각하고 있다. 그 사랑은 어느 범위까지 확장될 수 있을까? 어느 범위까지 추상화될 수 있을까?

예술이 고통을 다루고자 할 때 발생하는 문제는 고통받는 자들이 고통받다 못해 녹초가 되어 버린 경우가 많아서 고통에 관한 이야기를 시도해 보기도 전에 소진되고 만다는 것이다. 나 또한 녹초 상태였고, 취약성이 불러일으키는 난해한 숭고미와 그 밖에 어떤 말로도 표현 불가능하다는 것들을 마주한 채로 내게 어떤 일이 벌어졌는지를 말해야 한다는 문제에 직면해 있었다. (……) 병을 견뎌 내는 것보다 그 병과 관련된 경험과 느낌을 재현하는 것이 더 힘에 부친다.[xiv]

서경식 선생은 『만남』 이후에 이 대담에서 나누었던 이야기들을 자원 삼아 『고통과 기억의 연대는 가능한가?』라는 강연/세미나

xiv 앤 보이어, 『언다잉』, 양미래 옮김(플레이타임, 2021), 153쪽.

모음집을 출간했는데, 이 책은 『만남』의 서경식 발언 해설집처럼 읽히기도 한다. 어쨌거나 “고통의 연대”, “기억(기록)의 연대”에 대해서 나는 『만남』만큼 치열하게 묻고 답하는 책을 보지 못한 것 같다. 『만남』은 그것이 가능한지 불가능한지에 대한 답을 주는 책은 아니지만, 그런 문제 의식을 간직한 채로 계속해서 읽고 쓰고 듣고 말하는 이들에게 자원이 될 만한 이야기들이 가득 담긴 책이라는 것은 분명하다. 그런 선배들의 유산 중에서 여전히 눈에 띄는 몇몇 대목을 인용하면서 글을 마치고자 한다.

김: 수난과 고통의 차원에서는 그 동일성과 보편성에 깊이, 치열하게 참여하고 있음에도 불구하고 형성과 향유의 차원에서 보면 거기서 소외되어 있는 사람들의 경우라고 할 수 있겠지요. 책임감을 느낀다고 하면 좀 우습지만, 아무튼 그에 대해서 (응답-가능성으로서의) 책임이라는 문제가 발생하지요.[xv]

김: 선생님 책은 주인공이 혼자가 아니라는 점에서 놀랍습니다. 선생님은 자신의 고통에 비추어서 타인의 고통을 찾아가요. 그 고통은 선생님의 직접적인 고통은 아니에요. 사실 선생님은 재일조선인이라는 점에서 소수자시지만 따지고 보면 남의 고통 따위는 잊고 사셔도 되잖아요. 그냥 잘 살려고 하면 그럴 수도 있는 분이시잖아요. 그냥 서양미술 순례 만날 하시면서…….

xv 『만남』, 74쪽.

서: 그건 제가 인정할 수밖에 없는 저의 약점입니다.(웃음)[xvi]

서: 친구나 선생에게 아무리 상징 천황제라 하더라도 천황제를 유지하는 것은 잘못되지 않았는가 문제 제기를 하면 대부분의 답변은 '시간(자연)에 맡기자. 쇼와 천황은 언젠가 죽는다. 비합리적인 이 제도가 언제까지 계속될 수는 없을 거야. 그 후에는 달라질 거야.'라는 식이었습니다. 그것이 1960년대의 사회적 분위기였지요. 쇼와 천황은 1989년에 죽었습니다. 저는 매스컴이 천황의 죽음을 뭐라고 표현할 것인가 하는 문제에 아주 예민하게 주의를 기울이고 있었습니다. 1960년대라면 '붕어(崩御)'와 같은 단어는 써서는 안 된다는 분위기였을 겁니다. 그런데 우익 신문인 『요미우리 신문』, 『산케이 신문』은 말할 것도 없고, 그나마 진보적이라는 『마이니치 신문』이나 『아사히 신문』 같은 매체도 모두 '붕어'라는 단어를 사용했습니다. 그래서 나는 나를 가르쳐 준 선생들에게 정말이지 '속았다.'는 느낌을 강하게 받았습니다.[xvii]

서: 어떤 의미에서 재일조선인은 일본이라는 감옥에 갇힌 사람들입니다. 그래서 살아남기 위해서는 이 공간의 외부, 시간적, 공간적 바깥이 있다는 것을 상정하지 않고서는 살아갈 수가 없습니다. 재일조선인뿐 아니라 일반적으로 소수자 가운데서

xvi 『만남』, 220쪽.

xvii 『만남』, 302쪽.

xviii 『만남』, 345쪽.

예술가, 문필가, 소설가 들이 많이 나오는 것은 이런 상황과 관련이 있다고 추측합니다.[xviii]

김희진

2001년 겨울부터 편집자로 일하기 시작해 2010년 민음사 출판그룹의 인문교양 브랜드 반비를 만들었고, 10년 동안 편집장으로 일한 후 2020년 퇴사했다. 『소년의 눈물』부터 『나의 미국 인문 기행』까지 서경식의 책 14종을 편집 혹은 기획했다. 2017년 한국출판인회의에서 '올해의 출판인(편집 부문)'으로 선정되었고, 한국출판예비학교(SBI)와 한겨레교육문화센터, 말과활 아카데미에서 출판 편집의 여러 과정을 가르치고 있다. 지은 책으로 『돌봄 인문학 수업』, 『사회과학책 만드는 법』이 있다. 2021년 창간한 생태전환 매거진 『바람과물』의 편집장이자 돌고래 출판사의 대표이다.

후나하시 유코

만남

경식 씨와의 만남부터 이야기해 볼까 합니다.

1977년, 스물두 살에 음악대학을 졸업한 저는 곧바로 오사카에 있는 꽤 거친 분위기의 중학교에 음악 교사로 부임했습니다. 당시는 세상이 돌아가는 사정이나, 특히 정치적인 문제에 관해 전혀 알지 못했습니다.

그 무렵 교직원 조합의 가입률은 거의 100퍼센트에 가까웠기에 저 역시 권유를 받고 자연스레 들어갔습니다. 닛쿄(日共; 일본공산당), 욘토로(4トロ; 제4인터내셔널 트로츠키주의파), 가쿠마루(革マル; 일본혁명적공산주의자동맹 혁명적마르크스주의파). 모두 당시 정치당파의 닉네임이지만, 저에게는 도무지 종잡을 수 없는 말이었습니다. 아침에 학교에 도착하면 책상 위에는 조합이 발행한 유인물이 놓여 있었습니다. 무슨 말인지 전혀 알 수 없어서 그냥 버리기도 했어요.

학교에는 저 같은 신입 여성 교사 중에 사회과목 선생님이 있었는데 그분과 사이좋게 지냈습니다. 이제껏 만난 적 없는 박식하고 명석한 사람이었습니다. 사회나 정치를 잘 몰랐던 제게 좋은 친구가 될 수 있겠다는 생각을 하고 그 M 선생님을 따라다니며 여러 가지를 배웠습니다. 학교에는 대략 한 반에 두세 명가량 재일조선인 아이들이 있었는데 전부 일본식 이름을 썼습니다. 개인 면담에서 일본 이름이 아니라 본명을 쓰라고 이야기하자 모두 울기 시작했습니다. 일본 사회에서 본명으로 살아간다는 것이 얼마나 힘겨운 일인지 피부로 체감했던 일로 기억합니다.

내가 졸졸 따라다녔던 M 선생님은 언제나 수면 부족인 듯 졸려 보였습니다. 이유를 물어 보니 '서씨 형제를 돕는 모임'이라는 운동 단체에 참가하고 있는데 일요일에는 집회가 있어 밤늦게 귀가해서 그렇다고 했습니다. 이 이야기를 들은 때는 그녀와 만난 지 꽤 시간이 흐른 후였습니다. M 선생님은 경식 씨와 중학교 시절 동급생이었습니다. 당시 한국의 군사 독재 정권 아래에서 박정희 대통령에 반대했던 서승 씨와 서준식 씨가 감옥에 갇혀 고문을 당했다고 했습니다. 분노와 함께 용서할 수 없다는 생각에 참기 힘들었습니다. 그 두 사람 역시 재일조선인이었습니다. 그때는 교직원 조합의 중요성도 조금씩 깨달아 가던 무렵이었지만 한국의 상황에 대해서는 아무것도 몰랐습니다. 그래도 조금이나마 내가 할 수 있는 일은 없을지 M 선생님에게 물어봤습니다. 그러자 "너도 함께 도와줘."라고 말을 건네와 거의 매주 일요일마다 집회에 참가했습니다.

그 무렵, 서준식 씨가 감옥에서 소송(사회안전법으로 인한 보안처분에 대한 행정소송)을 제기했습니다. 그가 재판정에 제출했던 진술서를 저도 읽어 보았지만 전혀 알 수 없는 말들이었습니다. '죄형법정주의'라는 용어가 나오자 "대체 그게 뭐지?" 하며 수십 번씩 진술서를 읽었던 기억이 떠오릅니다. '서씨 형제를 돕는 모임'은 때때로 일본 사람들에게 호소하기 위해 집회를 가졌습니다. 그 집회에서 처음 경식 씨의 발언을 들었습니다. 면도날 같은 날카로움과 성실함, 지성과 이성을 갖춘 사람이라고 느꼈습니다. 세상에 이런 사람도 있구나, 라는 생각도 했습니다.

개인적으로 그와 친하게 된 계기는 매년 여름 군마현 구사쓰 온천에서 열리는 '구사쓰 국제음악 아카데미'였습니다. 나는 스위스 출신 성악가 에른스트 헤플리거의 레슨을 받으려고 음악제에 참가했습니다. 1984년 구사쓰 음악 아카데미에 윤이상 선생님이 초대 작곡가로 오셨습니다. 아마 제가 윤이상 선생님이 오신다는 소식을 경식 씨에게 전했던 걸로 기억합니다. 이 정보를 듣고 경식 씨가 구사쓰로 찾아왔습니다. 며칠 동안 윤이상 선생님의 곡이 연주되었지요. 〈이마주〉, 구사쓰 국제 음악 아카데미가 위촉한 작품이자 세계 초연이었던 〈클라리넷 5중주곡〉, 〈밤이여 나뉘어라〉 등이었습니다. 너무 훌륭한 음악을 듣고 눈물이 절로 흘렀습니다.

그때 교토에서 차를 몰고 달려왔던 경식 씨와 처음으로 함께 드라이브를 했습니다. '얼마나 멋진 사람인지…….' 그런 생각에 가슴이 뛰었지만 그 무렵 그는 교제하던 사람이 있었습니다. 내가 설 자리는 없었지요.

그러나 어느샌가 두 사람은 헤어졌습니다. 나 같은 사람이 그와 대등하게 교제할 수 있으리라고는 생각도 못했지만, 어떻게 하다 보니 사귀게 되었습니다. 그 무렵 그는 저리 아름다운 석양도 '피고름'같이 보인다는 말을 했습니다. 형들의 석방은 앞길이 전혀 보이지 않았고, 광주학살이 일어나고, 사랑하는 아들을 둘씩이나 옥중에 놓아둔 채 어머니가 세상을 떠났습니다. 경식 씨도 바제도병에 걸렸습니다. 얼마나 괴로운 생각을 안고서 살아갔을까를 떠올리면 용케 버텨서 지금껏 살아올 수 있었구나, 하는 생각이 듭니다. 그러니 그렇게 마음을 에는 듯한 글을 쓸 수 있었다고 생각합니다.

우리 두 사람은 이곳저곳을 여행했습니다. 그는 무서운 꿈을 자주 꿉니다. 이탈리아 여행을 떠났을 때는 어머니가 꿈에 나와서 "너는 참 약삭빠르구나."라고 말했다고 합니다. 꿈 이야기를 하면서 "어머니는 잘 알고 계신 거야."라고 중얼거리며 괴로워했습니다. 제 생각으로는 어머님이 했을 리 없는 말들입니다.

저는 꽤 거친 중학교에 근무했다고 했습니다만, 직장이 없는 경식 씨는 출근하는 제게 자주 도시락을 싸 주곤 했습니다. 훗날 경식 씨는 겨우 호세法政대학 비상근 강사가 되었지만 강사료는 신칸센 왕복 차비에도 못 미쳤습니다. 도쿄에서 돌아오는 그를 데리러 교토역 뒤편으로 차를 몰고 마중 나가곤 했습니다.
차 안에서 내가 근무하던 학교에서 날마다 일어났던 사건을 이야기하곤 했습니다. 그가 제 이야기를 들어주었던 덕분에 힘들었던 학교 근무도 버텨 낼 수 있었구나, 하는 생각이 듭니다.

그는 50세에 드디어 도쿄경제대학에 자리를 얻었고 올해 정년퇴직했습니다. 코로나19 상황 속에서 젊은 동료 선생님들이 고별 강연회를 마련해 주었고 퇴직 기념 논집도 제작 중입니다. 저 역시 마지막 강의를 들으러 갔는데 많은 청중이 찾아 주셨습니다. 동료 선생님들, 사무 직원분들, 학생 여러분과 나누었던 교류를 보면서 그는 참 행복한 사람이구나, 하고 느꼈습니다.

나는 서경식 씨와 만나서 가치관과 생활이 크게 바뀌었습니다. 알게 되는 것, 배우는 것이 매우 즐거웠습니다. 그래도 시대는 돌고 도는군요. 지난 총선거에서는 예상을 크게 웃도는 수준으로 자민당이 압승했습니다. 쓰라린 눈물을 흘리지 않으면 안 되는 날이 다시 찾아오는 걸까요. 그런 날과 맞닥뜨린다면 피해를 입고 싶지 않습니다. 동시에 지금도 일본인으로서 가해의 역사적 책임을 안고 있는 저는 다시 가해자가 될지도 모른다는 생각에 두렵습니다. 이 세상에서 저를 지우고 싶습니다.

후나하시 유코

2022년에는 가곡 콘서트를 열 예정이다. 곡목은 슈만, 브람스, 바하 등. 특히 좋아하는 곡은 브람스의 〈Der Tod, das ist die kuhle Nacht(죽음, 그것은 차가운 밤)〉, 지금 그런 기분이다.

길 위에서

응답과 감사를 담아

서경식

젊었을 시절, '꼬리표'라는 것을 많이 사용했다. 명함 정도 크기 종잇조각인데 여기에 필요한 사항, 이를테면 수하물의 내용이나 보낼 곳을 써넣고 한쪽 끝에 매어 놓은 가는 철사로 짐에 묶는다. 아버지는 그 무렵 동네에서 조그마한 공장을 운영하고 있어서 이런 꼬리표를 많이 썼다.

꼬리표에 붙은 가느다란 철사를 지그시 바라보며 눈을 뜬 채로 그 끝을 천천히 오른쪽 눈으로 가져간다. 철사 끝이 안구를 덮은 각막까지 아슬아슬할 만큼 가까워지면 찌릿, 하며 마비되는 것 같은, 말로 표현하기 힘든 감각이 생겨난다. 마침내 철사 끝이 각막에 닿는다. 하지만 아프지는 않다. 콕콕, 작은 소리와 함께 철사 끝이 각막을 찌른다. 나는 눈동자 쪽으로 뾰족한 철사 끄트머리를 더 찔러 넣는다. 철사는 안구 한가운데를 통과해 그 뒤편까지 이른다. 그래도 더 깊게 찔러 넣으면 또 한 번 "쿡" 하는 소리가 나면서 안구를 뚫고 뒤쪽으로 빠져나간다. 거기서 한 번 더 밀어 넣으면 철사는 시신경을 통과해서 뇌로 진입해 간다.

그 무렵 나는 빈번하게 저런 망상에 사로잡혔다. '첨단공포증'의 일종일지도 모른다. 연필심이나 사람의 손끝처럼 뾰족한 모든 것이 나에게 향해 육박하듯 느껴졌다. 하지만 거기엔 공포만이 아니라, 기묘한 도취감도 있다. 뾰족한 것이 나를 향해 찔러 들어온다고 느낄 때 윽, 하며 고개를 숙여 피하려는 반응이 뒤따르지만, 동시에 그 뾰족한 것에 안구를 꿰뚫리고 싶다는 도착적인 생각도 치밀어 오른다.

그 무렵 나는 분명 몸도 마음도 병들어 있었다. 해 저무는 하늘이 늘 피고름 색으로 보였다. 탁한 청록색 늪의 수면 위로 허연 익사체가 두둥실 떠오르는 환상에 사로잡히기도 했다. 에곤 실레의 그림을 보았을 때, 그 화가도 나와 같은 망상을 품었으리라는 직감으로 글을 쓴 적도 있다(『청춘의 사신』 참고).

'그 무렵'이라고 썼는데, 나이로 따지면 스무 살을 지나 서른이 되었던 시절, 시대로 치면 유신 독재 체제가 성립한 후 광주 5·18을 거쳐 6월 민주항쟁에 이르던 시기다. 형들이 옥중에 신음하며 갇혀 있었고 어머니와 아버지가 차례로 세상을 떠났던 무렵의 일이다. 그때 나는 일본 땅 한구석에서 한창 뜨거웠던 한국 사회의 투쟁 속으로 몸을 던지지도 못하고, 그렇다고 일본의 '평범한 사회인'도 되지 못한 채, 아무것도 할 수 없는 스스로를 책망하며 하루하루를 꾸역꾸역 뒤로 밀어젖히며 살아갔다. 갑상선을 포함해 여러 신체 장기에 문제가 생겨 손발 끝이 마비되는 희귀한 병으로 길게 입원한 적도 있다. 마비가 심장까지 다다르면 죽는다는 말을 들었지만 비장한 마음은 들지 않았다. 그저 멍하게 '아, 그렇게 되는 건가.'라고 생각했을 따름이다. 거의 잠들지 못한 밤에 암흑 속에서 두 눈을 뜨면 불길한 상상이 뻗쳐올랐다. 어두운 나날 속에서 끊임없이 끓어오르는 망상에 시달리며 괴로워했지만, 그런 망상을 가련히 여기는 뒤틀린 감정도 동시에 존재해서, 내가 겪는 망상의 세세한 부분까지 파고 들어가 글로 남겨 보려는 생각도 했다. 『나의 서양미술 순례』는 바로 그렇게 쓴 저술이다. 미술을 둘러싼 이야기인 동시에, 실은 나 자신을 위협하는 악몽의 이야기였다. 스스로도 명확한 의도를 갖지 못한 채, 그런 생각을 그저 글로 묶어 내는 행위를 통해 수면 위에 간신히 고개를 내밀고 숨을 쉬었는지도 모른다. 그렇게 쓴 글이 독자를 얻으리라고는 물론 기대도 하지 않았다.

올해 3월 말에 도쿄경제대학을 정년 퇴직한 후, 반년 넘게 시간이 흘렀다. 퇴직을 앞뒤로 허둥지둥 분주했던 시기가 겨우 지나고 있구나 싶은 요즘이다. 분명 바쁜 나날로부터는 해방되었지만, 퇴직 전에 기대했던 여유로운 일상이 아니라, 왠지 모를 두근거림이 진정되지 않는 심경으로 하루하루를 보낸다. 70년 인생 중에서 대학이라는 곳에 소속했던 20여 년의 짧은 기간이 오히려 나 자신에게는 예외적인 시간이었던 듯한 느낌이 든다. 원래 내가 처해 있었던 불안정한 상태로 되돌아와 버렸다고도 말할 수 있을까.

나는 이런 상황을 일찍부터 예감했다. 『나의 서양미술 순례』의 「에필로그와 뒷말」(1991년 3월 16일자)에는 다음과 같은 구절이 있다.

"두 형이 모두 출옥함으로써 우리 일가를 짓누르고 있던 운명은 하나의 구획을 지은 셈인데, 돌이켜보건대. 잃은 것은 너무나 많고, 또한 조국의 분단 상태를 비롯하여 이러한 운명을 초래한 구도의 근본이 아직 고쳐지지 않고 있다는 것은 말할 필요도 없다. 그러한 의미에서 본다면 20년의 세월이 흐른 뒤에도 우리들이 아직 평안을 누리지 못하는 게 차라리 당연하다 하겠다."

그렇다. '당연한 일'인 것이다. 오기 때문이었을까, 혹은 여린 마음 때문이었을까, 젊은 시절에는 '고독'하다는 말을 결코 입 밖에 낸 적이 없었다. 하지만 그때 저작을 다시 읽어 보니 극도의 고독감에 몸을 떨던 젊은이의 모습이 보인다. 나는 옛 식민지 종주국의 머조리티majority 사이에서 태어난 마이너리티minority, 분단국가의 '재외국민', 비전향 정치범의 가족이었다. 이렇다 할 기술이나 능력도 갖추지 못했고 험한 노동을 견딜 건강한 육체도 없었으며, 그저 책에 빠져 있을 뿐인 '생활 부적응자'이고 '결격자'였다(지금도 그렇다). '고독'은 당연하지 않았을까. 많은 사람에게 내 '고독'을 이해받지 못했다고 해도, 그 역시 당연한 일이다.

그랬던 젊은 날로부터 반세기 가까이 흘렀다. 그때 죽었다고 해도 이상하지 않다. 오히려 그대로 죽었어도 좋았으련만, 같은 생각을 한 적도 있다. 50년 가까이 시간이 흘렀지만 아직도 젊은 날의 망상이 옛 모습 그대로 되살아나기도 한다.

「에필로그와 뒷말」을 쓴 뒤로 또 30년이라는 세월이 흘렀지만 나를 포함해서, 옥고를 치렀던 두 형, 소녀 시절부터 부조리한 운명에 상처 입었던 여동생, 한과 슬픔 속에서 절망한 채 세상을 등진 아버지와 어머니, 그들의 상처는 지금도 치유되지 않은 상태다. 교토시의 한 병원에서 한밤중에 병고의 끝자락에 있던 어머니를 북돋우려고 "조금만 참아요, 조금 있다가 아침이 되면 편해질 거예요."라고 말을 걸었던 내게 어머니는 격렬한 고통으로 신음하며 말했다. "아침까지라고? 아직 멀었잖니?" 그것이 어머니의 마지막 말이었다. 내가 건넸던 말은 공허한 임시변통에 지나지 않았다. 어머니의 대답이야말로 진실이었다.

내 가족만이 아니다. 우리 민족 전체가, 지금도 '평안'을 얻지 못한 상태다. 지난 세월을 거치며 나는 우리 가족이 처했던 상황이 결코 예외가 아니었으며 오히려 우리 민족의 역사와 현실에서 '보통'이었다는 점을 배웠다. 한국은 알코올 의존율과 자살률이 월등히 높은 사회다. 망상에 시달리고 있는 사람도 틀림없이 적지 않을 것이다. 그렇게 힘겨운 역사를 거쳐 온 사회인 것이다. '우리 민족'뿐 아니라 미얀마, 벨라루스, 팔레스타인……. 악몽과 고통은 전 세계에서 이어지고 있다.

대학 연구실에서 철수한 장서를 정리하고 있자니 '언젠가는 읽어야지.' '이것도 공부하지 않으면 안 되겠구나.'라는 생각으로 구해 놓고 손도 대지 못한 서책과 재회한다. 하지만 그런 책을 꽂아 둘 공간도 없으며, 지금부터 다시 공부할 시간도 체력도 내게 남지 않았다는 것만은 알겠다. 읽어야 할 책도 못 읽고, 알아야만 하는 것도 제대로 알지 못한 채 글을 쓰고, 사람들 앞에서 강의를 하면서 살아온 셈이다. 인생에서 얼마나 많은 것을 적당히 둘러대며 살아왔는가, 하는 생각이 떠오르자 씁쓸해진다.

마찬가지 이야기를 모든 상황, 특히 인간관계에 관해서도 할 수 있다. 멍하니 과거를 돌이켜보면, 완전히 잊어버렸던 장면이나 사람들의 기억이 돌연 되살아난다. 뜻하지 않게 멀어져 버린 사람을 떠올려 보면, 20~30년이라는 긴 시간이 그저 흘러가 버렸다는 사실을 새삼 깨닫는다. 본의 아닌 오해를 받은 채(또는 오해를 안긴 채), 이제는 그 오해를 풀 기회를 가질 수 없게 된 사람도 있다. '그때 한 마디라도 더 건넸으면 좋았을 텐데.'라든가, '어째서 한 발짝 더 다가가 따져 묻지 않았을까?'라고 스스로에게 묻다가 '아, 이제 그 사람은 이 세상에 없을지도 모르겠다.'라는 생각도 한다.

소식이 끊긴 사람, 마음을 다쳐 정신적으로 아파하는 사람, 병마나 자살로 세상을 떠난 사람들을 생각한다. 내가 그렇게 되었다고 해도 이상하지 않다. 아니, 나야말로 그렇게 되었어야 했다고까지 생각한다. 거듭해 온 실패, 과오, 죄의 기억만 가슴속에 쌓여 간다. "손을 쓸 수 없었다." "어찌할 방도가 없었다." 운운하며 보이지 않은 무언가를 향해 변명하듯 중얼거리는 나를 본다. 초로기에서 노년기로 이행한다는 게 이런 것일까. 그러고도 아직 내 앞에는 '인생을 마감'해야 하는 더 큰 과제가 기다리고 있다.

이런 내가 그래도 지금까지 살아올 수 있었던 것은 여러 우연들과, 좋은 사람들과 만날 수 있었던 덕분이다.

유럽을 방랑하던 여행에서 돌아와 출판은 생각도 않고 '서양미술 순례' 초고를 써서 정치사상가 후지타 쇼조藤田省三 선생에게 보여 줬다. 직접 가르침을 받은 관계는 아니었다. 하지만 선생은 내 형들의 구명 운동에 힘을 보태 주었고, 정치범의 가족인 나에게도 관심을 가져 주었다. 형들의 출옥 후, 나를 자신이 근무하던 호세대학 비상근 강사로 추천해 교단에 서게 해 준 것도 후지타 선생이다. 그의 힘을 입어 『나의 서양미술 순례』는 미스즈쇼보에서 출판될 수 있었다. 그때 후지타 선생이 내게 엄격한 조언을 했다. "앞으로는 이 작품을 넘어섰다고 생각되는 글만 발표하도록 해요." 나는 그 말을 신중히 가슴에 새기며 지키고자 노력했지만, 결과적으로 선생의 말씀에 충실했는지는 자신이 없다. 후지타 쇼조 선생 외에도, 사회학자 히다카 로쿠로日高六郎, 철학자 고자이 요시시게古在由重, 문예비평가 가토 슈이치加藤周一, 역사학자 야마다 쇼지山田昭次, 편집자 야스에 료스케安江良介, 목사 쇼지 쓰토무東海林勤, 시인 이바라기 노리코茨木のり子 등이 우리 가족을 응원해 주었다. 두 형의 구명 운동에 직접 참여했던 친구들은 모두 노년에 접어들었다. 이들은 일본 사회 속에서 다수파는 아니지만 가장 선한 사람들이라고 말할 수 있다. 그런 사람들이 나와 내 가족에 관심을 가져 주었다는 것도 결국은 형들의 수난과 고투가 가져다준 결과다. 그런 의미에서 나는 형들이 겪었던 극한의 고통을 대가로, 그 은혜를 입고서 살아남았다고도 말할 수 있다.

『나의 서양미술 순례』는 백낙청 선생의 눈에 들어 창작과비평사에서 번역, 출판되었다. 뜻하지도 못했던 기쁨이었다. 1951년 일본에서 태어난 나는, 고등학교 시절과 대학 시절 초기에

짧게 조국을 방문한 경험이 있지만, 그 후 형들의 투옥 사건으로 조국의 여러 분들과 제대로 교류조차 할 수 없는 상태가 길게 이어졌다. 그럭저럭 일본의 한 대학에서 직장을 얻고 일상의 의무에 쫓기면서 젊은 시절 뜻을 두었던 것과는 달리 '우리말'도 변변히 쓰지 못하게 된 채 중년을 맞이했다. 앞서 말했듯 『나의 서양미술 순례』는 괴로움으로 새어 나오는 한숨과도 같은 저서였으니 한국의 독자에게 받아들여지리라고는 기대조차 하지 않았다. 하지만 예상과 달리 이 책은 널리 읽혔고 대체로 호의적인 반응을 받았다. 『나의 서양미술 순례』로 인해 나는 조국의 많은 분과 만날 수 있는 실마리를 얻은 셈이다. 내 인생 최대의 행운이었다고 말할 수 있다.

졸저가 예상 외로 좋은 반응을 얻은 이유를 저자가 구구절절 설명해서는 좋지 않다고 생각한다. 다만 한마디만 허락된다면 식민지 지배, 전쟁, 군사독재, 이산 등 민족사가 안겨 준 분열증적 상황에 질식할 것 같았던 내가 토해 낸 '한숨'에 적지 않은 분들이 공감해 주셨기 때문일 것이다. 나는 그 점을 '발견'했다. 어쩌면 홀로 깊은 숲속을 방황하던 사람이 돌연 먼 옛날 생이별했던 '사촌'과 만난 것처럼. 이 '발견'은 내게 크나큰 사건이었다. 내 속에 응어리졌던 아픔과 고뇌는 조국의 사람들과 공유할 수 있는 것이었다. 마음대로 만나는 것조차 힘들었던 사람들이지만 마찬가지로 '분열증적 상황' 속에서 꿈틀대며 괴로워하고 있었다는 '발견'이다. 단적으로 말하면 그건 설령 '분단'되어 있다 하더라도 우리는 공통의 역사적 문맥을 살아가고 있다는 증거가 아니었을까.

나는 이런 모습이 비록 언어나 문화는 달라져 버렸다고 해도 우리는 '같은 민족'이라고 칭할 수 있는 근거라고 생각한다.

물론 이런 생각은 꽤나 로맨틱한 감상이리라. 현실은 훨씬 복잡하고 곤란하며, 때로는 가혹하고 추하기까지 하다는 점을 잘 알고 있다. 하지만 그때 그 시점에서, 다시 말해 한국 사회가 긴 군사정권 치하에서 빠져나와 민주화의 길을 걸어가기 시작하고 마흔이 다 된 나는 앞으로의 방향성을 찾으려고 애썼던 그 시절에, 『나의 서양미술 순례』가 조국의 독자를 얻은 사건은 내게 큰 격려가 되었다. 이 사건을 계기로 『소년의 눈물』을 비롯한 다른 저작도 한국에서 소개되었고 『한겨레』에 칼럼 기고도 시작했다. 이러한 일을 통해 조국의 여러분께 직접 이야기를 거는 일을 내가 할 수 있는 가장 중요한 역할 중 하나로 받아들이게 되었다. 말하자면 나는 자신이 활동할 '현장'을 발견한 셈이다. 2006년부터 2년 동안 국외 연구 기회를 얻어 성공회대학교 방문 교수로 한국에 체류했다. 아내 후나하시 유코도 동행하여 연세대학교 어학당에서 한국어 공부에 힘썼다. 처음에는 나도 이번에야말로 기본부터 새로 배워 한국어로 에세이나 소설을 쓸 수 있게 되기를 바랐지만 아직도 실현 불가능한 꿈에 머물러 있다. 실제로 만족할 수 있는 수준의 에세이나 소설을 모어가 아닌 글로 쓰는 일은 보통 생각보다 훨씬 곤란한 일이다. 오히려 나는 한국 체류를 통해 그게 얼마나 어려운지를 깨달았다고도 말할 수 있다. 하지만 조국의 사람들과 의사소통이나 공감 형성을 방기하겠다는 의미는 물론 아니다. 모어와 모국어, 조국과 재일, 민족과 문화 등을 둘러싸고 들었던 생각을 한국 체류의 경험을 바탕으로 다듬어서 『난민과 국민 사이』, 『시의 힘』 같은 저작으로 정리할 수 있었다.

말할 필요도 없겠지만 나의 '현장'에서 펼친 이러한 활동은 출판인, 언론인, 번역자, 사회활동가, 학자와 연구자 등 많은 분의 조력과 지지가 있었기에 비로소 가능했다. 이 점에서도 나는 보기 드문 행운의 수혜자라는 점을 자각하고 있다. 재일동포 대부분은 역사수정주의가 횡행하는 일본에서 소수자로 묶여 있고 내가 누린 행운과는 무관하게 고립 속에서 피폐해지고 소모당하며 살아간다. '이들을 위해 무언가를 하고 싶다, 해야만 한다'는 생각은 지금도 변함없다. 하지만 뚜렷한 성과 없이 인생의 귀한 시간을 흘려보내고 있어 자신의 역부족을 통감할 따름이다.

나는 2015년 노벨 문학상을 받았던 스베틀라나 알렉시예비치와 두 번에 걸쳐 대담을 나눈 적이 있다. 첫 번째는 2000년에 〈파멸의 20세기〉라는 제목으로 제작된 텔레비전 다큐멘터리 촬영을 위해서였다. 노벨상을 수상한 다음 해인 2016년에 두 번째 대담을 가졌다. 알렉시예비치의 저작은 구석구석이 상상할 수도 없는 비참함과 잔혹함으로 가득 차 있다. 그것도 무수히 많은 '작은 사람들'이 본래부터 타고난 자신의 목소리로 직접 증언한 말이다. 그런 육성 중 하나에만 공감하며 듣고자 해도 듣는 쪽은 정신의 평형감각을 잃고 휘청거리지 않을까 생각될 정도다. 알렉시예비치가 그려 내는 역사는 그만큼 수없이 많고 층층이 쌓인 희생과 실의로 연속된 역사다. 그녀의 노벨 문학상 수상 강연은

'지는 싸움'이란 제목이었다. 민주화와 해방을 추구하는 투쟁에서 겪는 '패배'의 쓰라림을 이야기한 것이다. 대담이 끝날 무렵 나는 이렇게 물었다. "'세컨드 핸드(중고품)의 시대'(알렉시예비치의 저서명)에는 예전과 같은 이념은 존재하지 않고 자신의 욕망, 또는 힘만이 진실로 여겨집니다. 이러한 상황은 러시아에서도, 미국에서도, 일본에서도 점점 진행되고 있지요. 그럼에도 불구하고 '계속할 것'이라고 이야기하는 당신의 확신은 어디에 근거를 둔 것인지요?"

그녀는 말을 골라 가며 신중히 답했다. "내가 유일하게 알고 있는 것은 이것이 '기나긴 길'이라는 점이에요. 우리 한 사람 한 사람이, 몸소 작은 일을 해야만 하고, 선한 편에 서야 한다고 생각합니다."

말인즉슨 "확신의 '근거' 같은 건 없다."라는 대답이다. 담담한 어조에 나는 도리어 압도당했다. 그래, 정말 얼마나 길고도 머나먼 길인가! 그 길은 적어도 19세기부터 지금까지, 러시아 혁명 이전부터 그 이후로 신자유주의가 만연하고 창궐하는 지금까지 장구하게 이어지고 있다. 앞으로도 계속될 것이다. 그리고 '작은 이'들은 해방에 이르는 그 길이 얼마나 긴가를, '지는 싸움'의 쓰라린 경험을 통해 숙지하고 있는 셈이다. '확신의 근거' 따위를 물었던 내가 너무나 순진했다. '확신' 같은 게 있건 없건, 사람들은 계속 걸어가는 것이다. 그때 나는 사춘기 시절부터 때때로 접하고 스스로에게 들려주었던 "본시 땅 위엔 길이 없다. 걷는 이가 많아지면 거기가 곧 길이 되는 것이다."(「고향」)라는 루쉰의 가르침을 다시 떠올렸다. 벨라루스로 귀국한 알렉시예비치는 루카셴코 독재 정권에 반대하는 시민운동에 가담하여 결국 자기 나라에서 '평안'히 지낼 수 없게 되자 지금은 독일에서 (두 번째) 망명 생활을 보내고 있다.

무기력한 채로 시간만 흘러 버렸다. 지금의 나는 그런 생각으로 가득하다. 다만 내 인생을 통해 한국의, 그리고 전 세계의 '작은 사람들'의 편에 최후까지 서 있고 싶다. 인생이 끝나기까지, 아니 끝난 후에도, 나 또한 '기나긴 길'을 계속 걸어갈 것이다.

이 책에 글을 써 주신 여러분을 비롯하여, 실로 많은 사람이 나처럼 '작은 존재'에 마음을 써 주셨다. 기나긴 길 위에서 여러분과 만날 수 있었던 것은 틀림없이 행복한 사건이었다. 응당 한 분 한 분께 응답해야만 하겠지만, 지금은 그렇게 할 수 없기에 우선 모든 분을 향한 감사의 마음을 담아 이 보잘것없는 글을 드리고 싶다.

감사합니다.

2021년 10월 26일

서경식

서경식 저작 목록

1992 [단독저서] 『나의 서양미술 순례』, 박이엽 옮김, 창작과비평사.

1996 [논고] 「'재일조선인'의 위기와 기로에 놓인 민족관」, 『역사비평』 여름호(통권 35호), 역사비평사.

1997 [논고] 「우려하는 재일조선인의 '어필'에 동참을 호소한다」, 『월간 말』 5월호, 월간 말 주식회사.

1998 [논고] 「재일조선인이 나아갈 길 : '에스닉 마이너리티'인가 '네이션'인가」, 『창작과 비평』 겨울호(통권 102호), 창작과 비평사.
[논고] 「어머니를 모욕하지 말라!」, 『당대비평』 5호, 생각의 나무.

1999 [논고] 「'히노마루'·'기미가요'의 법제화, 죽어가는 일본 민주주의」, 『당대비평』 8호, 생각의 나무.

2002 [단독저서] 『청춘의 사신—20세기의 악몽과 온몸으로 싸운 화가들』, 김석희 옮김, 창비.
[공저] 다카하시 데쓰야·서경식, 『단절의 세기 증언의 시대』, 김경윤 옮김, 삼인.

2003 [논고] 「북·일 수교 협상과 일본인 납치사건—저울에 달아서는 안 된다 : 조선인과 일본인에게 보내는 메시지」, 『당대비평』 21호, 생각의 나무.

2004 [단독저서] 『소년의 눈물—서경식의 독서 편력과 영혼의 성장기』, 이목 옮김, 돌베개.
[논고] 「재일조선인은 '민중'인가? : 한국 민중신학을 향한 문제 제기」, 『시대와 민중신학』 8호, 제3시대 그리스도교연구소.

2006 [단독저서] 『디아스포라 기행—추방당한 자의 시선』, 김혜신 옮김, 돌베개.
[단독저서] 『난민과 국민 사이—재일조선인 서경식의 사유와 성찰』, 이규수·임성모 옮김, 돌베개.
[단독저서] 『시대의 증언자 쁘리모 레비를 찾아서』, 박광현 옮김, 창비.
[인터뷰] 「(인터뷰어 박권일)서경식 도쿄케이자이대 교수—디아스포라로 살아가는 건 나의 숙명」, 『월간 말』 6월호, 월간 말 주식회사.

2007 [단독저서] 『사라지지 않는 사람들—20세기를 온몸으로 살아간 49인의 초상』, 이목 옮김, 돌베개.
[단독저서] 『시대를 건너는 법—서경식의 심야통신』, 한승동 옮김, 한겨레출판.
[공저] 『만남—서경식 김상봉 대담』, 돌베개.
[공저] 가토 슈이치·노마 필드·서경식, 『교양, 모든 것의 시작—우리 시대에 인문교양은 왜 필요한가?』, 이목 옮김, 노마드북스.
[공저] 서경식·정호승·최인석·김남일·양영희, 『분단의 경계를 허무는 두 자이니치의 망향가—재일한인 100년의 사진기록』, 현실문화연구.
[논고] 「모어와 모국어의 상극 : 재일조선인의 언어 경험」, 『황해문화』 57호, 새얼문화재단.
[해설] 「작품 해설」, 프리모 레비, 『주기율표』, 이현경 옮김, 돌베개.
[해설] 「작품 해설」, 프리모 레비, 『이것이 인간인가』, 이현경 옮김, 돌베개.

2008 [논고] 「토오꾜오와 서울에서 쁘리모 레비를 읽는다」, 『창작과 비평』 봄호(통권 139호), 창비.

2009 [단독저서] 『고통과 기억의 연대는 가능한가?—국민, 국가, 고향, 죽음, 희망, 예술에 대한 서경식의 이야기』, 철수와영희.
[단독저서] 『고뇌의 원근법—서경식의 서양근대미술 기행』, 박소현 옮김, 돌베개.
[공저] 서경식·김상봉·김규항·김송이·박노자·손낙구·하종강·손석춘, 『후퇴하는 민주주의—서른 살, 사회과학을 만나다』, 철수와영희.

2010 [공저] 서경식·타와다 요오꼬, 『경계에서 춤추다—서울-베를린, 언어의 집을 부수고 떠난 유랑자들』, 서은혜 옮김, 창비.
[논고] 「'한국문학'과 '세계문학'을 둘러싼 단상 : '새로운 보편성'을 찾아서」, 『실천문학』 겨울호(통권 100호), 실천문학사.
[해설] 「작품 해설」, 프리모 레비, 『휴전』, 이소영 옮김, 돌베개.

2011 [단독저서] 『언어의 감옥에서—어느 재일조선인의 초상』, 권혁태 옮김, 돌베개.
[단독저서] 『나의 서양음악 순례』, 한승동 옮김, 창비.
[논고] 「나의 글쓰기와 문학」, 『실천문학』 겨울호(통권 104호), 실천문학사.

2012 [단독저서] 『디아스포라의 눈—서경식 에세이』, 한승동 옮김, 한겨레출판.
[단독저서] 『역사의 증인 재일 조선인—한일 젊은 세대를 위한 서경식의 바른 역사 강의』, 형진의 옮김, 반비.
[논고] 「후쿠시마에서 본 '일본'」, 『녹색평론』 1-2월호, 녹색평론사.
[논고] 서경식·한홍구·다카하시 데츠야, 「원전과 국가 그리고 민주주의 : 후쿠시마 그 이후」, 『황해문화』 74호, 새얼문화재단.
[논고] 서경식·한홍구·다카하시 데츠야, 「원전과 국가 그리고 민주주의 : 후쿠시마 그 이후②」, 『황해문화』 75호, 새얼문화재단.
[논고] 「빨간 치마—긍지 높은 '촌놈' 화가 신경호」, 『황해문화』 76호, 새얼문화재단.
[논고] 「우아한 미친년—윤석남」, 『황해문화』 77호, 새얼문화재단.

2013 [공저] 서경식·다카하시 데쓰야·한홍구, 『후쿠시마 이후의 삶—역사, 철학, 예술로 3·11 이후를 성찰하다』, 이령경 옮김, 반비.
[공저] 서경식·김용규·이용일·서민정, 『경계에서 만나다 : 디아스포라와의 대화』, 현암사.
[논고] 「완고한 맏아들—정연두」, 『황해문화』 78호, 새얼문화재단.
[논고] 「분열을 진지하게 체현한 전설의 '월북화가' : 이쾌대」, 『황해문화』 80호, 새얼문화재단.

2014 [단독저서] 『나의 조선미술 순례』, 최재혁 옮김, 반비.
[논고] 「이름이 많은 아이—미희」, 『황해문화』 82호, 새얼문화재단.
[논고] 「조선 미술의 이단아—혜원 신윤복」, 『황해문화』 83호, 새얼문화재단.
[해설] 「발문」, 니콜라이 바이코프, 『위대한 왕』, 김소라 옮김, 아모르문디(『내 서재 속 고전-나를 견디게 해준 책들』에 재수록).

2015 [단독저서] 『시의 힘—절망의 시대, 시는 어떻게 인간을 구원하는가』, 서은혜 옮김, 현암사.
[단독저서] 『내 서재 속 고전—나를 견디게 해준 책들』, 한승동 옮김, 나무연필.
[공저] 엄기호 외, 『저항하는 평화—전쟁, 국가, 권력에 저항하는 평화주의자들의 대담』, 오월의 봄.
[논고] 「제국과 놀다/제국을 놀리다—잉카 쇼니바레와의 대담」, 최재혁 옮김, 『잉카 쇼니바레 MBE-찬란한 정원으로』, 대구미술관.

2016 [공저] 서경식·정주하·다카하시 데쓰야, 『다시 후쿠시마를 마주한다는 것—후쿠시마와 식민주의, 후쿠시마와 연대, 후쿠시마와 예술』, 형진의 옮김, 반비.
[공저] 서경식·진중권·정희진·박노자 외, 『치유의 인문학』, 위즈덤하우스.
[논저] 「'우리 시대'의 우수를 응시하다」, 최재혁 옮김, 『언저리의 미학—윌리엄 켄트리지, 주변적 고찰』, 수류산방.

2017 [단독저서] 『다시, 일본을 생각한다—퇴락한 반동기의 사상적 풍경』, 한승동 옮김, 나무연필.

2018 [단독저서] 『나의 이탈리아 인문 기행』, 최재혁 옮김, 반비.
[해설] 「한국어판 출간에 부쳐—'마지막 지식인'의 광휘」, 가토 슈이치, 『언어와 탱크를 응시하며』, 서은혜 옮김, 돌베개.

2019 [단독저서] 『나의 영국 인문 기행』, 최재혁 옮김, 반비.
[논고] 「'국경'의 풍경—몇 가지 단상」, 『오늘의 문예비평』 겨울호(115호), 오늘의 문예비평.
[공저] 서경식 · 다카하시 데쓰야, 『책임에 대하여—현대 일본의 본성을 묻는 20년의 대화』, 한승동 옮김, 돌베개.

2020 [해설] 「하나의 응답—루쉰을 보조선으로 삼아」, 헨미 요, 『1★9★3★7(이쿠미나)』, 한승동 옮김, 서커스출판상회.
[논고] 「서경식의 일본근대미술 순례1 나카무라 쓰네—해골을 든 자화상」, 『월간미술』 6월호.
[논고] 「서경식의 일본근대미술 순례2 사에키 유조—〈러시아 소녀〉(1)」 『월간미술』, 8월호.
[논고] 「서경식의 일본근대미술 순례3 사에키 유조—〈러시아 소녀〉(2)」 『월간미술』 10월호.
[논고] 「서경식의 일본근대미술 순례4 세키네 쇼지—〈신앙의 슬픔〉」, 『월간미술』 12월호.

2021 [논고] 「서경식의 일본근대미술 순례5 아이 미쓰—〈눈이 있는 풍경〉」, 『월간미술』 2월호.
[논고] 「서경식의 일본근대미술 순례6 오기와라 로쿠잔—〈광부〉」, 『월간미술』 4월호.
[논고] 「서경식의 일본근대미술순례7 들꽃의 조용한 에너지—노다 히데오(1)」, 『월간미술』 6월호.
[논고] 「서경식의 일본근대미술순례8 들꽃의 조용한 에너지—노다 히데오(2)」, 『월간미술』 8월호.
[논고] 「서경식의 일본근대미술순례9—마쓰모토 슌스케(1)」, 『월간미술』 10월호.
[논고] 「서경식의 일본근대미술순례10—마쓰모토 슌스케(2)」, 『월간미술』 12월호.

서경식 관련 문헌

2000 김연수, 「책갈피에 담긴 선율—서경식의 "나의 서양미술 순례"와 쟈끄 브렐의 "마리크"」, 『출판저널』 273호, 대한출판문화협회.

2004 김문숙, 「이달의 책—『소년의 눈물』 : 아이의 눈물을 아는 사람이 어른의 눈물도 안다」, 『월간 말』 11월호, 월간 말 주식회사.

2005 김경수, 「서경식의 에세이가 전하는 메시지 : 『소년의 눈물』 출간에 부쳐」, 『황해문화』 46호, 새얼문화재단.

2006 김철, 「세계인의 초상 : 『난민과 국민 사이』」, 『황해문화』 52호, 새얼문화재단.
문정애, 「'사이'의 존재, 디아스포라 : 서경식, 『디아스포라 기행: 추방당한 자의 시선』」, 『오늘의 문예비평』 가을호(통권 62호), 오늘의 문예비평.
정성하, 「코리안 디아스포라의 자기인식과 디아스포라 미션」, 『선교와 신학』 17호, 장로회신학대학 세계선교연구원.

2007 김연수, 「소년 취급을 당할까봐 겁내는 마음에 대해서」, 『읽go 쓰go 달린다』, 문학동네.

2008 권성우, 「망명, 디아스포라, 그리고 서경식」, 『실천문학』 여름호(통권 91호), 실천문학사.

2010 권성우, 「고뇌와 지성—서경식의 최근 글쓰기와 사유에 대해」, 『세계한국어문학』 4호, 세계한국어문학회.

2011 김진환, 「감옥 안에 핀 민들레의 노래, 『언어의 감옥에서—어느 재일조선인의 초상』」, 『황해문화』 71호, 새얼문화재단.

2012 권성우, 「논쟁과 자존—서경식의 『언어의 감옥에서』에 대해」, 『크리티카』 5호, 올.
고명철, 「식민지 지배를 심문하는 이산(離散)의 주체적 글쓰기—재일조선인 서경식의 비판적 글쓰기에 대해」, 『한국어와 문화』 11권0호, 숙명여자대학교 한국어문화연구소.
김익현, 「재일조선인 지식인의 민족관—서경식을 중심으로」, 『시대와 철학』 23권 2호, 한국철학사상연구회.

2013 박범희, 「일본에서 조선인으로 산다는 것—서경식, 『역사의 증인, 재일조선인』 북 콘서트에 다녀와서」, 『역사와 교육』 7호, 역사교육연구소.

2015 김남시, 「'우리'를 찾는 순례—서경식 『나의 조선미술 순례』」, 『창작과비평』 봄호(167호) 창비.
한희철, 「나는 한 발짝도 물러서지 않았어—서경식의 『내 서재 속 고전』」, 『기독교사상』 11월호, 대한기독교서회.
이화영, 「우리/미술, 그리고 '슬픔의 박물관'—서경식의 『나의 조선미술 순례』」, 『플랫폼』 1·2월호, 인천문화재단 플랫폼.
허병식, 「재일조선인 자기서사의 정체성 정치와 윤리—서경식의 '在日' 인식 비판」, 『한국학연구』 39집, 인하대학교 한국학연구소.

2016 권성우, 「(한국)문학과 타자성에 대해 : 재일 조선인 작가 서경식과 김석범의 글쓰기를 중심으로」, 『한국미술이론학회』 10호, 한국미술이론학회.
김응교, 「디아스포라, 주변인 곁으로—자이니치 서경식」, 『작가들』 59호, 인천작가회의.
이소영, 「증인과 증언 불가능성—P. 레비, 아감벤, 서경식의 논의를 중심으로」, 『이탈리아어문학』 48권, 한국이탈리아어문학회.
이진경, 「힘으로부터의 시, 시로부터의 힘—서경식, 『시의 힘』」, 『문학의 오늘』 19호, 솔출판사.
조관자, 「1990년대 이후 한국에 소개된 재일조선인 지식인의 민족담론—서경식의 '식민주의 저항' 담론에 관한 비판적 고찰」, 『일본비평』 14호, 서울대학교일본연구소.
이명원, 「연대의 아포리아 : '일본 문제'와 식민주의」, 『황해문화』 91호, 새얼문화재단.

2017 권성우, 「재일 디아스포라 지식인의 에세이(글쓰기)에 나타난 민족주의/탈민족주의 : 강상중과 서경식을 중심으로」, 『우리문학연구』 55호, 우리문학회.

2018 권채린, 「자기 서사의 논리적 모형 탐색—서경식과 강상중의 자전적 에세이를 중심으로」, 『동남어문논집』 46호, 동남어문학회.

2019 권성우, 「고립을 견디며 책을 읽다—무라카미 하루키와 서경식의 에세이에 대해」, 『황해문화』 102호, 새얼문화재단.